« …je ne sais quel arôme subtil
Exhalé de la mer jusqu'à moi par la brise,
D'un effluve si tiède emplit mon cœur qu'il grise ;
Ce souffle étrangement parfumé, d'où vient-il ? »

Brise marine, composé au Croisic en 1892
Les Trophées – José Maria de Heredia

REMERCIEMENTS

– À ma première lectrice, pour son infaillible soutien, ses corrections et remarques toujours constructives.

– À Muriel et Christophe, pour m'avoir initié à la conchyliculture et fait partager d'inoubliables aventures.

– À la "Société des amis du Croisic", dont les écrits furent une source d'authenticité.

– À Michel Germain, pour avoir accepté de partager ses connaissances de l'aventure du "Kurun".

PROLOGUE

Dans l'avion qui l'emportait vers la Bretagne en compagnie d'Antonella, Édouard se souvint de cette conversation dont il n'avait pas mesuré les conséquences, un an plus tôt, en juin 1985. Les termes lui en revinrent, aussi naturellement que ceux d'une communication reçue la veille.

— Allô ? Édouard ?

— Oui.

— Pierre-Guillaume ! Mes respects et mes amitiés, très cher. Comment allez-vous ?

Il entendait encore la voix assurée, volubile, un brin obséquieuse.

— Ah ! Bonjour. Bien, bien. Et vous ?

Par le hublot de l'appareil, il voyait se rétrécir les pavillons de la banlieue. C'est sur un coup de tête qu'il avait décidé de quitter la capitale. Était-ce seulement la chaleur étouffante de ce début juillet 1986, pénétrant dans ses bureaux, qui avait dissuadé Édouard de rester à Paris ? Pourtant, ses locaux ministériels de la rue de Lille n'avaient rien d'inconfortable bien qu'il détestât la climatisation dont il redoutait d'éventuels effets nocifs sur son hypocondrie. Ne s'agissait-il pas plutôt de cette affaire dont on l'accusait à tort ? Elle meublait chaque semaine davantage les couloirs d'officines malfaisantes. Bientôt la presse s'en emparerait.

En début d'après-midi, il avait décidé de s'échapper quelques jours au Croisic et avait convoqué son chauffeur :

— Albert, renseignez-vous sur la disponibilité d'un Cessna du GLAM* pour La Baule, voulez-vous ! Nous serons deux, ajouta-t-il.

— Bien, Monsieur. Quand souhaitez-vous partir ?

— Ce soir, mon petit Albert, ce soir certainement, je vous le précise très vite. Auparavant, nous passerons rue de Provence, chez qui vous savez.

Édouard Montoison était conseiller dans le cabinet du ministère de l'Industrie, des Postes et Télécommunications et du Tourisme. Cela constituait l'essentiel de son activité et lui avait permis de se voir attribuer un appartement de fonction à Neuilly, boulevard Richard-Wallace, au dernier étage, face au bois de Boulogne. Il occupait par ailleurs des sièges d'administrateur dans diverses sociétés privées. En outre, grâce à la fortune de son épouse, il pouvait jouir à tout moment de la vieille demeure de sa belle-famille au Croisic, dans laquelle il se réfugiait régulièrement.

*Groupe de liaisons aériennes ministérielles.

Il avait serré divers documents dans sa serviette de cuir, sans oublier d'y glisser son carnet de rendez-vous, dont il ne se séparait jamais. Il avait ensuite passé un long coup de fil puis rassemblé plusieurs gros dossiers qu'il désirait emporter.

Puis, il avait appelé Neuilly. La domestique avait décroché :

— Bonsoir, Juliette. Madame est-elle rentrée ?

— Non, Monsieur.

Ce contretemps avait irrité Édouard. Si les relations des époux Montoison s'avéraient distantes, elles restaient de parfaite convenance, ni l'un ni l'autre ne souhaitant une rupture. L'un envisageait mal de se voir privé des avantages d'une situation confortable, l'autre appréciait la position d'un homme introduit dans les arcanes du pouvoir.

— Ah ! avait regretté Édouard d'un ton de reproche. Dîne-t-elle ce soir "boulevard Wallace" ?

Il avait pris l'habitude de surnommer ainsi son appartement de fonction. De cette manière, son esprit séparait sa vie officielle de l'autre qu'il partageait "rue de Provence", avec Antonella Salabrino, sa maîtresse italienne rencontrée quelques années auparavant. Il n'oubliait jamais de sauver les apparences. Au cas où son épouse aurait choisi de passer la soirée au domicile conjugal, il eût fait en sorte de différer son départ, par souci des convenances.

— Monsieur, parfois, le mercredi, Madame aime retrouver ses amies à La Coupole.

— Oh ! Oui, j'avais oublié, concéda Édouard, n'ignorant pas que les "amies" n'étaient pas toujours de sexe féminin. Aurez-vous la gentillesse de lui apprendre que je dois m'absenter quelques jours ?

— Certainement, Monsieur.

Par prévenance, la domestique s'était abstenue de demander sa date de retour, alors que Madame ne manquerait pas pourtant de s'en enquérir aussitôt.

Édouard possédait un caractère facile. Certains le considéraient comme un homme naïf, d'autres comme un rusé. Les plus avisés voyaient en lui un grand bourgeois aimable et complaisant, travailleur acharné enclin au dialogue et à la conciliation. Chacun reconnaissait sa situation privilégiée, toutefois dépourvue d'arrogance. Sans doute était-il un amalgame de tout cela.

Le soir même, il s'était envolé de Villacoublay pour La Baule-Escoublac, avec sa maîtresse, à bord d'un Cessna 411, avant de rejoindre Le Croisic. Le gardien de la propriété vint les chercher à l'aérodrome. À leur arrivée, les volets ouverts, les massifs soigneusement taillés, les parterres ratissés en cercles harmonieux constituaient autant de preuves d'un entretien scrupuleux et régulier par le jardinier.

Dans la villa Ker Bellech, entourée de cyprès centenaires et de petits chênes, séparée du monde par les murs de pierre de la propriété et sa grille en fer forgé, Édouard se détendait habituellement d'un coup, comme un élastique. Il jetait le costume trois-pièces, enfilait un polo Lacoste et un pantalon clair, chaussait des mocassins légers. Il ne manquait jamais de remercier le régisseur, le raccompagnait jusqu'à la grille, effectuait le tour du parc, comme pour vérifier la tranquillité du lieu. Jamais il ne s'adonnait aux bains de mer. Tôt le matin il se plongeait dans ses dossiers, dans une pièce qui lui était réservée. Une sorte de bureau lambrissé à l'ouverture étroite, encombré de peintures marines.

Chaque soir, très tard, un gros cigare aux lèvres, il partait le plus souvent seul en promenade vers l'estacade et le port, tandis qu'Antonella, devant ses cartes, s'essayait à d'interminables réussites. Parfois ses pas le menaient sur la jetée du Tréhic : au bout du promontoire, il s'asseyait longuement, contemplait les rares pêcheurs encore présents, sous l'éclat intermittent du phare.

Mais il doutait qu'il en soit de même cette année. Alors que l'avion entamait sa descente, il se remémora de nouveau le dialogue qui s'était tenu au téléphone l'année passée avec Pierre-Guillaume.

— Je crois avoir trouvé ce que vous cherchiez, avait affirmé son “cher ami”, après s'être libéré de ses excès de politesse habituels.

— Je vous écoute, avait-il prudemment répondu.

— Puis-je vous en parler maintenant ?

Édouard, intrigué, lui avait réclamé un instant, le

temps de repousser les portes capitonnées de son cabinet de travail.

— Voilà, je suis seul. De quoi vouliez-vous m'entretenir ?

— Si je ne me trompe, ne m'aviez-vous pas confié que vous cherchiez une propriété au Croisic ?

C'est vrai qu'il ne se plaisait pas vraiment dans cette villa. Malgré sa situation exceptionnelle, il la jugeait trop vaste, trop luxueuse, trop "château". Hortense, son épouse, y venait rarement, préférant le rivage de Juan-les-Pins, « l'eau est si froide en Atlantique ! » se plaignait-elle souvent. Sans doute trouvait-elle sur la Côte d'Azur des distractions plus mondaines qu'au Croisic ? Pourtant il se sentait de moins en moins chez lui dans cette vieille demeure, bien qu'il en goûtât le calme et y travaillât tranquillement ses dossiers. Depuis quelques années, il y rédigeait même ses mémoires. Non, il rêvait d'une maison lui appartenant en propre, plus modeste, sur la côte sauvage, face au grand large, comme pour échapper à un monde dont il ne tolérait plus les excès. De plus, il pensait qu'il y serait plus à l'aise avec Antonella. Cette dernière n'appréciait pas les trop vastes volumes de Ker Bellech dont chaque pièce lui rappelait Hortense, l'épouse légitime d'Édouard. « Je m'y sens surveillée », déplorait-elle. Il s'en était ouvert incidemment à Pierre-Guillaume.

— Chercher ? Un bien grand mot, s'était-il récrié. J'y songe, parfois. Vous savez ce que c'est.

— Je pense pouvoir vous en offrir l'occasion. Quatre mille mètres carrés face à l'océan, sur la côte sauvage, cela vous tenterait ?

Pierre-Guillaume n'avait pas souhaité en livrer davantage, laissant son correspondant et ami sur sa faim. Édouard s'était enquis de l'emplacement, soucieux d'en vérifier le caractère constructible.

— Je m'en assure. Nous en reparlerons le moment venu.

Mais les choses ne s'étaient pas déroulées comme prévu.

Au moment où le Cessna toucha la piste de La Baule-Escoublac, il se débattait avec les amers regrets d'avoir cédé à son caprice d'alors.

Dans la soirée, sur le balcon de Ker Bellech, face à l'éclat du phare du Tréhic, dans une nuit tiède à peine rafraîchie par une douce brise venant de la mer, son cigare Montecristo ne lui procura pas le plaisir habituel. Sa compagne Antonella s'étonna de le voir si soucieux, encore davantage lorsqu'il décida de sortir « pour une courte promenade » sans même troquer son costume pour des vêtements légers.

I

Les premiers jours de juillet ravirent les touristes fraîchement arrivés au Croisic. Après la canicule de la fin juin qui les avait terrassés dans leurs villes surchauffées, les citadins savouraient la légère brise marine. Ils se promenaient jusque fort tard sur les quais, une glace à la main, laissant derrière eux des odeurs de crème solaire.

— Ne t'approche pas trop près ! rappelaient les mamans aux bambins qui se penchaient pour mieux voir les bateaux posés à marée basse sur la vase des chambres.

À Paris, les fenêtres de son bureau du quai des Orfèvres largement ouvertes sur la Seine, le commissaire Anconi parcourait la presse quotidienne de ce vendredi 4 juillet. Qu'y lisait-on au sujet du meurtre de la fillette survenu au mois de mai dernier dans le 19e arrondissement, un crime encore irrésolu qui mobilisait le "36" ? Depuis l'affaire Villemin, deux ans auparavant, les enquêteurs redoutaient le faux pas, craignaient l'erreur qui serait immédiatement reprochée aux services de police. La diffusion du portrait-robot de "l'homme au visage grêlé", un individu remarqué dans l'immeuble de la victime, n'avait pas abouti. Il ne lut rien dans les journaux qu'il ne savait déjà ; surtout, il ne décela aucune critique à l'encontre de la brigade criminelle.

Bien qu'il eût prévu une semaine de vacances, il hésitait encore à s'éloigner de la capitale. Ses inspecteurs l'y avaient pourtant encouragé, Lefebvre, en particulier, qui remplissait, comme à l'habitude, son célèbre petit carnet rouge du moindre fait susceptible d'être en lien avec l'enquête.

— Nous vous enverrions un compte rendu tous les jours, Patron ! insistait-il en tripotant son paquet de Gitanes.

Le téléphone grelotta sur son bureau.

— Allô ?

— Papa ? C'est Jean.

Le commissaire sursauta. Son fils n'avait pas l'habitude de l'appeler au “Quai”. Il habitait en Charente-Maritime. Après une année en faculté de droit, il avait brusquement abandonné les études, pour la conchyliculture, quelques années auparavant. Installé à Port-des-Barques, il vivait sa passion, se sentait libre sur sa plate ou son tracteur, autour de ses parcs ostréicoles du côté de l'île Madame en Charente.

— Ta voix est curieuse comme tout ! Que t'arrive-t-il ?

— Je viens de découvrir un corps, je ne sais pas quoi faire. Il est mort, c'est certain.

Anconi lâcha sa boîte de cachous. Elle roula dans

un coin de la pièce en répandant ses petites pépites noires.

— Fatche ! Tu en es sûr ? s'exclama-t-il.

Jean raconta. Au matin, il était parti avec Christophe inspecter ses parcs, sur l'estran. C'est en abordant les premiers parcs qu'ils avaient repéré le corps d'un homme, à demi ensablé. La marée descendante l'avait coincé contre un poteau. Il reposait sur le ventre. Ils l'avaient hissé sur la remorque du tracteur et s'étaient empressés de rentrer. Maintenant le mort gisait près de la cabane* de Christophe, tout dégoulinant, couvert par endroits d'algues vertes et de sable noir.

— As-tu prévenu le commissariat de Rochefort ?

— Non ! Non ! J'ai oublié de te le dire. Je ne suis pas à Port-des-Barques !

— Où es-tu donc ?

Jean, sur l'invitation d'un ami parqueur, séjournait depuis mercredi au Croisic, d'où il téléphonait.

— Ah ! Quelle histoire ! Avez-vous prévenu la police ?

— J'ai d'abord pensé à te joindre.

— Avise le commissariat de Saint-Nazaire. Demande Blanchard, de ma part. Nous avons travaillé ensemble. Rappelle-moi ensuite, Jean.

Chacun raccrocha de son côté. « Drôle de pêche ! » songea Anconi, qui se souvint d'une

*Nom utilisé dans la profession pour désigner un hangar consacré à l'exploitation conchylicole.

curieuse histoire rapportée par un stagiaire du Morbihan. Des plaisanciers avaient découvert une malle dérivant en rade de Lorient. À l'intérieur, le corps d'un homme au visage entouré de ruban adhésif. Une affaire qui se ramifiait jusque dans les beaux quartiers de Paris. « Pas de valise cette fois-ci ! »

« Dring ! Dring ! »

Il se remémorait encore les détails de l'enquête lorsque son fils se manifesta de nouveau. De son souffle court, le commissaire déduisit que le fiston était en proie à l'émotion.

— Papa ?

— Oui, Jean. Tu as parlé à Blanchard ?

— Il m'a assuré qu'il arrivait tout de suite.

Anconi sourit au souvenir de ce sympathique policier aux allures de cow-boy, vêtu d'une éternelle chemise bleue, un foulard rouge autour du cou et des boots poussiéreuses aux pieds.

Il l'avait connu simple inspecteur, venu au quai des Orfèvres il y a bien des années à l'invitation de Lefebvre, qui l'avait rencontré à l'école de police. Plus tard, ils résolurent ensemble une enquête, à Saint-Nazaire. Ils avaient sympathisé. Il gardait le souvenir d'un homme toujours joyeux, décontracté. Il se l'imaginait souvent jouant dans un film aux côtés de John Wayne.

Un bref silence s'installa sur la ligne. Quand des cris de mouettes se firent entendre dans le combiné, Anconi tenta de se représenter le cadre.

— Avez-vous son identité ? Ton ami Christophe a-t-il reconnu le type ? Quelqu'un du Croisic ?

— Non, il ne le connaît pas et nous n'avons pas trouvé de papiers. Pour lui, il n'est pas d'ici.

— Quel âge, ton mort, selon toi ?

— Difficile à dire, avec cette peau toute macérée. Et son visage porte de grosses marques violettes.

— Ses cheveux ?

— Ah ! C'est vrai. Courts, poivre et sel. Le bonhomme aurait peut-être la cinquantaine. Au moins, ajouta-t-il prudemment. Costume bleu, chaussures noires à lacets. Plutôt chic, malgré le séjour dans l'eau.

— Vaï ! Tu vois, on progresse. Il ne ressemble ni à un pêcheur ni à un plagiste, votre client. Vous ne l'avez pas trop manipulé ?

Christophe et lui l'avaient seulement transporté, après avoir fouillé ses poches à la recherche de papiers d'identité, en vain. « On ne l'a pas touché depuis. » Manifestement, le fiston n'appréciait pas plus que le père la fréquentation des morts et les constatations médico-légales.

— Combien de jours restes-tu encore au Croisic ?

— En principe, jusqu'à demain. Je ne peux pas quitter trop longtemps mon entreprise.

— Au fait, je ne t'ai pas demandé. L'endroit où vous l'avez repêché est-il loin du bord ?

— Assez. Christophe croit qu'il a été charrié par le courant de l'étier dans le Grand Traict. Il pense qu'il n'a pas pu faire plusieurs voyages, enfin plusieurs marées, tu vois ?

— Comme si j'y étais, Jean, réussit-il à proférer, sentant venir l'inévitable nausée. On se rappelle ce soir, à la péniche ? Ta mère aura plaisir à t'entendre.

Il aurait pu ajouter que lui aussi serait content de connaître le résultat des premières constatations de Blanchard.

Le téléphone resta muet jusqu'à midi. Il rentra déjeuner boulevard Kœnig. Paris, sous le soleil, offrait un spectacle de vacances. Une circulation fluide, des autocars pleins de Japonais en visite, quelque chose de joyeux dans l'air. Peut-être seulement moins de bruit et d'agitation ?

Sur la terrasse de "Zeeland", leur péniche, Hilda avait dressé deux couverts. L'épouse du commissaire, d'origine hollandaise, avait hérité cette embarcation de son père. Ils l'avaient ramenée de Spuihaven jusqu'à Paris par les canaux, l'avaient amarrée à l'aplomb du boulevard Kœnig près du pont de Neuilly pour l'aménager à leur goût. Depuis, le couple Anconi vivait là, sur la Seine, face à la verdure de l'île de la Grande Jatte.

— Un souci, *mijn beminde** ? demanda aussitôt Hilda, alors que le commissaire se débarrassait de son vieux cuir sur le dos d'une chaise en rotin.

*« Mon bien-aimé » en hollandais.

— Savais-tu que Jean était au Croisic ?

— Que fait-il là-bas ? Il lui est arrivé quelque chose ? s'inquiéta-t-elle immédiatement.

— Vaï ! Il se porte très bien, rassure-toi !

Il lui rapporta en quelques phrases le séjour du fils chez son ami Christophe, qui accomplissait le même métier que lui, et leur découverte macabre.

— Tè, il ne savait pas comment procéder, alors il a fait appel à moi, conclut-il. J'ai mis Blanchard sur le coup. Jean nous téléphonera ce soir.

Sous le parasol de la terrasse, ils déjeunèrent en silence d'une salade de harengs marinés, accompagnés de pommes de terre à l'huile et aux oignons. Anconi ruminait les quelques éléments qu'il connaissait de l'affaire, imaginant l'homme en costume bleu bringuebalant sur la remorque, dégoulinant de tous ses plis au milieu des mannes de coquillages. Hilda, de son côté, cachait mal l'inquiétude de voir son fils impliqué dans une histoire criminelle.

Le téléphone résonna à l'intérieur de la péniche.

— Allô, Patron ? Blanchard.

— Bonjour, Vieux ! Désolé de t'avoir dérangé.

— Tellement content de vous entendre ! Cela fait combien de temps ? Cinq ans ? Six ans ?

Le policier de Saint-Nazaire n'avait rien perdu de son ton enjoué.

— Dites, votre rejeton et vous vous ressemblez comme deux gouttes d'eau ! J'ignorais qu'il bossait dans le coquillage ! Je suis encore au Croisic, chez le conchyliculteur.

— Qu'en penses-tu ?

— La cinquantaine. Il porte des coups au visage. J'attends le légiste pour savoir si les marques ont été faites avant ou après la mort. Classique question : s'est-il noyé ou l'a-t-on balancé à la flotte après un tabassage en règle ? Il était vêtu d'un costume chic de chez Charvet-Paris. Aucun portefeuille sur lui, aucun objet en dehors d'un trousseau de clefs à l'ancienne. Certainement un type qui avait les moyens, des mains soignées de "burelier" comme dirait Zézette.

— Hum. Aucune disparition n'a été signalée dans ta région ?

— Non. Vous savez, nous sommes sur les dents, à Saint-Nazaire. Un braquage à la Banque de France, il y a deux jours.

— C'est vrai, c'est chez toi, ce braquage ! Je n'avais pas fait le rapprochement.

— Une opération digne du casse de Spaggiari à la Société générale de Nice, il y a dix ans. En plus violent ! Dix hommes cagoulés ont pris en otage le caissier dans son logement de fonction au-dessus de la banque, pendant la nuit. Ils lui ont tiré dessus. Au matin, ils ont braqué le directeur et les employés et ont raflé des sommes colossales : quatorze sacs de toile de jute de vingt-cinq kilos chacun ! On parle de plus de quatre-vingts millions de francs !

— Ce macchabée du Croisic n'est pas le bienvenu, alors ! Tu crois qu'il y a un lien entre les deux histoires ?

— Je n'en sais rien. Cette affaire tombe bien mal. Le Service régional de la police judiciaire de Rennes s'est emparé de l'enquête du cambriolage. On parle de recourir à l'OCRB*. D'aucuns soupçonnent un coup d'Action directe, d'autres souhaitent confier les recherches à l'antiterrorisme. Bref, c'est Chicago !

— Oh, pauvre !

— Mais il y a un côté cocasse, dans ce fric-frac !

— Ah ?

— Figurez-vous que la Banque de France est pile-poil contiguë à la prison !

— Dieu garde ! Pas possible !

Anconi perçut un éclat de rire tonitruant accompagné d'un bruit sourd qui lui parut correspondre à un poing qui s'écrasait sur un bureau métallique.

— Quelques jours de villégiature au Croisic ne vous tentent pas, Patron ? reprit-il lorsque son hilarité eut fini par s'éteindre, il fait beau, vous aimez bien notre région…

— …

Blanchard badinait presque en formulant son invitation. Anconi devinait son sourire désopilant, sa

*Office central de répression du banditisme.

main jouant avec son foulard rouge, les talons de ses boots posés sur le bureau.

— Tu me prends de court, tergiversa-t-il. Ne crains-tu pas que j'incarne l'éléphant dans le magasin de porcelaine ?

Bien entendu, la proposition le tentait. Il pesa rapidement le pour et le contre.

D'un côté, ses inspecteurs le poussaient à un repos mérité et il leur vouait une entière confiance. En revanche, son bien-aimé directeur, Arnaud-Fontaine, verrait sans nul doute d'un mauvais œil l'éloignement de son divisionnaire, en raison de la traque de "l'homme au visage grêlé". Deux mois après les faits, le meurtre de la fillette restait non élucidé. On recherchait vainement le suspect.

« Anconi, vous choisissez le pire moment pour quitter le navire ! »

Il devrait assumer la responsabilité du manque de résultats face à la hiérarchie et à la presse. Ses sourcils battraient la chamade sous son crâne dégarni et luisant.

De l'autre, le plaisir que procurerait ce voyage inopiné à Hilda, renforcé par la présence du fils sur place, leur désir de vacances et leur connaissance du lieu militaient en faveur d'une acceptation. Les criaillements des mouettes, dans l'écouteur, n'étaient-ils pas plus attrayants que le roucoulement incessant des pigeons parisiens sur les gouttières du "36" ?

— Vous êtes toujours là, Patron ?

— Oui, oui, Vieux ! Peux-tu me donner un instant ? Une odeur de brûlé dans la cuisine…

Il posa le récepteur, sortit sur la terrasse de Zeeland.

— Hilda, penses-tu pouvoir te libérer quelques jours ? Blanchard me…

L'épouse du commissaire travaillait à l'Institut néerlandais, rue de Lille. Elle y assurait l'accueil et l'enseignement de la langue française à ses compatriotes hollandais fraîchement arrivés en France. Elle effectuait également des recherches et des traductions, en complément de ses cours.

Elle lui sourit largement.

— Je ne m'y attendais pas du tout, *mijn beminde*, ironisa-t-elle. Lorsque tu m'as parlé du Croisic, j'ai commencé à réfléchir au contenu de ta valise. Si tu m'emmènes, j'en emporte une plus grande !

Anconi arbora un faux air de surprise, pouffa et reprit le combiné.

— Quelle heure, le dernier train pour Le Croisic ?

Le commissaire dut affronter son directeur, sans rendez-vous. Devant le bureau qui empestait l'encaustique, il attendit qu'Arnaud-Fontaine daignât lui accorder un entretien.

— Des nouvelles du "grêlé", Anconi ?

— Non, aucune. Mes respects, Monsieur le directeur.

— Que me vaut votre visite, alors ?

Anconi prit sur lui. Il n'appréciait aucunement cet individu hautain, davantage homme politique que policier. Un froussard plus enclin à flatter la hiérarchie pour son avancement de carrière qu'à féliciter ses subordonnés pour leurs succès.

— Juste un document à signer, Monsieur le directeur.

Il plaqua sur le maroquin du bureau Empire sa demande de congé. Les sourcils d'Arnaud-Fontaine papillonnèrent longuement avant de s'immobiliser sous un front profondément plissé.

— Que signifie ? glapit-il.

— Tè, le formulaire consacré, Monsieur le Directeur. Nous sommes en juillet…

— J'avais remarqué, Anconi, ne me prenez pas pour l'idiot du village.

Les arcades en accent circonflexe comme fixées dans la cire, les yeux rivés sur la feuille réglementaire, Arnaud-Fontaine semblait au bord de l'apoplexie. Une veine gonflée lui barrait le front, prête à éclater.

« Il va me faire un accident vasculaire cérébral », craignit le commissaire, qui crut adoucir la situation en précisant qu'il ne sollicitait qu'une petite semaine d'absence, que Lefebvre suivrait les dossiers avec attention, qu'il resterait joignable, que…

— Impossible, Anconi ! Oubliez-vous ce suspect détenu depuis juin pour viol d'enfants, à la maison d'arrêt de… d'où déjà ?

— Celle de Bois-d'Arcy ? Une fausse piste, Monsieur le directeur.

— Pourtant, il a été formellement reconnu par un habitant de l'immeuble.

— Une erreur.

— Mais enfin, que diable, il a avoué !

— Un affabulateur.

Arnaud-Fontaine se crispa, vexé de découvrir des éléments d'enquête qui auraient dû lui être communiqués. Dans cette omission, il soupçonnait l'acte délibéré. Cependant, ayant assujetti son refus à l'incrimination du violeur de la prison, il dut céder.

— Lefebvre épluche toutes les affaires d'agression sur des adolescentes, Monsieur le directeur, plaida Anconi.

— C'pendant, puis-je vous demander où vous comptez “prendre du repos” ?

Le commissaire perçut de l'ironie dans la question.

— Au Croisic, Monsieur le directeur, en Loire-Atlantique.

Arnaud-Fontaine, pourtant peu géographe, bondit.

— Vous ne seriez pas en train de m'apprendre que vous allez fourrer votre nez dans ce fric-frac de la Banque de France, à Saint-Nazaire ? C'en est trop ! Je vous l'interdis, s'emporta-t-il, je vous l'interdis, vous m'entendez ? C'est clair ?

— Qu'allez-vous imaginer ? Je n'ai nulle intention de me mêler d'un casse, même de cette importance. Seules les affaires criminelles me préoccupent, uniquement les affaires criminelles.

— Des sanctions pourraient tomber ! Pas de vagues, Anconi, pas de vagues !

Le commissaire riait sous cape. Le mort du Croisic n'avait pas encore laissé ses empreintes sur les meubles impeccablement lustrés de son cher directeur.

Avant de quitter le bureau avec son formulaire enfin signé, il offrit effrontément un cachou à son supérieur. Ce dernier eut un geste de refus qui ressemblait fort à un renvoi.

Après avoir informé et salué ses inspecteurs, il rejoignit comme convenu Hilda, gare Montparnasse. Le chauffeur de taxi le reconnut, tenta vainement de connaître sa destination.

Ils empruntèrent un train supplémentaire, un Corail, changement à Nantes, puis aucun arrêt avant le terminus du Croisic. La plupart des passagers partaient en vacances pour ce premier week-end de juillet. Les bagages débordaient des filets, les enfants couraient dans les couloirs en jacassant, certains grimpaient sur les sièges en skaï havane pour attraper un jeu, un livre, un coloriage.

Au bruit du train succéda le cri des mouettes. On devinait que la journée avait été chaude, même le chef de gare avait abandonné la veste stricte, ne conservant que la casquette et la cravate noire sur la chemise.

— Vérifiez que vous n'oubliez rien dans les voitures, répétait l'employé, tancé par sa hiérarchie depuis que la gare du Croisic avait obtenu le premier prix pour les objets trouvés.

Jean les attendait sur le quai, en vareuse, chaussé de bottes. Au plaisir de se revoir se mêlait pour chacun d'eux l'imprévu de cette rencontre. Les embrassades en furent différentes, comme si une disparition brutale avait réuni la famille au pied levé.

Le fiston avait emprunté la R4 fourgonnette rouillée de son ami Christophe pour conduire ses parents jusqu'à l'hôtel.

Pendant le court trajet, le commissaire n'osa pas demander de visiter les lieux du crime, même s'il en mourait d'envie.

— Cette découverte, quelle émotion cela a dû te procurer ! proféra Hilda pour meubler les silences pleins de sous-entendus.

— Surtout de le voir ballotter sur la remorque de Christophe ! Quelle horreur ! admit-il.

— Du nouveau ? Qu'a dit le légiste ? ne put s'empêcher de s'enquérir papa-commissaire.

— Il a été frappé par les marques au visage. Il a indiqué tout de suite qu'elles avaient été reçues avant le décès. Il estime que la mort est survenue moins de vingt-quatre heures avant son examen. Il ne s'est pas prononcé sur les causes du trépas, se retranchant derrière les résultats de son autopsie. Il n'en a pas divulgué davantage. Le commissaire Blanchard t'apportera sans doute des précisions, car je n'ai pas tout compris. Quel langage !

— Sais-tu si son identité est connue, maintenant ?

— Il n'avait aucun document sur lui. Blanchard pense que le meurtrier a emporté son portefeuille en espérant y trouver quelques billets.

— Quelle heure était-il exactement quand vous l'avez découvert ?

— Dans les dix heures du matin, au jusant.

— Où a-t-il pu tomber à l'eau, d'après ta connaissance des lieux ?

— *Mijn beminde*, intervint Hilda, tu ne crois pas qu'il a eu assez d'émotions pour aujourd'hui ? Tu l'interroges comme un suspect dans ton bureau ! D'ailleurs, nous arrivons.

Elle avait réservé une chambre à l'Hôtel de la Criée, grâce à la complaisance de sa boulangère, dont la belle-sœur connaissait la patronne de l'établissement, madame Nédelec. Quelques années auparavant, les Anconi y avaient déjà passé un bref séjour.

— Tu dînes avec nous, Jean ? proposa le commissaire.

— Le temps d'aller me changer…

Hilda y mit une condition : ne pas évoquer l'affaire.

Ils entrèrent dans une solide bâtisse de pierre grise de trois étages aux fenêtres munies de balconnets en fer forgé. Construit face à l'ancien marché aux poissons, l'hôtel dominait les quais de la Grande Jonchère. Quelques voiliers s'y adossaient.

Madame Nédelec les accueillit avec empressement. Toute petite, mais très vive, les joues rouges de ceux qui vivent sous l'emprise de l'air marin, elle leur glissa dans l'oreille qu'elle avait déplacé un couple de grincheux pour leur réserver une chambre au premier, avec vue sur les bassins.

Elle riait, contente de son bon tour, donnant du “commissaire” à chaque occasion, en chuchotant cependant pour ne pas être entendue de la salle toute proche.

— Nous sommes à la fin du service, au restaurant, mais je vous ai gardé ce qu'il faut.

Ils comprirent et déposèrent rapidement leur valise.

Anconi écarta le rideau. La lumière commençait à baisser, l'ombre s'emparait des lieux, mais les touristes flânaient encore, nombreux devant les boutiques à souvenirs et les marchands de glaces.

Au loin, de vastes espaces sablonneux hérissés de piquets se dégageaient avec le jusant, délimitant quelques étendues d'eau profonde où mouillaient de petits voiliers. Face à lui, la masse de l'ancienne criée posée sur une avancée du quai.

Sur une étagère de la chambre, quelques livres attendaient un lecteur de passage. La couverture de l'un d'eux attira son attention. Sur sa jaquette aux couleurs fanées, un homme seul debout sur le pont d'un voilier au gréement ancien, coque blanche et voiles rouges. *Kurun autour du monde, 1949-1952* par Le Toumelin.

Lorsqu'ils descendirent au restaurant, leur fils les rejoignait. S'il avait quitté les bottes, le reste de sa tenue demeurait bien celle du marin. La discussion tourna autour de la conchyliculture. À Port-des-Barques, « il ne faisait que l'huître » et souhaitait diversifier son activité. Aussi était-il venu se familiariser avec l'élevage des coques auprès d'un ami et collègue du Croisic.

Le bar en croûte mitonné « rien que pour eux » et le muscadet bien frais apportèrent une atmosphère de vraies vacances. La nuit tomba, des lumières apparaissaient, diffusées par ce qui restait de mer autour des jonchères.

Madame Nédelec vint, à petits pas précipités, se pencher sur Anconi :

— Le téléphone… pour vous, Commissaire.

Il prit la communication dans le hall d'accueil. Il reconnut Blanchard.

— Bien installé, Patron ? Avez-vous terminé de dîner ?

— Tout juste, Vieux.

— Le corps a été transporté au CHU de Nantes, chez Ducreux, le légiste. Rien de neuf de ce côté-là. Rien non plus sur l'identité, mais tout porte à croire que le type n'habitait pas ici. Je vais tâcher de me procurer une liste de clients de Charvet ayant acheté un costume bleu sombre les années passées. Peut-être…

— Bonne idée.

— J'ai également ordonné que l'on diffuse le portrait du mort dans les journaux locaux. Je vous contacte, car les gendarmes du Croisic ont reçu cet après-midi un curieux appel qui pourrait bien se trouver lié à notre affaire. Celui d'une femme. Elle demandait si leurs services étaient intervenus pour un accident intéressant un homme d'une cinquantaine d'années. Elle n'a pas voulu donner son nom, pas plus qu'elle n'a souhaité laisser ses coordonnées. Lorsque l'agent d'accueil lui a proposé de signaler une disparition, elle avait déjà raccroché.

— Une épouse n'aurait pas eu un tel comportement ! commenta le commissaire. Ni une meurtrière !

— Attendez ! Le chef de brigade a eu l'idée de questionner les sapeurs-pompiers. Figurez-vous qu'ils avaient reçu un appel similaire, grosso modo à la même heure.

— Au moins quelqu'un s'inquiète de sa disparition !

— Le permanent qui a décroché assure aussi le secours maritime. Il est certain d'avoir perçu des piaillements de mouettes dans l'appareil.

— Ce qui laisserait entendre que le lieu d'appel n'est pas très éloigné de la mer ?

— Probablement. Une maigre information, mais je tenais à vous prévenir.

— Un bon début. Et le trousseau de clefs ?

— Aux empreintes, au cas où… Je comptais vous le porter demain matin.

— Quel genre ?

Blanchard en décrivit trois grandes, plates et usagées à panneton cranté, marquées du sigle « *JMA* », suivi d'un numéro. La quatrième se distinguait des premières, un modèle récent à double panneton, destinée à une installation sécurisée, sans aucune indication.

— De quoi ouvrir une maison ancienne, mais aussi un appartement ou un coffre. Reste à trouver les serrures !

— Le porte-clefs est curieux, Patron. Un objet patiné, un cercle en laiton ou en bronze au milieu duquel se dessinent entremêlés un compas et une sorte d'équerre. Entre les deux instruments, un « G » majuscule en relief. Peut-être la première lettre de son nom ?

Le visage d'Anconi s'éclaira. Sa réponse laissa Blanchard sans voix :

— Je crois plutôt, Vieux, qu'il faut diriger nos recherches vers les francs-maçons !

II

Après dîner, la famille Anconi se promena dans la nuit tiède, le commissaire avec son vieux cuir sur l'épaule, Hilda en robe légère donnant son bras à Jean. Quai d'Aiguillon, les terrasses restaient animées, chacun souhaitait prolonger la soirée devant un dernier verre. Le drapeau tricolore pendait mollement au balcon du deuxième étage de l'élégant bâtiment de pierre de l'hôtel de ville. Plus loin, en raison de l'étroitesse du trottoir aux pavés disjoints, des flâneurs en file indienne contemplaient les voiliers alignés. Ils devaient se pencher au bord du quai, car la marée vidait doucement la Grande Chambre, de sorte que les bateaux semblaient se dérober au regard des curieux.

Jean entraîna ses parents vers la lueur du couchant, plus visible à mesure qu'ils s'éloignaient des enseignes lumineuses. Une vague clarté rougeâtre scintillait encore à l'horizon.

— La nouvelle criée, indiqua-t-il. Les plus gros chalutiers s'amarrent là, à son aplomb.

Sous le halo pâle de quelques réverbères, du matériel de pêche occupait une partie du parking, près d'une grue immobile : filets, panneaux rouillés, câbles torsadés. Au loin, on distinguait les trois éclats rythmés du phare du Tréhic.

— Une jolie balade à prévoir, commenta Jean, jusqu'à la tourelle à l'extrémité de la jetée.

La nuit venue, ils revinrent vers l'hôtel, devant lequel ils se séparèrent.

— Où loges-tu ? se préoccupa Hilda, avant de quitter "le fils".

Le commissaire plaisanta :

— Elle voudrait bien te *bajouler comme un mistouflet** !

— Pas d'inquiétude, Maman, je suis très bien installé, assura-t-il en riant. Christophe m'a trouvé une chambre au Café de Paris, face à la gare. C'est tout près de son entreprise et Claire, l'hôtelière, est très sympathique. Elle est à mes petits soins.

Il était convenu qu'il prolonge quelque peu son séjour. « L'occasion s'avère trop belle et je suis certain que Papa voudra aller fureter du côté du Grand Traict », avait-il ajouté malicieusement.

Lorsque la R4 s'éloigna, le commissaire remarqua que l'un de ses feux arrière ne fonctionnait plus. « Une observation de flic ! » songea-t-il avec ironie.

Parvenu dans leur chambre, il rapporta à Hilda sa conversation avec Blanchard.

*« Le cajoler comme un poupin » en marseillais.

— On sait au moins, *mijn beminde*, que la victime séjournait dans la région, qu'une femme semble aux abois et ne veut pas dire son nom. Une maîtresse, certainement !

— Tè, comme tu y vas ! Tu peux ajouter qu'il était franc-maçon ou fréquentait ce milieu ! À condition que le porte-clefs lui appartienne.

Le commissaire resta longtemps à la fenêtre, ouverte sur la nuit. Un fin croissant de lune jetait quelques flaques de lumière parmi les larges zones d'ombre.

Seuls les cris des oiseaux marins meublaient Le Croisic, on devinait la vitesse de leurs vols au son qui s'amenuisait dans l'obscurité. Quelques crissements indistincts naissaient ici et là, de ceux que l'on perçoit dans les ports sans bien savoir ce qui les engendre.

Le charme fut momentanément rompu par la pétarade d'une mobylette. Il ferma la fenêtre, attrapa le livre de l'homme au bateau blanc et aux voiles rouges. Il se laissa embarquer par le récit.

« *Le grand appareillage, 19 septembre*

Le Croisic, vidé de ses estivants, avait un aspect bien paisible. Je traversai les rues silencieuses. Le petit port m'apparaissait encore plus calme, plus attachant, avec ses vieilles maisons, ses quais de granit… à 17 h 40, je passai la bouée familière de Bonen-du-Four, à une encablure. »

Le début d'une enquête n'était-il pas du même

ordre, un saut vers l'inconnu, l'abandon d'un quotidien routinier ?

Le commissaire se leva très tôt. Il se rendit au tabac-presse tout proche. Sa boîte de cachous vide constituait un prétexte plausible. En réalité, il se précipita sur les journaux régionaux. « Macabre découverte au Grand Traict », *Ouest-France* comme *Presse-Océan*, publiait en pages locales le portrait du mort en costume bleu, avec le sous-titre « Qui est cet homme ? » Les articles se contentaient de décrire les lieux et circonstances de la découverte du corps, présentaient une photographie des parcs. Le conchyliculteur n'était pas nommément cité, « en raison de son souhait de garder l'anonymat ». L'un des journalistes s'étonnait de voir la gendarmerie du Croisic écartée de l'enquête, allant jusqu'à supposer que la victime appartenait au “milieu”. Nul n'évoquait la venue d'un commissaire parisien.

Il retourna bien vite à l'hôtel, ses quotidiens sous le bras.

— Il fait moins chaud ce matin, commenta madame Nédelec en leur servant café et viennoiseries. Remarquez, un peu de fraîcheur sera la bienvenue après cette période caniculaire ! Les croissants viennent de chez la mère Bigouin, vous m'en direz des nouvelles !

Elle virevoltait de table en table, un bon mot approprié pour chacun. On parlait anglais et allemand dans la salle, elle s'employait à puiser dans ses ressources pour un « *You are welcome !* » ou un « *Zu ihren diensten* ! »*

— Par où vas-tu commencer ? s'inquiéta Hilda.

— Si nous allions voir les lieux où… rue des Courlis, c'est ce que nous a appris Jean ? Auparavant, j'aimerais contacter Blanchard, peut-être a-t-il du nouveau ? Cela ne durera pas longtemps.

Hilda se plongea dans un dépliant touristique du Croisic.

— Allô, le commissariat de Saint-Nazaire ?

— Oui, Monsieur. C'est pourquoi ?

— Commissaire Anconi. Je souhaiterais parler à votre patron.

— Oh ! Un instant, je me renseigne…

Le brouhaha habituel d'un poste de police envahit l'écouteur, conversations confuses, cliquetis de machines à écrire, brefs messages radio, vociférations lointaines.

Rapidement, un bruit de commutation le mit en ligne avec son correspondant.

— Vous tombez bien !

Anconi perçut immédiatement une contrariété chez Blanchard. Il goba un cachou.

— Un problème, Vieux ?

— Et comment ! Je fulmine !

— J'entends ça. Tè, raconte !

*« Soyez les bienvenus » en anglais puis en allemand.

— J'ai une bonne et une mauvaise nouvelle. Par laquelle souhaitez-vous…

— La bonne, pardi ! La bonne.

— La victime a été identifiée. Il s'agit d'un certain Édouard Montoison, né le 9 janvier 1933, domicilié au 11 bis, boulevard Richard-Wallace à Neuilly-sur-Seine. Un politicard, conseiller au cabinet du ministre de l'Industrie, des Postes et Télécommunications et du Tourisme. Son épouse aurait alerté les secours, car il ne répondait pas au téléphone.

— C'est donc elle qui a contacté hier la gendarmerie et les pompiers du Croisic ?

— Peu probable, Patron. L'épouse aurait précisé qu'elle appelait de leur domicile de Neuilly. Ça ne colle pas, souvenez-vous, on entendait des bruits de bord de mer dans la communication.

— C'est vrai. Et pourquoi cette inconnue de la veille ne s'était-elle pas présentée et avait-elle refusé de donner ses coordonnées ?

— Je l'ignore. Attendez ! Attendez ! Je ne vous ai pas tout dit.

— Tu m'as parlé aussi d'une mauvaise nouvelle…

— Je suis dessaisi de l'affaire.

— De celle de la Banque de France ? espéra le commissaire.

— Je vous en fiche ! Non ! Celle-là, j'en avais déjà fait mon deuil ! Non, celle du Croisic !

— Et qui en hérite ?

— Le SRPJ* de Nanterre ! Ils m'ont donné le nom du mort, mais me déchargent de tout supplément d'enquête.

— Pourquoi Nanterre ?

— Sous prétexte qu'il crèche à Neuilly ! Vous vous en rendez compte ?

Anconi émit un sifflement.

— Fan de putain, cela sent la carambouille !

— Vous ne croyez pas si bien dire. Et devinez ce que m'a dit le taulier de Nanterre !

— …

— Tenez-vous bien, Patron. Pour lui, il s'agit d'un suicide évident ! Des problèmes familiaux, il aurait laissé une lettre, et patati et patata. Terminé, bonsoir !

— Bonne Mère, il vaut mieux un qui sait que dix qui cherchent, comme on dit à Marseille. Tout cela sent le soufre et l'entourloupe. Le brave Édouard s'est cogné la tête contre un mur avant de se jeter à l'eau, ce maladroit. Il aura choisi de polluer le Grand Traict du Croisic plutôt que se balancer dans la Seine.

— Je ne décolère pas, reprit Blanchard d'une voix qu'il avait peine à maîtriser. Un suicide !

— Ducreux a-t-il procédé à l'autopsie ?

— Dès hier, il a effectué les premières constatations de routine ainsi que des prélèvements sanguins. Rien d'exhaustif. La procédure complète devait avoir lieu aujourd'hui, mais figurez-vous que le corps a été

*Service régional de la police judiciaire.

rapatrié ce matin très tôt à Paris en hélicoptère, sans tambour ni trompette ! Du jamais vu !

— Quoi ? Nanterre t'avait-il prévenu ?

— Pensez-vous ! Ils viennent de s'en préoccuper, juste avant que le pauvre Ducreux ne m'appelle pour me raconter son aventure.

Quatre hommes en noir s'étaient présentés au dépôt mortuaire du CHU de Nantes en fin de nuit, vers 5 heures. Ils se réclamaient des Renseignements généraux. Ils avaient exigé de réveiller le chef de service de médecine légale pour l'obliger à venir, afin qu'il leur ouvrît les locaux du dépôt mortuaire. Ducreux, abasourdi, avait d'abord résisté en signifiant que l'identité de son client n'était pas établie. Sous la menace de « gros ennuis », il avait dû obtempérer. Ils l'ont contraint à signer une requête de transfert du corps à l'institut médico-légal du quai de la Rapée, comme si la demande émanait de lui.

— Comment les RG ont-ils eu vent de cette affaire ? poursuivit Blanchard, hors de lui. À cette heure-là, aucune information n'avait filtré. Nul autre que nous ne se trouvait au courant de la découverte du corps. Son identité n'était même pas connue !

— Une fuite ? suggéra timidement Anconi.

— Impossible chez moi. Qui aurait eu intérêt à appeler les "grandes oreilles"* pour signaler la mort d'un type dont on ne savait ni quoi ni qu'est-ce ?

*Sobriquet attribué aux Renseignements généraux.

— Quelqu'un qui l'aura reconnu, Vieux. Cet Édouard Montoison devait être quelqu'un d'important. Mais pourquoi prétendre à son suicide ? Et dès lors, pourquoi une telle précipitation ?

— Que va-t-on faire, Patron ? Je suis vraiment désolé de vous avoir embarqué pour rien dans cet imbroglio.

Anconi réalisa qu'il avait mis les pieds dans un bourbier. Deux cachous ne lui apportèrent aucune aide. Devait-il poursuivre des investigations, au risque de s'attirer les foudres hiérarchiques ? Ou renoncer prudemment ? Cette allégation du suicide le dérangeait. Qu'un personnage proche du pouvoir, disparu de mort violente, soit rapidement phagocyté par les services de l'État ne constituait ni une surprise ni un manquement. Mais que d'emblée, avant toute enquête, avant tout examen du corps, la thèse du suicide soit brandie comme une vérité première devenait une démarche choquante.

— Quel pataquès ! Ducreux ne t'a rien révélé de ses premières impressions ?

— Nous avons surtout commenté la forme, « l'enlèvement » comme il dit, et son doute quant au suicide. Il était furieux. Que comptez-vous faire ?

— Tè, poursuivre mes vacances au Croisic, Vieux, ironisa-t-il. Rien ne m'empêche de poser des questions… Toi, tu vas imiter l'autruche, faire semblant d'abandonner la partie pour ne pas indisposer les collègues. Mais, peux-tu tirer les vers du nez à

Ducreux ? Demande-lui son opinion à l'issue de son premier examen, en particulier la cause et l'heure du décès et tâche d'avoir connaissance des résultats des prélèvements biologiques post-mortem.

— OK. Il a prétendu aux RG qu'il n'avait pas eu le temps de toucher à la dépouille. Malin !

— Et la Banque de France ?

— Tu sais, je suis la cinquième roue de la charrette, là aussi. Pardonnez-moi de vous dire cela, mais hors de Paris, point de salut, comme le déplorait déjà Molière ! Ma seule tâche s'est bornée à restituer à leurs propriétaires les fourgonnettes volées ayant servi au casse. D'après ce que je sais, aucun élément nouveau, les braqueurs se sont volatilisés.

Ils se quittèrent, Blanchard désabusé, Anconi déterminé à creuser.

Sans bruit, Hilda attendait la fin de la communication, assise dans un coin de la chambre.

— Ton ami commissaire n'avait pas l'air content, je percevais les vibrations dans l'appareil.

— Il est furax ! s'exclama-t-il. Drôle d'histoire !

Il raconta.

— Te voilà vraiment en congé, conclut-elle en s'amusant.

— J'aimerais bien savoir tout de même qui était ce Montoison. Tu m'autorises un dernier coup de fil ? Ensuite, promis, nous irons voir Jean.

Elle se contenta de sourire et de proposer :

— Rejoins-moi là-bas. Madame Nédelec t'indiquera le chemin.

Anconi ouvrit la fenêtre, se pencha. Il fut frappé par la fraîcheur de la brise, les nuages bas et une atmosphère de grisaille insaisissable qui tranchaient avec la chaleur de la veille. De nombreuses mouettes se tapissaient en groupes, le bec dans le vent. Il se laissa distraire par le spectacle du port et au-delà, par les langues de sable en partie découvertes. Qu'était venu fabriquer ici ce politicien ?

Il s'empara du téléphone, tira sur son fil jusqu'à l'appui, s'y assit.

— Allô ? Le Quai ?

Il demanda d'abord Lefebvre. Absent. On lui passa Bolz, à sa requête.

— Bonjour, Petit.

— Oh ! C'est vous, Patron ?

L'enthousiasme bien perceptible de son inspecteur procura du plaisir au commissaire. Bolz craignait toujours de voir son chef s'éloigner du “36, quai des Orfèvres”. Pourtant excellent flic, il manquait d'assurance lorsqu'il se retrouvait seul. Il constituait, avec son acolyte Lefebvre, un socle sur lequel Anconi pouvait s'appuyer sans crainte.

— Des nouvelles du “grêlé” ?

— Aucune. Lefebvre est retourné dans le 19e. Il interroge les commerçants du quartier, à la recherche d'un type qui aurait été vu dans l'ascenseur, le jour des faits. Dites donc, Patron, le fric-frac de la Banque de France provoque un drôle de ramdam. Dans nos couloirs, on parle maintenant d'un coup d'Action directe. Et votre mort du Croisic ?

— Justement, Petit, il y a embrouille et j'ai besoin de vous, les enfants.

— Avec plaisir…

Anconi résuma la situation, la mystérieuse et rapide identification de la victime, l'irruption des RG et du SRPJ de Nanterre, la thèse précipitée du suicide, enfin le rapatriement expéditif du corps quai de la Rapée.

Chemin faisant, il entendit le crissement du briquet, crut même percevoir le souffle de la première bouffée de Gauloises de son inspecteur.

— Bon Dieu ! Vous êtes certain de vouloir nager à contre-courant ! Vous êtes sur des œufs ! Comment peut-on vous aider ?

Bolz savait que son commissaire n'abandonnerait pas la partie.

— Voilà. Je souhaiterais que vous vous renseigniez sur le citoyen Édouard Montoison. C'est le nom du mort. Il a 53 ans et travaillait comme conseiller au ministère de l'Industrie, des Postes et Télécommunications et du Tourisme. Il créchait à Neuilly, boulevard Wallace. Je n'en sais guère plus si ce n'est qu'il portait un costume de chez Charvet avec un trousseau de clefs dans ses poches.

— C'est maigre, déplora l'inspecteur, déjà enclin à dévaloriser son futur rôle.

— C'est un début. Soyez discrets, surtout ! Les "grandes oreilles" sont à la manœuvre. Voyez du côté de l'épouse, du centre des impôts, du voisinage, découvrez le nom de sa banque. Planquez au besoin devant chez lui, il habite au numéro 11 bis. Touches-en deux mots à "L'Araignée", il cultive ses entrées dans les ministères.

L'Araignée occupait les fonctions d'archiviste, au "36". Un homme sans âge dont l'essentiel de la vie se déroulait sous les combles des locaux de la police judiciaire, entouré de quantité de classeurs et de cartons poussiéreux.

Toujours vêtu d'une blouse grise qu'il gardait constamment ouverte, un crayon de bois bien taillé derrière l'oreille, lunettes cerclées sur le nez, il constituait une source inépuisable de renseignements.

De plus, il vouait une admiration sans bornes à Anconi, l'entourait de formules d'excessive politesse. Il demeurait le seul à s'adresser à son chef à travers des "Monsieur le commissaire" alors que tous les autres lui donnaient simplement du "Patron".

— Entendu.

— Merci, Petit. Arnaud-Fontaine est-il déjà venu ce matin fourrer son nez dans vos corbeilles à papiers ?

Un rire étouffé lui répondit. Bolz se détendait.

— Officiellement, vous ne savez rien de ce suicidé, évidemment, précisa le commissaire.

— Vous nous connaissez, Patron. Motus et bouche cousue ! Je dirais même plus, motus et bouche cousue !

— Tâchez tout de même de mieux vous débrouiller que les Dupondt d'Hergé !

Ils pouffaient tous les deux en raccrochant.

Anconi descendit dans le hall de l'hôtel. Madame Nédelec se précipita vers lui. Elle arborait une mine de conspiratrice.

Dressée sur la pointe des pieds, elle lui glissa dans l'oreille :

— Un agent de police a déposé quelque chose à votre intention.

Elle le tira par la manche derrière son comptoir, sortit une enveloppe en kraft marquée « *Pour le commissaire Anconi* ».

— Merci, madame Agatha Christie.

La petite dame, les joues plus rouges que jamais, sourit comme si elle entrait au paradis.

Outre le trousseau de clefs attendu, une note sur papier libre, signée de Blanchard y était jointe :

« *Désolé de ne pas vous porter cela moi-même. Je suis convoqué à la sous-préfecture, je redoute une remontée de bretelles, rapport au casse ou à l'affaire que vous savez. Ou les deux !*

1 – Le labo a mis en évidence deux sortes d'empreintes sur la clef à double panneton. L'une correspond à celle de notre ami Montoison, l'autre ne figure pas au fichier. Rien d'exploitable par ailleurs.

2 – Ducreux m'a versé son trop-plein de bile ! Il compte porter plainte auprès du Conseil de l'Ordre des médecins. Pour lui, le décès n'est pas naturel, compte tenu des traces de traumatisme facial. Les radios qu'il a réalisées hier dès réception du corps et qu'il n'avait pas développées immédiatement (il a gardé les clichés) montrent une fracture du maxillaire supérieur et du vomer (un os du nez) ! Sic. En outre, il existait un hématome de la nuque probablement provoqué par un objet contondant. Pas évoqué radio des poumons.

3 – D. m'a transmis les résultats des investigations biologiques : alcoolémie à 0,15 g/l (excluant l'ivresse), absence de toxique.

Je vous appelle dès que possible. B. »

Madame Nédelec suivait du coin de l'œil les mouvements du commissaire, tentait de saisir ses réactions. Le trousseau de clefs, surtout, paraissait l'intriguer.

— Les reconnaissez-vous ? finit-il par lui demander en les agitant à bout de bras devant elle.

— Il me semble… Puis-je regarder de plus près ? Oui, j'ai déjà vu ce porte-clefs, je veux dire l'anneau avec les curieux symboles.

— Tè, pardon, en êtes-vous certaine ?

— Vous allez me dire que je me prends pour le premier moutardier du pape ! Je ne souhaite pas me faire valoir. Un soir, en desservant, j'ai trouvé un porte-clefs semblable sur une table. Je l'ai gardé dans ce tiroir, ne sachant comment contacter la personne. Le lendemain, on est venu le chercher.

— Vous souvenez-vous ? Un homme, une femme ?

— Une femme qui m'était vaguement familière. Je crois qu'elle possède une propriété au Croisic. Une dame mûre, toujours bien mise, voyez ?

— Pouvez-vous me donner son nom ?

— Hélas non ! Je l'ignore. Elle dîne ici une ou deux fois par an.

— Seule ?

La patronne parut soudain gênée.

— Jamais avec le même homme, raison pour laquelle je l'ai remarquée. Des jeunes gens, ajouta-t-elle en baissant la tête, dans un accès de pudeur qui accentua la rougeur de ses pommettes.

— Vous pensez que…

— Absolument, Commissaire. Certaines attitudes ne trompent pas.

— C'est elle qui réglait la note ?

— Chaque fois et en espèces.

Madame Nédelec parut satisfaite de parvenir à apprendre au policier ce qu'elle n'osait dévoiler spontanément.

— Vous parlez d'une propriété. Sauriez-vous où elle se trouve ?

— Je crains de ne pas pouvoir vous aider sur ce point. Un taxi la déposait.

Pour le commissaire, cela ne signifiait pas nécessairement qu'elle venait de loin.

— Pourriez-vous me décrire cette femme plus précisément ?

Elle fit mine de fouiller ses souvenirs, mais Anconi ne fut pas dupe.

— Grande, la cinquantaine chic, toujours bien habillée et maquillée avec goût, bien conservée comme on dit. Comment vous expliquer ? Des manières, une amabilité de façade, de celle des riches qui s'adressent à nous avec une condescendance polie. Cela ne ressemble pas à la clientèle la plus fréquente du Croisic, commenta-t-elle avec une moue.

— Grande bourgeoise ?

Il fut tenté de préciser “rive droite”, s'en abstint.

— Je n'osais vous le dire.

— Vous vouliez ajouter quelque chose ?

— Non. Je crois que nous nous comprenons.

— Vous souvenez-vous de la date de sa dernière venue ?

— Pas cet hiver, c'est certain, car il a régné un froid de canard ! Deuxième partie de septembre, je pense. D'ailleurs nous avions bénéficié de températures exceptionnellement élevées à la fin du mois.

Il extirpa de son vieux cuir une photo de la victime, la lui montra.

— Lui était-il arrivé de dîner avec cet individu-là ?

Elle se pencha sur le cliché, plissa les yeux, détourna vite la tête.

— C'est celui du journal ! Trop âgé.

— En effet. Le nom de "Montoison" vous évoque-t-il quelque chose ?

— Je regrette, Commissaire, concéda-t-elle.

Elle s'enhardit, hésita, se lança finalement, comme si tout son corps se projetait dans un dernier élan d'agonie.

— Vous pensez qu'il y a un lien entre ce... monsieur... et ma cliente ?

— Les clefs, madame Nédelec, les clefs, lui assura-t-il en secouant le trousseau.

— L'homme, sur la photo, il n'est pas parti tout seul, quelqu'un l'a aidé à mourir, c'est cela ?

La stupéfaction pétrifiait la petite femme aux joues rouges. Elle réalisait qu'elle se trouvait soudain mêlée à son insu à une intrigue criminelle. Et que le commissaire n'était pas tant en vacances qu'il le prétendait.

— Je vous tiendrai au courant, murmura Anconi, sur le ton de la confidence. Dites-moi, pour la rue des Courlis, quel chemin dois-je prendre ?

— Suivez le quai jusqu'au port de plaisance, Commissaire. Vous verrez, juste après, il y a un petit square autour du monument aux morts. Vous continuez vers la gare, vous tournez à gauche, puis à droite. Vous trouverez la zone conchylicole... Oh ! Celui-ci, il m'a toute retournée ! soupira-t-elle, en le regardant s'éloigner.

Il quitta l'hôtel, un vague sourire aux lèvres, releva

son col, suivit les quais vers la direction indiquée. Les boutiques finissaient d'envahir le trottoir, proposant épuisettes, ballons et seaux de plage et, en raison du temps, cabans et imperméables fantaisie. On fouillait déjà fébrilement le portique de vêtements annonçant les remises de l'été.

Un restaurateur scrutait le ciel gris, hésitant, installait finalement quelques tables dehors. Le menu du jour, inscrit à la craie sur un panneau campé en travers du passage, proposait le plateau de fruits de mer, le poisson selon arrivage, les moules marinières.

Tout en marchant, indifférent au léger crachin qui se mit à tomber, de celui qui ne mouille pas, il tenta de réunir en un ensemble cohérent les pièces du puzzle. « Cette femme qui venait dîner à l'Hôtel de la Criée avec des gigolos était-elle l'épouse d'Édouard Montoison ? Puisqu'elle avait téléphoné de Neuilly, elle ne séjournait pas au Croisic avec son mari ces jours derniers. Pour la même raison, elle ne pouvait être celle qui avait sollicité la gendarmerie et les pompiers, d'ailleurs elle se serait identifiée ! À moins qu'elle ne soit rentrée précipitamment après... ? Avant d'implorer ensuite le secours du ministère, déclenchant ainsi la descente des RG ? »

« Pourquoi cet empressement à affirmer le suicide ? Nanterre évoquait des problèmes familiaux, un courrier. En ce cas, quelle origine pour les fractures constatées par le malheureux Ducreux ? Montoison serait-il tombé sur des rochers avant d'être emporté par le courant ? »

Anconi réalisa qu'il lui faudrait attendre d'en connaître davantage sur le personnage, sa famille et les lieux du drame avant d'émettre des hypothèses.

Il poursuivit son chemin, contourna ce qui ressemblait à un parc sur une colline arborée, découvrit la zone conchylicole. Il y avait là plusieurs hangars largement ouverts, du matériel divers, des tracteurs aux roues maculées de sable et aux articulations rouillées. Des hommes en bottes travaillaient dans une atmosphère humide et maritime.

Il repéra Hilda et Jean, sur la pente d'une descente où la mer avait abandonné des traînées d'algues brunes et de nombreuses annexes retournées gisant sur la berge. Ils discutaient avec un solide gaillard enveloppé d'un tablier de ciré jaune, chaussé de bottes, qui gesticulait, parlait fort et paraissait très énervé.

Jean s'approcha de son père, le prit à part et lui expliqua à voix basse que son ami Christophe avait été victime d'un cambriolage au cours de la nuit.

— Fatche !

Les présentations furent brèves.

— Vous tombez bien ! Votre fils m'a dit que vous appartenez à la police. Ah, les salauds !

III

Christophe, la cinquantaine, ne tenait pas en place. Son large tablier de ciré jaune virevoltait autour de sa carrure énergique. Collier de barbe bien taillée, cheveux courts poivre et sel, il vous fixait de son œil noir. Une belle barbette* l'accompagnait, à faible distance, silencieuse.

— Un vol ? s'enquit poliment le commissaire.

— Ah, les cloportes ! Sûr qu'on les avait bien renseignés !

— …

— Plus d'une tonne de palourdes ! Prêtes à être conditionnées ! Ce n'est pas un hasard !

Christophe pénétra dans sa cabane, disparut derrière une installation rutilante équipée d'un tapis roulant, revint en vociférant.

— Ce n'est pas un hasard !

— Y a-t-il des traces d'effraction ?

— Aucune ! Ils les ont piquées directement dans les bassins ! Ils n'ont pas visité les locaux, ils ne contenaient que des coques ! Pas fous !

Anconi dut se faire préciser ce qui paraissait une évidence pour l'autre. Le cours de la palourde est

*Chien d'eau, une des plus anciennes races françaises.

trois fois plus élevé que celui des coques. Il ouvrit la porte de sa chambre frigorifique, montra quelques mannes de coquillages :

— Celles que vous voyez là appartiennent à un voisin. Ils savaient ce qu'ils faisaient, les bougres !

— Où se trouvaient-elles, alors, ces palourdes ? demanda le commissaire, totalement dérouté.

— Je t'explique, s'exclama Christophe, qui dans son agacement avait adopté le tutoiement.

Il claqua la porte de son frigo, sortit de son entrepôt en entraînant le policier.

— Un vol comme ça, c'est vite fait, commença-t-il. La nuit, il n'y a pas un chat, ici. Ils ont emprunté mon chariot élévateur et hop ! Ils sont descendus vers les parcs, à marée basse. Là, ils ont sorti les palettes de coquillages de mes bassins de marée avec le bras de mon engin, les ont chargées dans une camionnette et hop ! Ils ont filé, ni vu ni connu, je t'embrouille ! En plus, avec la nouvelle lune, nuit noire. Deux ou trois gars bien organisés en ont pour un rien de temps à mener le coup.

Tout en expliquant, il montrait de la main les étendues sableuses du Grand Traict, découvertes.

— Les clefs de contact restent sur votre élévateur ?

L'homme au ciré jaune haussa les épaules.

— Quelle quantité ont-ils prise ?

— Il devait y avoir une tonne et demie de coquillages ! Quatre palettes.

— Une tonne et demie ! Ce genre de vol est-il fréquent ?

— Ici, cela ne s'était jamais produit. À la période de Noël, ce sont surtout les huîtres qui les intéressent. L'huître, c'est *peanuts*, au Croisic. Sa production est faible bien que de qualité remarquable en raison de la situation privilégiée du site et lui vaut l'appellation d'huître spéciale.

— Avez-vous prévenu la gendarmerie ?

— Je les attends. De toute façon, on ne retrouve jamais les malfrats, pas plus que leur butin ! Pas de trace, pas de preuve.

— Peut-être des empreintes sur votre engin. Vous dites qu'ils ne sont pas venus au hasard. Vous avez un soupçon ? Qui peut s'intéresser à des coquillages, à votre avis ? s'enquit le commissaire, égaré dans ce milieu dont il ignorait tout.

— Ceux qui ont réalisé cela savaient très bien où et à qui fourguer la marchandise, affirma-t-il, buté : des grossistes, d'autres professionnels…

Il refusa d'en dire plus. Réservait-il ses confidences aux gendarmes ? Ou souhaitait-il enquêter par lui-même ?

— Les coquillages peuvent-ils voyager longtemps ?

— Au frais, trois ou quatre jours. En camion, en train, en bateau…

— En bateau ? Mais, à marée basse… objecta Anconi.

— Faudrait les transvaser, mais pourquoi pas ? L'essentiel est d'échapper aux contrôles.

Anconi n'insista pas, revint à l'autre affaire, la sienne.

— Je sais que le moment est mal choisi, mais pourriez-vous me montrer où vous avez trouvé le corps, hier matin ?

Christophe se tourna vers son ami.

— Tu vas le conduire, moi, il faut que j'attende les bleus. Je dois aussi prévenir mes clients, mon assurance. Prends le Caterpillar !

— J'emprunte celui de Peupeu, proposa Jean, les gendarmes voudront sans doute examiner le tien.

— Tu es bien un fils de flic, toi ! Profites-en pour me rapporter en même temps la palette de palourdes, celle que nous avons déposée avant-hier dans le bassin de marée et qu'ils ont bien voulu me laisser. Tu m'aideras à les conditionner ? Bon sang, quelle guigne ! Comme si on n'avait déjà pas assez des hordes barbares qui envahissent mes parcs aux grandes marées et me détroussent mes cultures de coquillages, ragea Christophe, très colère.

Il disparut dans sa cabane sans attendre, décrocha le téléphone, le posa, revint, suivi par sa petite chienne noire.

— Tu expliqueras à papa-commissaire comment le gars en costume a pu arriver là où nous l'avons découvert.

Il fit un geste de la main vers Anconi et son fils,

mi-au revoir, mi-renvoi, puis pénétra de nouveau dans son local en maugréant. On le vit arracher son tablier jaune et reprendre le combiné. Son « Allô ! » n'eut rien d'amical.

— Je vous attends ici, prévint Hilda.

Jean démarra l'engin dans un nuage de fumée bleue et un ronflement de moteur. Il invita son père à se caser près de lui. Un pied dans la cabine, l'autre sur le marchepied rouillé de la machine, le commissaire s'agrippa à la main courante dès que le Caterpillar manœuvra vers l'estran. Ils descendirent en cahotant vers le sable découvert. Jean fonça, franchissant les chenaux partiellement vidés par le jusant, éclaboussant du liquide vaseux.

Ils passèrent à proximité des bassins de marée, des retenues de mer de forme rectangulaire où l'eau se trouvait emprisonnée à marée basse par des murets. Jean s'arrêta un bref instant pour montrer le lieu du vol de palourdes :

— À la haute, tout cela est recouvert, hurla-t-il pour dominer le vrombissement de l'engin. À la basse, comme maintenant, on accède facilement aux bassins qui restent remplis. Un jeu d'enfant de subtiliser quelques palettes au milieu de la nuit quand on connaît les lieux !

Anconi souhaita regarder de plus près.

— Coupe donc le moteur un instant.

Il se pencha vers l'onde transparente, là où une tige métallique luisante plongeait dans l'eau. La palette brillait sur le fond. On y distinguait parfaitement les cagettes empilées, remplies de coquillages.

— Pourquoi ont-ils laissé celle-là ? s'interrogea-t-il à voix haute.

Jean haussa les épaules et démarra son engin.

Ils repartirent en bringuebalant, circulant sur un chemin mal délimité, traversant des fondrières. Le Caterpillar soulevait de ses gros pneus des gerbes d'eau sableuse. Anconi remarqua des piquets, çà et là, dressés sur le sol, certains très fins et de guingois, d'autres plus épais, bien droits et habillés d'algues.

Soudain Jean stoppa, coupa le moteur. On perçut de nouveau le bruit du vent, les cris des goélands.

— On l'a trouvé ici ! dit-il. Coincé contre ce poteau, sur le ventre, le visage enfoui.

Anconi mit pied à terre. Il était difficile de déterminer la matière dont était constitué le pieu, tant il avait été remanié par la mer, épaissi par des substances organiques, en partie enveloppé d'algues vertes. Le commissaire se pencha, comme s'il s'attendait à découvrir un objet ou un morceau de tissu témoignant du naufrage. Il se redressa, balaya l'endroit du regard, du clocher du Croisic à celui de Batz-sur-Mer puis se tourna vers les étendues basses qui finissaient par se diluer avec l'horizon. Une barque posée un peu plus loin et des engins travaillant dans les parcs témoignaient de l'activité humaine dans cet étrange et fascinant paysage. Un bref passage de pluie fine troubla fugitivement le tableau.

— À ton avis, comment le corps a-t-il pu arriver là ? demanda-t-il.

— Tout cet espace s'appelle le Grand Traict, expliqua Jean, montrant d'un large geste du bras une vaste étendue sableuse hérissée de piquets sur laquelle reposaient des bateaux plats. Actuellement la marée est basse, mais la haute mer la recouvre tout entière. Elle est parcourue par des étiers qui alimentent les marais salants de Guérande. Plus on se dirige vers le fond, moins il y a de profondeur. Pour Christophe, le corps n'a pas pu venir des salines. Pas suffisamment d'eau, accès difficile, sauf vers Sissable, là-bas en face, mais le courant n'y porte pas ici. Il pense qu'il est remonté du bas par le chenal principal des Vaux. Au jusant, il sera redescendu pour se coincer sur un des piquets de ses parcs, au Gros Banc.

— Est-ce profond ? demanda le commissaire en se tournant vers son fils.

— Non, enfin cela dépend de l'heure et du coefficient de la marée. À certains endroits, il y a de forts courants, surtout au jusant.

— Selon ton ami, avant de s'échouer là, a-t-il pu tomber de n'importe quel point de la rive ? finit-il par demander, un peu ému.

Jean fixa son père.

— Pas compliqué, expliqua-t-il, à l'entrée du port, passé la balise du Mabon, le courant se divise en deux bras, au niveau de la nouvelle criée. L'un vient par ici, l'autre se dirige vers Pen Bron, dont tu aperçois le môle, au-delà des voiliers au mouillage. Le flot dominant porte vers Le Croisic de sorte que, même si le type est tombé en aval de cette bifurcation, le mouvement de la marée l'aura plutôt poussé de ce côté-ci. Il peut aussi bien avoir basculé de l'estacade du Tréhic que d'un tout autre endroit des quais extérieurs, jusqu'au chantier naval croisicais dont tu distingues les hauts murs blancs. Un fait demeure certain, la chute ne s'est pas produite dans les bassins intérieurs, le courant y est trop faible pour l'emporter là où nous l'avons trouvé. Peut-être même a-t-il été balancé d'un bateau à la flotte.

— En costume et chaussures de ville ? objecta Anconi.

— Il y a des touristes qui ne connaissent rien à la mer.

— Hum ! Mais pour que le corps parvienne jusqu'ici...

— Tu as tout compris : la chute s'est produite au cours de la montante, affirma Jean comme une évidence. Sinon, pendant la descendante, le bonhomme aurait été repêché au large.

— Pardi !

Anconi réalisa que cette indication permettrait d'établir un créneau pour l'heure du décès.

— Voyons, vous avez trouvé le corps dans la matinée du 4 juillet. Te souviens-tu des horaires de marée ?

Son fils n'eut pas à réfléchir. Il récita aussitôt : « Pleine mer 4 heures du matin, basse à 10 h 22, petit coefficient de 61. »

— Selon toi, à partir de quel moment le courant portait-il ici au cours de cette nuit-là ?

— Je dirais, à partir de 22 h 30, voire un peu plus.

Le commissaire calcula qu'Édouard Montoison avait touché l'eau dans la nuit du jeudi 3 au vendredi 4 juillet, entre 23 heures et 4 heures du matin !

— Selon toi, aurait-il pu venir de l'autre rive, de cet endroit dont je n'ai pas retenu le nom ?

— De Pen Bron ? Impossible ! C'est vrai, le coin est calme là-bas, pour ne pas dire désert, la nuit. Facile de se débarrasser d'un corps. Mais Christophe est formel, il aurait été emporté vers le large. « Les Turballais nous l'auraient rapporté dans leurs filets », comme il dit !

Anconi abandonna la scène à regret, grimpa sur l'engin. Il réalisa qu'en l'absence d'autopsie, il ne disposait pas de l'heure précise du décès.

Cette tranquillité du lieu contrastait avec le boucan du moteur qui couvrit de nouveau les voix lorsque Jean le remit en marche. Ils durent hurler pour s'entendre.

— Est-ce habité, en face ? s'enquit le policier, qui envisageait toutes les hypothèses.

— Autrefois un sanatorium y était implanté. De nos jours un grand centre de rééducation l'a remplacé. Tu vois, on devine le clocheton des bâtiments au-dessus des pins. Un chemin privé mène jusqu'au môle. Les malades ne s'y promènent pas la nuit… peut être quelques phoques ?

Ils éclatèrent de rire tous les deux, secoués comme des pantins par l'engin. Ils se dirigèrent vers la rive. Habilement, Jean manœuvra, s'approcha du bassin de marée à le toucher, déploya le bras télescopique, embrocha l'œillet de la palette et la souleva. La douzaine de cagettes de coquillages se balança en s'égouttant abondamment. Il les déposa sur le sable à la demande de son père.

— Vé ! Cette figue n'est pas du même panier !

Parmi les mollusques brillait un objet insolite qui attira son attention.

— Viens voir !

Le commissaire montrait un briquet jetable. L'absence de rouille l'étonna.

— Tu fumes, Petit ?

— Moi ? Jamais de la vie ! Christophe, un peu, parfois.

Anconi le tourna entre ses doigts, le secoua. Un briquet BIC, blanc. Sur une de ses faces, les restes d'un slogan publicitaire, en grande partie effacé : « *……s……nes de l'Est* ».

Il le montra à son fils, qui maugréa contre les pollueurs qui jetaient tout à la mer.

Anconi l'enfouit dans sa poche et grimpa près de lui.

Le Caterpillar déposa son fardeau devant la

cabane de Christophe. Une estafette Renault bleue y stationnait.

Hilda, assise sur une annexe renversée, un parapluie à ses côtés, contemplait le retour du père et du fils avec émotion. La pluie avait cessé, laissant un ciel gris opaque et uniforme.

Christophe, sa chienne sur les talons, était apparu au bruit de l'engin. Sa colère n'avait pas vraiment faibli.

— Voulez-vous leur parler ? demanda-t-il au commissaire, en désignant la fourgonnette bleue.

— Tè, pardi, je vais les laisser travailler…

Christophe leva les mains en signe de regret. N'aurait-il pas pourtant souhaité son concours ?

— C'est vrai, tu as une affaire plus sérieuse sur le dos, commenta-t-il, déçu.

— Tè, la vôtre l'est aussi ! Vu les circonstances, je vous ennuie avec mes questions, reprit-il.

— Tu me donneras bien un coup de main si ceux-là pataugent, railla-t-il.

— Bonne Mère, je vous le promets.

Des interrogations venaient à l'esprit du commissaire, maintenant que l'absence de bruit de moteur autorisait une conversation suivie.

— Aurait-il pu passer par-dessus bord d'un bateau au mouillage, par exemple ?

— Votre bonhomme ? D'un bateau ? Drôle d'idée que de naviguer en costume, mais pourquoi pas ? Du moment que c'était au flot, ajouta-t-il.

Il poursuivait sa tâche, de nouveau revêtu de son grand tablier jaune.

Il commençait à charrier énergiquement les cagettes fraîchement sorties des bassins, aidé spontanément par Jean.

— Lorsque vous avez découvert le corps, il se trouvait sur le ventre ?

— Oui. Coincé contre un pieu, le fiston a dû vous le montrer, même que son veston était déchiré dans le dos. On apercevait la doublure, plus claire.

— Vaï ! Est-ce le piquet qui aurait provoqué cela ? s'étonna le commissaire.

— Certainement pas, bougonna l'autre, le courant n'est pas suffisamment fort.

Anconi se demanda pourquoi un suicidé aurait eu l'idée de lacérer l'arrière de son costume avant de se jeter à l'eau. Aurait-il heurté des rochers coupants au cours de sa chute ?

Où donc avait-il entendu dire, au contraire, que les désespérés pliaient soigneusement leurs vêtements avant de passer à l'acte ?

— Vous êtes un fin observateur ! Lorsque vous l'avez chargé sur votre remorque, avez-vous noté un autre détail ?

Jean intervint.

— Non, comme je te le disais hier soir, ajouta-t-il, son visage portait des marques violacées. Il était à moitié couvert de sable et de morceaux d'algues, mais nous l'avons bien observé.

— Bonne Mère, vous formeriez de bons flics, tous les deux !

Christophe hochait la tête en signe d'assentiment, tout en continuant à travailler.

— Une raclée, sûrement, bougonna-t-il en pénétrant dans son hangar.

Sa petite chienne noire le suivit en trottinant, sans émettre un son.

« Un suicidé des cabinets ministériels kidnappé au petit matin par les services les plus secrets de l'État, un suicidé portant des marques de violence à la tête et une fracture du nez, un suicidé à la veste déchirée dans le dos ! »

Tout semblait évoquer en effet un règlement de comptes qui avait mal tourné.

Anconi eut brutalement le sentiment d'avoir mis les pieds dans une sale histoire. Juste après, il réalisa que son cher directeur établirait bien vite le lien entre l'affaire Montoison et les vacances soudaines de son commissaire au Croisic…

« Pas de vagues, Anconi, pas de vagues ! » Il devina les sourcils vibratiles, le bureau d'acajou impeccable, le téléphone qui ne manquerait pas d'y résonner, la voix d'un sous-fifre du ministère de l'Intérieur, froide et impérative :

« Monsieur Arnaud-Fontaine, en haut lieu on souhaiterait vous voir place Beauvau ! »

Malgré le temps maussade et le caractère morbide de la conversation, le commissaire sourit. Hilda, qui s'était approchée, se demanda pourquoi. Il voulut offrir un cachou, mais constata que les poches de son vieux cuir étaient vides. Ses doigts palpèrent le Bic. Il le montra à Christophe.

— Vous appartient-il ?

— Non, pas à moi.

Anconi aperçut à ce moment-là le bas de son pantalon maculé de vase noire, ses chaussures trempées et couvertes de sable.

— Pardon, excusez, nous allons vous laisser travailler ! Moi, je suis bon à changer !

Il n'avait pas trouvé de meilleur prétexte pour éviter de croiser les gendarmes. L'un d'entre eux scrutait le sol de la cour, sans doute à la recherche de marques de pneus, un autre relevait soigneusement des empreintes sur les commandes des tracteurs.

Alors que Jean continuait à décharger la palette, le commissaire s'adressa à Christophe :

— Parmi vos employés, y a-t-il des fumeurs ?

— On fume tous ici, mon gars ! Sauf votre fils ! Mais ce briquet, jamais vu.

Anconi et Hilda les quittèrent. Ils firent le tour des entreprises de la zone conchylicole. Ils s'arrêtèrent devant un hangar aux portes largement ouvertes. Quelques ouvriers en bleu de travail, armés de grattoirs, s'affairaient sur une coque de navire posée sur sa longue quille. Face à la lumière du dehors, on distinguait surtout l'étrave du bateau, dont le bois avait été partiellement mis à nu.

Le mât, en bois également, gisait à terre, enroulé dans des cordages.

— André ! interpella une voix qui surgissait du fond du local, il y a un sacré jeu dans l'étambot !

Un barbu coiffé d'un bonnet de marin bleu et blanc disparut sous la carène, un serre-joint à la main.

Anconi s'approcha, hésitant à interrompre leur labeur.

— Bonjour, Messieurs.

— 'Jour, M'sieurs-Dames, fit un moustachu d'un certain âge, en mettant deux doigts à son béret. Vous cherchez quelque chose ?

— Bonjour. Pardonnez le dérangement, avez-vous entendu parler de ce vol de palourdes ?

Il montra fugitivement sa carte rayée bleu-blanc-rouge.

— Chez Christophe ? Bien sûr. En plus, la veille, il découvre ce type noyé, dans ses parcs. C'est sa semaine !

— À ce propos, vous n'avez rien remarqué ?

— On ne travaille ici que le jour. On se relaie. C'est la nuit que… Vous appartenez à la police ?

— Oui, en effet, mais vous auriez pu apercevoir des rôdeurs ? Les voleurs ont dû procéder à des repérages avant leur forfait ?

L'homme parut réfléchir.

— L'autre jour, j'ai bien vu des types s'enguirlander autour d'un camion. C'était…

Il se gratta la tête en soulevant son couvre-chef, puis cria vers un interlocuteur invisible :

— Yannick ! Tu te souviens des deux gars qui se prenaient le chou, derrière le hangar de Peupeu ?

Une chute d'un objet métallique précéda un « Ouais ! » et l'apparition du barbu qui se déplia douloureusement le dos.

— C'était quel jour ? lui demanda André.

— Mercredi ! affirma Yannick, le jour du tirage du Loto, je m'en souviens bien, il me manquait un seul numéro pour…

« Trois jours avant le cambriolage », réalisa aussitôt Anconi.

— …même qu'ils baragouinaient en portugais ou en espagnol !

— Ah ? Avez-vous compris ce qu'ils se disaient ?

— Oh, non, Monsieur. D'après les éclats de voix, ils ne semblaient pas d'accord. Cela n'a pas duré longtemps, ils sont partis rapidement.

— Vous avez certainement noté la marque du camion ? demanda Hilda.

André répondit, du tac au tac.

— Mercedes 409 D. J'en ai possédé un pareil. Mais pour la plaque, tintin ! Trop loin.

— Un frigorifique ?

— Non. Je me souviens qu'il était vert foncé, couleur militaire, voyez ?

— Merci beaucoup, Messieurs. Dites-moi, pas tout jeune, ce bateau ?

— Il s'agit du "Kurun" !

— Non ? Celui qui a bouclé le tour du monde ? l'interrompit Anconi. Je suis justement plongé dans le récit de cette aventure ! Il semble en piteux état, non ?

L'intérêt du commissaire déclencha une cascade de renseignements. Le navire venait d'être confié par son propriétaire, le navigateur Le Toumelin, à la ville du Croisic.

— Nous sommes des bénévoles, des passionnés. Nous avons créé une association, "Les amis du Kurun" pour le remettre en état. Il faudra y passer quelques milliers d'heures, mais nous y parviendrons ! Après presque vingt ans au sec, il retrouvera son élément, la mer !

Les yeux brillants, ils entraînèrent les Anconi sur leur chantier.

— Un solide navire, dix mètres, arrière norvégien, membrures en acacia, gréement en cotre…

« Simple et robuste », conclut André après bien des explications techniques.

— Pourquoi "Kurun" ? demanda Hilda.

— Cela veut dire "Tonnerre", en breton, répondirent-ils ensemble, fièrement.

IV

Midi approchait lorsqu'ils rentrèrent à l'Hôtel de la Criée. Madame Nédelec aborda le commissaire avec un air de conspiratrice :

— On vous a demandé plusieurs fois au téléphone, chuchota-t-elle.

Puis, d'une voix presque inaudible, elle murmura, vérifiant de la tête que personne ne lui prêtait attention :

— Paris.

Les joues roses de plaisir, elle lui indiqua le combiné, derrière le guichet de l'accueil.

— Le correspondant s'est-il identifié ?

— Non, il a seulement annoncé qu'il rappellerait. Je vous le passerai dans votre chambre ?

Les Anconi déjeunèrent à la table la plus proche de la baie vitrée. Face à eux s'élevait la façade du bâtiment massif de l'ancienne criée. Les armes de la ville, surmontées d'une grosse horloge, occupaient une large place au-dessus de la voûte de l'entrée. Dans les quadrants ménagés par les branches d'une croix, quatre hermines supportaient une couronne que deux lévriers dressés sur leurs pattes arrière semblaient soutenir de part et d'autre. On lisait sur le frontispice, derrière la hampe du drapeau tricolore : « *Salerie – Poissonnerie* » ainsi que l'année de construction de la halle à marée, « *1878* ».

En entrée, ils partagèrent des huîtres. Hilda dut ensuite regarder son mari décortiquer ses fruits de mer. Elle terminait sa daurade sauce fenouil, lui ne cassait que la deuxième pince de son araignée. Il réclama un supplément de mayonnaise.

Dehors, la pluie avait cessé, la couverture nuageuse se déchirait par endroits. Le velum s'égouttait.

Madame Nédelec vint à eux, distribuant un sourire à chaque table, comme pour s'excuser de déranger les dégustations.

— Je suis navrée. La personne de Paris vous demande…

Anconi lâcha son casse-noix et ses carapaces de crustacés, se leva avec un regard de regret vers Hilda. Le combiné reposait sur le guichet de l'accueil.

— Allô ?

— Monsieur le commissaire ? C'est L'Araignée. Je vous prie de me pardonner d'interrompre votre repas…

La patronne de La Criée n'avait-elle pas tenté de retarder l'appel en indiquant que « la personne que vous demandez commence son déjeuner » ?

— Vaï, je t'écoute, Vieux.

— Édouard Montoison était un gros poisson. L'homme possédait deux facettes, politique au recto, affaires privées au verso. Par laquelle souhaitez-vous que je débute, Monsieur le commissaire, en sachant qu'il faudrait beaucoup plus de temps pour faire le tour du personnage ?

Toujours cette politesse extrême à laquelle l'archiviste se cramponnait, malgré les remontrances feutrées du commissaire.

— Va pour la politique. Mais appelle-moi donc “Patron”, comme les autres, tu veux ?

Un bref silence occupa la ligne. L'Araignée devait se mordre les lèvres, rajuster ses lunettes de fer. Il poursuivit :

— Comme vous le savez déjà, il était conseiller au cabinet de l'Industrie, des Postes et Télécommunications et du Tourisme et ce depuis de nombreuses années. Il a traversé les gouvernements de droite comme de gauche. Mauroy l'avait gardé en mai 1981, Fabius aussi et même Chirac en mars de cette année. On parlait de lui pour un grand ministère ! Peut-être même Matignon.

Anconi émit un sifflement.

— Il existe dans la famille une tradition pour le service de l'État, poursuivit l'archiviste. Son père appartenait à l'Inspection générale des finances, sa mère était procureur à la Cour des comptes. Bien entendu, il sortait de l'ENA, promotion France-Afrique, diplômé en 1957.

— Tè, on ne parvient pas à cet échelon sans avoir autant d'amis que d'ennemis !

L'Araignée émit un discret gloussement.

— C'était un spécialiste des dîners en ville, selon mes sources. Il rencontrait beaucoup de monde. On prétend que son carnet d'adresses était bien garni. Les mauvaises langues laissaient entendre qu'il tenait également un cahier noir où il aurait épinglé nombre de collègues, tant au parlement que dans les couloirs des ministères. Nul n'en a la preuve.

— Cela expliquerait son maintien et sa longévité, mais justifierait aussi qu'un individu compromis veuille sa disparition ! Nul doute que les RG vont chercher à mettre la main sur ce carnet, si ce n'est pas déjà le cas ! Et le côté homme d'affaires, Vieux ?

— Dernière chose, avant cela, Mons… Patron. Dans le microcosme politique, il était considéré comme un monsieur courtois, il ne se fâchait jamais. Il possédait la réputation d'un type simple et honnête. Je vous parlerai de sa vie personnelle ensuite.

— Tu es bien renseigné. Comme toujours !

— Côté business, il appartenait au conseil d'administration de plusieurs entreprises privées, toutes dans le bâtiment ou la banque, dans lesquelles il jouait un rôle actif. Il y jouissait d'une réputation de rigueur. Il ne se faisait jamais représenter.

— Un homme aisé et influent, à l'évidence. Quoi encore ?

— Marié, sans enfant. Il a épousé une femme riche, Hortense née Bondésir de la Ferrière, une famille originaire de Roubaix. Fortune dans le textile, reconvertie dans le prêt-à-porter et la maroquinerie de luxe. Hortense traîne une réputation de mondaine. Elle fréquente les grands restaurants parisiens, souvent accompagnée d'hommes plus jeunes qu'elle. Mais Édouard semblait aussi…

— Ah ! Veux-tu dire qu'il préférait les hommes ?

— Non, non ! Pas du tout.

L'Araignée marqua un silence, interloqué.

— Pardon, Vieux, continue !

— Simplement, de son côté, il entretenait une maîtresse depuis quelques années, sans se cacher. Une certaine Antonella Salabrino, d'origine italienne. Elle tient une galerie de peinture dans le quartier du marais, rue Vieille-du-Temple.

« Jalousie entre deux femmes ? » spécula Anconi.

— Possédait-il un bien au Croisic ? s'enquit-il.

— Le couple Montoison détient une villa à Mers-les-Bains, qui leur vient de la famille d'Hortense, ainsi qu'une propriété au Croisic, mais celle-ci aurait été revendue récemment. Peut-être séjournait-il à l'hôtel ?

— Hum. Je ne le pense pas. Dans sa poche a été trouvé un trousseau de clefs qui ne correspond pas à ce type de logement.

— Celles du boulevard Richard-Wallace ? tenta L'Araignée.

— Certainement pas. Trop anciennes pour un appartement ! Cherche de nouveau, tu veux ?

— Peut-être que celle du Croisic leur appartenait-elle encore ? Je vais creuser, Patron.

— Tâche de me dégotter l'adresse. Sinon, Vieux, avait-il des casseroles ? Les politiques en traînent souvent derrière eux.

— Il avait une réputation d'honnêteté scrupuleuse. Je n'ai rien trouvé pour l'instant, concéda l'archiviste à regret.

— Ne le prends pas pour un reproche ! Tu me donnes déjà une bonne idée du bonhomme. Lui as-tu découvert des ennemis ? Tu m'as parlé d'un “carnet noir”. On peut supposer que ce n'était pas du goût de tout le monde.

— Difficile à dire. Montoison passait bien, comme on dit dans les palais lambrissés.

— À quel parti appartenait-il ?

— Il ne se réclamait d'aucune chapelle. Un homme de dossiers plus que de convictions politiques. Il était considéré comme un modéré. On le dépeint comme scrupuleux, travailleur acharné, jamais fatigué, d'humeur égale. Il ne dormait que quelques heures par nuit.

— Un type tellement parfait, Bonne Mère, que quelqu'un l'a retiré du circuit. Tes recherches ne t'ont pas conduit chez les francs-maçons ?

Le commissaire décrivit le porte-clefs aux symboles très évocateurs.

— Ah ! Curieux qu'il portât sur lui un objet aussi suggestif. Ces gens-là cultivent plutôt le secret, même si l'on se doute que plusieurs ministres et secrétaires d'État sont des frères trois-points. Je vais essayer de me renseigner.

Mentalement, Anconi faisait défiler les trois mobiles criminels les plus fréquents : le vol, la jalousie, la haine. Fallait-il y ajouter l'ambition politique ? La promotion entrevue pour cet homme de cabinet ne faisait-elle pas de l'ombre à quelqu'un ?

L'Araignée devina que son patron réfléchissait. Il attendit.

— As-tu l'impression que le bonhomme pouvait être dépressif ?

— Je n'ai rien trouvé dans ce sens. La réputation d'un type solide.

— Bon. Lefebvre doit se rendre boulevard Richard-Wallace. Son épouse volage sait sans doute ce que son conjoint fabriquait au Croisic. Que Bolz aille fouiner, de son côté, à la galerie de la rue Vieille-du-Temple.

— Vous ne craignez pas, Mons… Patron, que les…

— Les grandes oreilles ? Que les inspecteurs inventent des prétextes ! Par exemple, Lefebvre pourrait parler des clefs trouvées sur son mari, s'inquiéter de son lieu de résidence au Croisic resté ouvert. J'aimerais bien savoir où il créchait, moi, notre conseiller ministériel. Bolz, de son côté, n'aura pas de mal à s'esbaudir devant une exposition de tableaux. Mais « pas de vagues ! » comme dirait notre cher directeur, « pas de vagues ! »

— Je m'en occupe, Pa… Patron.

Il avait hésité sur le qualificatif, comme s'il lui était douloureux de renoncer à ses formules naturelles.

— Avant de te quitter, aurais-tu des entrées à l'institut médico-légal du quai de la Rapée ?

— Euh ! Pas directement. Mon voisin de palier travaille aux pompes funèbres, rue Lecourbe. Je peux lui demander si…

— Cocagne ! Toi aussi, tu as un sacré carnet d'adresses !

Un rire étouffé lui répondit.

— Qu'est-ce que vous voulez découvrir précisément… Patron ?

— Dans l'idéal, cuisiner un garçon de salle afin de savoir si l'autopsie a été réalisée et par qui ? Enfin, je ne te fais pas un dessin.

— Où puis-je vous joindre ?

— Toujours à l'Hôtel de la Criée. Merci pour tout, Vieux.

Il n'attendit pas la réponse, pour s'éviter l'immanquable « Monsieur le commissaire ».

— C'était L'Araignée. Je suis désolé, il fallait continuer, Hilda.

Elle avait patienté devant un paris-brest qu'elle n'avait pas osé entamer. Elle lui avait décortiqué ses coquillages. Le commissaire découvrit le petit tas de chair blanche, soigneusement préparé :

— Oh ! Merci !

— Des progrès dans ton enquête, *mijn beminde* ? demanda-t-elle, l'air de poser la question par simple politesse, alors qu'elle mourait d'envie d'en savoir davantage.

Entre deux bouchées gourmandes et un excès de mayonnaise, il raconta ce qu'il avait appris.

— Tu ne crains pas de mettre les pieds dans une... dangereuse affaire ? Si ton intervention venait aux oreilles d'Arnaud-Fontaine ?

Elle avait hésité sur les termes, partagée entre la curiosité et l'inquiétude.

— Tè, on marche sur des œufs, je te l'accorde ! Mais je ne suis pas du genre à aller à Rome sans voir le pape !

Ils choquèrent, en riant, leurs ballons de muscadet.

— Tu sais, *mijn beminde*, quelqu'un aurait pu le tuer ailleurs, puis se débarrasser du corps au milieu de la nuit en le jetant à la mer.

Le commissaire suspendit son geste, posa son verre, parut réfléchir.

— Tu ne crois pas qu'en ce cas, le ou les meurtriers auraient choisi un lieu plus discret ? Il ne manque sans doute pas d'endroits propices sur la côte.

— Les quais sont déserts, à l'heure où l'on suppose le corps tombé à l'eau. Plouf ! Ni vu ni connu.

Anconi regarda son épouse avec étonnement.

— Qu'as-tu prévu, avec Jean, cet après-midi ? se ressaisit-il.

— Je l'ai invité à nous rejoindre pour dîner. Auparavant, il souhaite aider son ami Christophe plongé dans la panade. Le pauvre ! Ils exercent un métier difficile mais qui rapporte bien. Jean m'a expliqué que les parcs étaient attribués et loués par les Affaires maritimes. Chacun tente d'accroître sa superficie à la moindre occasion, une sorte de guerre de territoires.

— Il a employé ces mots-là ?

— Bien pire ! Je n'oserais pas répéter la formule qu'il a utilisée pour décrire la concurrence effrénée qui règne entre eux.

Anconi se demanda si cette rivalité avait joué un rôle dans le vol. Il laissa Hilda poursuivre.

— ...ils achètent les naissains à des écloseries, à Saint-Philibert près du golfe du Morbihan ou à Bouin en Vendée. C'est très onéreux. Il faut les épandre, dans des conditions de marée bien choisies, étale de la haute et petit coefficient. Trois ans s'avèrent nécessaires pour récolter des palourdes commercialisables.

— Je trouve notre fils un peu fada de se lancer là-dedans. Déjà ses huîtres...

Madame Nédelec apporta leurs cafés :

— Cela vous a plu ? Les araignées sont de saison. Dommage que ce coup de téléphone...

Sans aucun doute, elle se retenait de mendier quelques bribes. N'y tenant plus, elle risqua :

— Avez-vous découvert les bonnes serrures, Commissaire ?

— Pas encore, pas encore. Excellents, vos fruits de mer !

— Mon mari arrive toujours dans les premiers, dès l'ouverture de la criée. Il réserve les plus belles pièces pour le restaurant !

Elle se rengorgea légèrement.

— Je suppose qu'il se lève tôt. À quelle heure commencent les transactions ?

— Dès 4 heures du matin !

— Avez-vous souvenir de vols commis à la criée ? demanda-t-il, pensant à la mésaventure du parqueur au ciré jaune.

— Non, mais c'est drôle ce que vous me dites là. Le journal de ce matin déplore dans un entrefilet l'existence de dégradations survenues il y a trois jours, au niveau de l'accès au bâtiment. Vous ne l'avez pas lu ?

— Un cambriolage ?

— Non ! Non ! Rien n'a été volé. Un véhicule a détérioré les poteaux rétractables qui empêchent le public d'entrer en voiture dans le parking des professionnels. Garer son auto en été au Croisic s'avère parfois difficile.

La conversation avec L'Araignée lui revint brusquement en mémoire.

— Dites-moi, madame Nédelec, je suppose qu'il existe de belles propriétés, au Croisic ?

— Oh ! Votre question appelle des souvenirs. Autrefois mes parents possédaient une jolie demeure face à la plage Valentin, le manoir de Landevennec, à l'entrée du Croisic. Il en existe de nombreux autres dans la commune. Parmi les plus célèbres figure celui de Kervaudu, une gentilhommière classée monument historique. Elle a appartenu à un peintre, mais j'ignore qui la possède maintenant. Elle est située au milieu des terres. Sinon il y a bien cette étonnante maison, la Vigie de la Romaine, un ancien sémaphore dressé sur la côte sauvage, mais elle constitue surtout une curiosité. Je ne sais même pas si elle est encore habitée. D'autres belles propriétés, en bordure de mer, sont devenues des hôtels ou des résidences de vacances. Il existe aussi dans le centre du Croisic d'admirables demeures anciennes, des maisons d'armateur sur les quais, construites du temps de la prospérité du port. Notre petite ville est riche d'histoire !

— Certains biens remarquables ont-ils été vendus, récemment ? s'enquit-il en se remémorant les propos de L'Araignée.

Sans doute madame Nédelec soupçonna-t-elle le policier d'en savoir plus qu'il ne voulait l'avouer sur le fameux trousseau de clefs. Elle rougit.

— Oh ! Je l'ignore. Les agences immobilières ou, mieux, le notaire pourraient vous le dire…

Anconi entraîna Hilda sur les quais. Ils admirèrent les façades, cherchant machinalement des panneaux « à vendre » ou « vendu par… ». Leur marche les conduisit jusqu'à la nouvelle criée. Ils constatèrent qu'un poteau rétractable manquait sur le passage barrant l'accès des véhicules au bâtiment, ainsi que madame Nédelec l'avait lu dans le journal.

Ils se penchèrent vers les chalutiers.

— On a pu le balancer ici, Montoison, remarqua le commissaire, vois-tu la force du courant ?

— Ou il est tombé tout seul et se sera cogné à un de ces gros bateaux.

Le flot tourbillonnait en effet autour de la poupe de trois chalutiers amarrés. Hilda lut leurs noms : Le Tréhic, Marika. L'un d'eux, plus imposant, mais aussi beaucoup plus rouillé, Rio de Arousa, s'apprêtait à appareiller.

Un vieux en marinière, pipe au bec, s'adressa au couple.

— On est bien bon de l'avoir accueilli chez nous, celui-là. Je t'en ficherai, moi !

— Pourquoi donc ? s'étonna Hilda.

— Ces salauds d'Espingouins, ils viennent chaluter jusque sur nos côtes avec leurs gros rafiots ! Çui-là se trouvait en avarie. J'l'aurais laissé se débrouiller, moi ! répéta-t-il, très colère.

Dès leur retour à l'hôtel, Anconi et Hilda furent happés par la patronne. En son absence, le commissaire avait été demandé au téléphone.

— Je crois qu'il s'agissait du même monsieur qu'à midi.

Anconi aurait parié qu'elle en était certaine. N'avait-elle pas cherché à connaître le motif de l'appel ?

— Il a laissé un numéro, dit-elle en lui tendant une carte de visite de l'établissement sur laquelle elle avait griffonné les coordonnées du correspondant, à côté d'un point d'interrogation. Je ne sais pas si j'ai bien compris son nom, ajouta-t-elle, j'ai même cru "un moment d'temps" qu'il se moquait de moi. Pourtant il avait des manières extrêmement polies.

— L'Araignée ? suggéra Anconi.

— Quelque chose de ce genre ! Il s'appelle vraiment ainsi ?

Elle se retint de glousser, eut un mouvement d'épaule, rougit violemment, s'excusa aussitôt. Hilda intervint :

— Dans la police, ils adorent les surnoms… Je me suis toujours demandé de quel sobriquet mon mari était affublé au "36" !

— Souhaitez-vous l'appeler d'ici, Commissaire ? proposa madame Nédelec en montrant le combiné de l'accueil.

Elle maîtrisait difficilement sa curiosité. Il sourit, refusa poliment. Hilda l'accompagna dans la chambre.

— As-tu tenté de me joindre, Vieux ?

— Oui, Monsieur le… Patron ! J'ai trouvé la propriété des Montoison. Ils la possèdent encore, même s'ils ont cherché à s'en défaire. Elle se situe en dehors du Croisic, donne directement sur la route qui mène à la pointe de la presqu'île et se nomme Ker Bellech. Je n'ai pas de numéro. Une demeure en granit, ancienne. À l'aide de son nom, elle doit être facile à trouver.

— Digue ! Comment y es-tu parvenu si vite ?

L'Araignée apprécia le compliment d'un petit rire, mais ne dévoila pas ses sources. Même à son cher commissaire, il n'ouvrait pas toujours les arcanes de son réseau de renseignements.

Anconi goba un cachou avec gourmandise et attendit la suite.

— Vous aviez raison, il aurait appartenu à la Grande Loge de France.

— Tè, ce pourrait constituer l'origine de solides inimitiés.

— Problème, je n'ai pas d'entrée rue de Puteaux*.

Le commissaire perçut du désarroi dans la réponse précipitée de son archiviste.

— À la différence du quai de la Rapée… le conforta-t-il.

— J'allais oublier, pardonnez-moi. Hélas, il ne faudra rien attendre de ce côté-là. Malheureusement.

Anconi se méprit.

— Ton voisin de palier t'a fait faux bond ? Je ne le crois pas !

— Non, il ne s'agit pas de cela. Joseph s'est renseigné. Il n'y aura pas d'autopsie, Patron !

*Siège parisien de la Grande Loge de France.

— Dieu garde ! Impossible !

L'Araignée se lança dans un long discours justifiant la validité de son affirmation. En résumé, Joseph, l'employé des pompes funèbres, bien introduit dans les chambres froides de l'institut médico-légal, avait immédiatement contacté son ami Patrice. Ce dernier, thanatopracteur talentueux, avait été chargé, dès le début d'après-midi, d'intervenir sans délai sur le corps, prétendument à la demande de la famille.

— À l'heure où je vous parle, le travail est en cours, voire déjà terminé, conclut-il avec abattement.

— Que le diable les patafiole ! s'emporta Anconi. Ceux qui ordonnent cette précipitation veulent empêcher la recherche de la vérité. Ils kidnappent le corps au petit matin, affirment d'emblée le suicide, et maintenant ils vont maquiller le cadavre sans pratiquer d'autopsie ! Des mafalous, je te dis que ça ! Des mafalous !

Lorsque les expressions marseillaises fleurissaient et se précipitaient dans la bouche de son mari, Hilda savait que l'enquête ne se dirigeait pas dans le sens voulu et que la colère l'envahissait. Elle ferma précautionneusement la fenêtre de la chambre. Ne cachait-elle pas un sourire malicieux en tournant la crémone ?

— Il reste un petit espoir… susurra l'archiviste au bout du fil, d'une voix pointue.

Le commissaire explosa.

— Quel espoir, Vieux ? Un communiqué sibyllin d'un sous-fifre du ministère concerné, nous annonçant en termes châtiés qu'un membre éminent du gouvernement venait de mettre fin tragiquement à ses jours ?

L'Araignée laissa passer l'orage. Lorsque le silence revint sur la ligne, il poursuivit :

— J'ai fait demander à Patrice, l'embaumeur, de nous communiquer ses impressions, nous dire ce qu'il en pense.

Anconi crut respirer cette odeur du formol qui lui donne le vire-vire*. Une irrépressible nausée l'envahit. Il interrompit les descriptions macabres d'une voix dont il força à dessein l'enthousiasme, ingurgitant un nouveau cachou comme un antidote :

— Dieu garde ! Tu me rassures un peu ! Ce Patrice, as-tu confiance en lui ? Ne risque-t-il pas d'être soudoyé ?

— Soyez tranquille, Patron. Joseph m'a affirmé que ce gars-là « ne vivait que pour ses morts » ! Un pur, un passionné.

Le commissaire, tout en se demandant comment quelqu'un pouvait être "passionné" par un tel métier, fut quelque peu rasséréné par l'heureuse initiative de son archiviste. Il le remercia chaleureusement, s'enquit de la présence de Bolz et Lefebvre.

— Ils m'ont seulement prié de vous dire qu'ils étaient « en mission ». Que vous comprendriez.

*« Le tournis » en marseillais.

— Merci encore, L'Araignée. Quel nom déjà, la villa des…

— Ker Bellech, Patron.

Après avoir raccroché, Anconi proposa une nouvelle promenade. Hilda en saisit immédiatement l'objet. Elle n'ignorait pas qu'au début d'une enquête, il aimait s'imprégner des lieux, reconstituer l'ambiance, tenter d'imaginer la scène. Il disait « renifler ». Il n'était pas de ces policiers ancrés dans un bureau, le nez dans les procès-verbaux de leurs subordonnés, réclamant sans cesse « des résultats ». N'est-ce pas ce qui le différenciait de son directeur ?

— Est-elle éloignée, cette villa ? plaisanta-t-elle, alors qu'ils gagnaient le rez-de-chaussée.

Sans répondre, il haussa les épaules, prit le bras de sa femme et chercha madame Nédelec.

— D'après ce que vous me dites, trois petits kilomètres, leur précisa-t-elle après avoir écouté les indications du commissaire. Vous suivrez les quais jusqu'au bout. Vous remarquerez une grosse butte sur votre droite, on l'appelle le Mont Lenigo. Montez-y, si vous avez le temps, le panorama est superbe là-haut. Continuez, en longeant la mer, vous repérerez facilement les hauts bâtiments blancs de Saint-Jean-de-Dieu, une institution qui accueille des handicapés. Poursuivez jusqu'à sortir du bourg. Vous verrez, à un moment la route suit la côte au plus près. Les maisons sont alignées sur la gauche, face à la mer, mais sont séparées du rivage par la chaussée.

Ils marchèrent d'un pas rapide. Un vent frais avait chassé la grisaille. Ils découvrirent, parmi les grands sapins qui grinçaient, plusieurs gros manoirs en retrait, protégés par des murs de pierre. Plus loin, brusquement, la vue se dégagea vers la mer. Face à elle, les villas se succédaient. Devant l'une d'elles, une ribambelle d'enfants jouait au ballon, sous les regards d'un homme et d'une femme, accoudés à la balustrade de leur balcon. Tous deux fumaient en observant les gamins courir en criant. Une grosse voiture noire était garée près de l'entrée. Anconi remarqua l'immatriculation non parisienne.

— Ce n'est certainement pas là, affirma-t-il.

Hilda s'approcha.

— Bonjour, Messieurs-Dames ! Pardonnez mon intrusion, nous cherchons la villa Ker Bellech.

— Je vous en prie, Madame. Un peu plus loin, deux à trois cents mètres, une grosse propriété tout en granit, pas comme la nôtre. Cependant je crains que les maîtres de maison ne soient absents actuellement. Peut-être trouverez-vous le régisseur ?

Un des gamins intervint :

— Papa, j'ai vu une dame ce matin, à une fenêtre, quand on est passés devant en revenant de la pêche aux crabes.

— Tu en es certain, Marius ?

— Même qu'elle a jeté une cigarette…

Le petit garçon reçut une leçon de morale de sa maman puis se sauva rejoindre les autres.

— Marius est un enfant très observateur, s'excusa-t-elle.

Hilda eut un bon mot pour remercier.

Le commissaire était resté à l'écart, gêné par l'audace de son épouse.

— Hè bè… lui glissa-t-il à voix basse.

Ils marchèrent dans la direction indiquée. Les villas se succédaient. Ils s'arrêtèrent devant l'une d'elles : une massive bâtisse de pierre, flanquée d'une tour carrée à sommet crénelé, enfouie dans de petits chênes et des pins maritimes. La végétation dépassait le mur d'enceinte, courbée vers l'intérieur, comme peignée par le vent marin. Une grille de fer ne laissait que de faibles interstices. Hilda tentait de découvrir une présence dans le jardin. Au-dessus du portillon, gravé dans la pierre, on pouvait lire « *Villa Ker Bellech* ».

Le commissaire appuya sur la sonnette. Aucun son ne leur parvint, de sorte qu'il répéta son geste.

— La maison semble inhabitée. Regarde, *mijn beminde*, tout paraît fermé, il n'y a aucune voiture, remarqua Hilda.

Anconi, sous les yeux horrifiés de son épouse, sortit le trousseau de clefs d'Édouard Montoison.

— Que projettes-tu ? Tu n'as pas le droit ! Non ! Tu es fou !

Il n'entendit pas, du moins le simula-t-il parfaitement. Il manœuvra la poignée du portillon. Ses barreaux doublés d'une plaque métallique rendaient impossible toute intrusion du regard. La serrure était fermée. Il cria « Police, ouvrez ! » à plusieurs reprises.

En vain.

Il introduisit une des grosses clefs, tenta de la tourner. Sans effet, même si elle s'engageait facilement.

— Tu exagères ! Si ton directeur te voyait !

— Je m'assure simplement qu'il s'agit bien de la demeure des Montoison !

Il essaya la deuxième. Le mécanisme joua, claqua.

— Fan de chichourle !

Hilda surveillait anxieusement les alentours. Aucune automobile à l'horizon. Seul, le faible bruissement du vent dans les branches hautes enveloppait le lieu.

— Si tu entres, je ne te connais plus ! souffla Hilda.

Un gros pigeon s'envola en froufroutant, suivi d'un second. Ils sursautèrent.

Le silence retomba.

Anconi poussa la porte, qui s'entrebâilla, mais qui se bloqua aussitôt en déclenchant une alarme stridente.

V

Un mécanisme empêchait l'ouverture.

— Il y a quelqu'un ?

Sa voix se perdit dans le hurlement de l'alarme. Anconi cria de nouveau, ajoutant « Police ! N'ayez pas peur ! »

— Tu vois bien qu'il n'y a personne. Partons !

— En tout cas, Hilda, nous frappons à la bonne adresse, rétorqua Anconi, un air de victoire sur le visage. Notre conseiller ministériel séjournait bien là, ces clefs en témoignent et le nom de la villa correspond à celui que m'a indiqué L'Araignée.

Le commissaire allait refermer la porte quand le vacarme cessa. Un léger bruissement lui parvint. Il sursauta lorsqu'un chat tout noir se faufila entre ses jambes et traversa la route pour disparaître dans les rochers.

Soudain ils entendirent une faible voix féminine, sans qu'aucun crissement de pas l'ait précédée.

— C'est toi ? murmura-t-elle sans se montrer.

Anconi fut frappé par l'angoisse qui serrait ces simples mots. Un léger accent renforçait cette impression. Il s'excusa, expliqua qu'il appartenait aux services de police.

— La police ?

Qui était cette femme ignorant ou feignant de méconnaître la disparition tragique d'Édouard alors qu'elle était survenue presque deux jours plus tôt ?

— Édouard Montoison séjourne bien ici ? demanda-t-il posément.

Par délicatesse, il avait employé le présent.

Il dut attendre. L'hésitation était perceptible dans le silence de la propriété.

— Il n'est pas là, prononça finalement la voix, d'un ton mieux assuré, comme pour mettre un terme à la conversation.

Comment poursuivre un dialogue dans le mince entrebâillement de cette porte ? Anconi tentait de se représenter cette dame enfermée, de la situer dans le drame qui s'était joué dans le Grand Traict.

L'Araignée n'avait-il pas évoqué une maîtresse ? Il n'avait pas noté son nom, mais soudain il se rappela son origine italienne. L'accent correspondait.

— Je sais bien… qu'il s'est absenté. C'est vous que nous venons voir.

Hilda fronçait les sourcils, enjoignant à grands gestes son mari de cesser sa comédie.

— Vous m'apportez des nouvelles d'Édouard ? demanda la voix.

— Oui. Nous permettez-vous d'entrer, Madame ?

— Vous appartenez aussi aux Renseignements généraux ?

« Fatche ! Les RG sont déjà passés. Pas étonnant. Mais que lui ont-ils raconté pour qu'elle s'attende au retour d'Édouard ? N'a-t-elle pas prononcé d'emblée un “C'est toi ?” »

— Non, pas du tout, spécifia Anconi.

Il glissa sa carte professionnelle par l'entrebâillement. Une main blanche aux longs doigts s'en saisit. Le commissaire eut le temps de noter que son vernis à ongles s'écaillait.

Quelques instants plus tard, la porte se ferma, un mécanisme joua d'un bruit sec, puis le battant s'écarta légèrement. Seul un visage apparut, celui d'une femme encore jeune, mais marquée par la fatigue ou la crainte. Est-ce l'aspect rassurant d'Anconi, son cuir sur l'épaule, qui fit le reste, ou la présence d'Hilda, souriante, derrière lui ? L'ouverture s'élargit.

— Entrez, Commissaire, ainsi que votre adjointe.

Elle regarda la route d'un côté puis de l'autre, s'attendant à y découvrir un véhicule de police, hésita. Elle referma.

Une grande femme mince, aux traits fins et aux cheveux très blonds. « La quarantaine », estima Anconi pour tenter de la situer. Elle portait un jean, un pull à col roulé, n'était pas maquillée. On sentait qu'elle avait arrangé sa coiffure à la hâte avec une grosse pince en écaille. Elle rendit sa carte au policier, qui remarqua une main tremblante.

— Commissaire Anconi, de la PJ de Paris. Voici mon épouse Hilda.

Elle parut ne pas s'étonner de la présence de la femme d'un policier.

— Avez-vous arrêté les ravisseurs ?

Un semblant de sourire avait fugitivement animé ses traits. Il fut pris de court par la question, ne sut que répondre. Le visage d'Hilda se figea.

— Entrez, proposa la dame d'une voix hésitante.

Elle les précéda sur l'allée de gravier, entre des massifs d'hortensias. Elle portait des tennis blanches dont elle n'avait pas noué les lacets. Ce court intermède permit au commissaire de réfléchir.

Les Renseignements généraux avaient-ils osé lui raconter des calembredaines ? Faisait-elle allusion à ceux qui avaient "kidnappé" le corps de la victime ? Que savait-elle ?

Elle grimpa les quelques marches du perron, poussa la lourde porte munie d'un heurtoir sculpté.

Au-delà d'un sombre vestibule, donnant accès à un escalier, ils découvrirent une immense salle. Le commissaire prit le temps de la parcourir des yeux.

Malgré sa grande taille et ses hauts plafonds, la pièce dégageait une odeur de tabac et de renfermé. Les températures élevées des jours derniers n'avaient pas influencé l'atmosphère du lieu, qui restait froide. Le dallage au sol, les pierres apparentes, l'énorme cheminée vide et le faible éclairage contribuaient à provoquer le frisson. Le mobilier breton, sombre et massif écrasait le visiteur. Le manque de luminosité accentuait cette sensation. Pourquoi une scène de *Psychose* s'imposa-t-elle à l'esprit d'Anconi ?

— Nous parlons bien d'Édouard Montoison ? s'assura-t-il, pour chasser Alfred Hitchcock.

Un faible « Oui, évidemment » lui répondit.

— J'enquête sur sa disparition. Pouvez-vous me raconter comment cela s'est passé ?

— J'ai déjà tout…

— Je sais. Avez-vous lu les journaux ?

— Non. Je n'ose pas sortir, les messieurs des Renseignements généraux me l'ont recommandé.

Anconi brûlait de lui demander son identité et la raison de sa présence.

Hilda sauva la situation.

— Vous tenez une galerie à Paris, n'est-ce pas, madame Salabrino ?

Fine mouche, elle avait deviné et surtout retenu le nom de la dame. Anconi, gêné, se tourna vers son épouse :

— Mon "adjointe" est passionnée de peinture. Quand êtes-vous arrivée ici avec monsieur Montoison ?

— S'avère-t-il bien nécessaire que je reprenne tout ?

— S'il vous plaît. Dans ces situations, tout détail compte…

— Mercredi dernier, le 2 juillet. Édouard était passé me chercher à mon domicile, rue de Provence, il m'avait proposé de séjourner quelques jours ici... Ce n'était pas prévu. Il m'avait confié avoir besoin de repos au grand air pour réfléchir... Cela m'avait étonné.

— Pourquoi ?

— Sa précipitation m'avait surprise. Rien n'avait été anticipé dans ce sens.

— Nous connaissons vos... relations avec lui. Poursuivez sans crainte.

— Vous l'avez libéré ? implora-t-elle, de nouveau envahie par l'angoisse et le doute.

Devait-il entretenir plus longtemps ce quiproquo ?

— Non, admit-il. Quand avez-vous constaté sa disparition ?

— Vendredi matin, en me réveillant. Le soir de notre arrivée, nous avions dîné. Plus tard il a décidé d'une promenade au bord de la mer, sans même se changer. Il avait besoin de méditer, m'a-t-il confié. Je lui ai proposé de l'accompagner, mais il ne l'a pas souhaité. Parfois, il apprécie de flâner seul, la nuit, devant l'océan, en fumant un de ses gros cigares. Cela le détend. J'ai attendu un peu. J'étais fatiguée, j'ai fini par me coucher et m'endormir.

« Le tabac havane, c'est cela, cette odeur prégnante », réalisa Anconi.

Elle tripota ses cheveux, au bord de la crise de larmes, montra une boîte de Montecristo posée sur une table basse, près d'un cendrier rempli de mégots à bout filtre. Elle en profita pour saisir machinalement un paquet de More rouge et d'en extraire une longue cigarette, qu'elle alluma en tremblant.

— Comment était-il vêtu ?

— De son costume bleu, celui qu'il porte pour se rendre au ministère. Lorsqu'il séjourne ici, il apprécie d'habitude les tenues sport, polo, pantalon de toile, enfin vous voyez ?

— Il n'a pas justifié cette précipitation à sortir ?

— Mais si. Je vous l'ai dit, il voulait réfléchir. Son travail…

Elle prit un air contrarié.

— Il ne partage jamais ses préoccupations avec vous ?

— Non. Je n'y entends rien.

Elle rejeta la fumée par le nez tout en parlant. « Cette femme est une grande tabagique », pensa-t-il.

— Il n'est pas rentré depuis, déplora-t-elle. Le lendemain matin, j'étais morte d'inquiétude…

Elle prononçait "inquiétoude". Elle se mit à trembler en racontant qu'en se réveillant, elle avait constaté l'absence d'Édouard près d'elle. Elle l'avait d'abord cherché dans le bureau qu'il occupe lorsqu'il séjourne ici.

Les dossiers qu'il avait apportés étaient restés intacts, sa serviette fermée. Elle avait parcouru toutes les pièces…

— À quoi bon ? J'ai déjà dit tout cela, s'insurgea-t-elle, au bord des larmes.

— Avait-il emprunté la voiture, ce soir-là ?

— Nous n'en possédons pas, ici. Nous avions voyagé en avion jusqu'à La Baule-Escoublac, "Augouste" est venu nous chercher à l'aérodrome.

— Auguste ?

— Il s'occupe de l'entretien de la propriété. Un ancien pêcheur. À l'occasion il veut bien faire le chauffeur.

Mais cette nuit-là, Auguste Blanchet n'avait pas été sollicité par Édouard, selon elle. Madame Salabrino, pressée de questions, parvint, à contrecœur, à préciser qu'il ne souffrait nullement de dépression, ne semblait pas vraiment préoccupé, juste un peu soucieux peut-être, ces derniers temps. Elle avait attribué cette attitude à son travail. « Non, il n'avait pas évoqué de rendez-vous en partant. Simplement un besoin de faire le point, avant une décision, du moins je l'ai imaginé. »

— Vendredi après-midi, n'y tenant plus, j'ai interrogé la gendarmerie, puis les pompiers, mais aucun accident n'avait été signalé.

Pourquoi avait-elle attendu l'après-midi pour appeler et pour quelles raisons n'avait-elle pas décliné son identité ?

Tous les trois restaient debout, à peine avaient-ils parcouru quelques pas dans la vaste pièce. Trop nerveuse, elle n'invitait pas la police à s'installer. Hilda détaillait les grands portraits accrochés aux murs, ceux d'ancêtres familiaux, peints dans leurs plus beaux atours, la mine sévère pour les hommes, les joues trop colorées pour les femmes.

— À quel moment avez-vous reçu le premier appel des ravisseurs ?

— Mais ils ne m'ont jamais contactée ! Parole, vous n'appartenez pas vraiment à la police ! Qui êtes-vous ? s'inquiéta Antonella Salabrino, soudain saisie d'effroi.

Anconi s'empêtrait de minute en minute. Quelle salade avait-on racontée à cette malheureuse ? Devait-il révéler la vérité ?

— Dieu garde ! Je vous assure, Madame.

Il sortit de nouveau sa carte. Elle la repoussa d'un geste brusque.

— Nous travaillons de concert avec les Renseignements généraux, affirma Anconi. Ils nous ont chargés de recueillir certains détails.

Elle se raidit, recula, soudain furieuse.

— Vous n'appartenez pas à la police ! Juste des paparazzis en quête d'un scoop pour un journal à scandale !

Antonella Salabrino écrasa nerveusement sa cigarette, se précipita vers le banc-coffre breton de l'entrée. Elle tendit le bras vers le téléphone qui y était posé.

Anconi la rejoignit, retint le geste, appliqua la main fermement sur le combiné.

— À quel moment les Renseignements généraux vous ont-ils prévenue du kidnapping ? insista doucement Anconi, qui soupçonnait une arnaque des “grandes oreilles”.

— Mais vous ne savez vraiment rien ! s’exclama-t-elle, à la fois inquiète et suspicieuse.

— S’il vous plaît, Madame, dites-nous comment les choses se sont passées.

Hilda vint prendre la main d’Antonella, la serra.

— Répondez au commissaire Anconi. Racontez-lui. Ne refusez pas notre aide.

— On m’a demandé de ne rien dire ! À personne.

— Nous appartenons réellement à la police, intervint Hilda, nous garderons pour nous…

Antonella alluma une autre cigarette, sembla se calmer et réfléchir. Elle jeta un regard courroucé au commissaire et s’adressa à Hilda :

— Dans l’après-midi d’hier, après que j’ai sollicité en vain les secours, un homme m’a appelée et s’est présenté comme appartenant aux Renseignements généraux. Il m’a dit qu’Édouard avait été enlevé et qu’une rançon était exigée pour sa libération. Il m’a expressément demandé de ne pas bouger d’ici. Et surtout de ne prévenir personne. Il se chargeait de tout. Depuis, rien… avant votre arrivée. C’est pourquoi j’ai hésité à vous ouvrir la porte.

— Il ne vous a pas décrit les circonstances de l’enlèvement ?

— Non. Je ne devais pas quitter cette maison. On me tiendrait au courant de l'évolution. J'ai pensé que ces précautions étaient exigées par la famille d'Édouard, en particulier par son épouse Hortense.

Elle écrasa rageusement sa More à peine commencée. Ne broyait-elle pas du même coup sa rivale légitime ? Hilda, devinant les soupçons de son mari, demanda, comme une parfaite adjointe :

— S'est-il présenté, le collègue des Renseignements généraux ?

— J'ai noté son nom, de peur de l'oublier. Seule ici, dans une maison qui ne m'appartient pas, vous imaginez ?

Anconi laissait s'installer la complicité entre les deux femmes. Il goba un de ses bonbons noirs.

Madame Salabrino quitta la pièce, grimpa à l'étage. Une porte claqua au premier.

— Je ne comprends rien à cette histoire d'enlèvement, souffla le commissaire à l'oreille de son adjointe providentielle. Tu crois qu'elle nous balade ?

Hilda haussa les sourcils, ouvrit de grands yeux dubitatifs.

— Chut ! La voilà.

Elle avait changé de chaussures, ses talons claquaient maintenant sur les marches de l'escalier de bois. Ne s'était-elle pas également donné un coup de peigne ? Elle tenait à la main le carton d'emballage d'un paquet de cigarettes. Elle lut :

— Commissaire Bloret. Le connaissez-vous ?

“L’adjointe” se tourna vers son chef, l’air humble et interrogateur.

— Il y en a plus de deux cents dans ce service… intervint Anconi. Il ne vous a pas laissé un numéro ?

— Non. Il a assuré qu’il appellerait dès qu’il y aurait du nouveau.

— Nous allons le contacter. Entre collègues… Me permettez-vous d’utiliser votre téléphone ?

Elle se leva et l’invita de mauvaise grâce à prendre place sur le banc. Ses pas résonnaient sur le dallage. Alors que le commissaire composait le numéro, elle intervint brusquement :

— Qui vous a envoyé ici ? Vous ne savez même pas qui s’occupe de l’affaire !

Anconi poursuivit son geste, feignant de ne pas entendre.

Antonella Salabrino sembla soudain comprendre la situation. La colère avait remplacé le chagrin. Elle frappa le sol du pied, regarda ses visiteurs avec défi :

— Vous êtes des amis de mon mari, c’est cela ? Je n’ai plus rien à voir avec lui. Que me voulez-vous ?

— Votre mari ? s’étonna le policier. Mais…

Il reposa le combiné alors que la sonnerie s’égrenait déjà au “36”.

— Maintenant je comprends ! Michele – elle prononça Michélé – a organisé l’enlèvement d'Édouard ! Sortez de cette maison ou j'appelle les gendarmes ! Tout de suite !

Elle claqua de nouveau son talon sur le pavement. Sa fureur grandissait.

La stupéfaction figea les traits des Anconi. Ou bien cette femme était terrifiée, ou bien elle inventait une histoire invraisemblable pour dissimuler l'assassinat de son amant. Anconi n'osa pas lui réclamer son emploi du temps de la nuit du jeudi 3 au vendredi 4 juillet. Il hésita également à évoquer la mort d'Édouard Montoison. Feignait-elle de l'ignorer ?

Il se résolut au silence.

— Nous n'entretenons aucune connivence avec votre mari, je vous assure, finit-il par préciser. Pas plus que nous ne sommes des journalistes. Nous allons vous laisser, puisque vous le souhaitez. Je vous remets nos coordonnées. Si besoin, n'hésitez pas. Nous séjournons encore là pour quelques jours.

Il sortit une carte de l'Hôtel de la Criée, nota « *Commissaire Anconi* », la glissa sous le pied du téléphone puis se leva. Hilda tentait de croiser le regard de cette étrange femme.

Antonella Salabrino, tremblante, le pas mal assuré se dirigea vers la porte, la maintint grande ouverte sur le perron. Le vent frais pénétra dans la pièce.

— Bonsoir, Madame. Sachez cependant que nous restons à votre service.

Elle garda les lèvres pincées, ne répondit pas, claqua le lourd battant derrière eux.

Ils regagnèrent sans se parler l'allée de gravier, bordée d'hortensias. Alors qu'ils s'en approchaient, le portillon émit un grésillement et s'entrebâilla automatiquement devant eux.

De l'intérieur de la villa, elle devait les guetter pour déclencher l'ouverture.

Il n'y avait pas songé auparavant, Anconi se demanda si quelqu'un d'autre se cachait dans cette grande maison. « Impossible d'exiger de visiter les lieux. » Il se retourna. Rien ne bougeait derrière les fenêtres du rez-de-chaussée. À l'étage, toutes les ouvertures demeuraient closes. Au-dessus des pins, le ciel se purgeait de ses derniers nuages. Le vent marin les balayait en apportant des senteurs de large.

— Que pense ma précieuse adjointe ? commença Anconi pour rompre le silence.

— J'ai ressenti une drôle d'impression. Je me questionne, comme toi. Pourquoi échafauder cette rocambolesque histoire d'enlèvement ? C'est ridicule, *mijn beminde*, les journaux ont déjà publié la photo du mort !

— Tu as vu ? Elle est cloîtrée, elle l'ignore peut-être vraiment, enfermée dans son castel de pierre ! Ou bien elle nous balade avec des carabistouilles, pour gagner du temps. Il devient urgent de se renseigner sur le mari de cette Italienne, ce Michele

Salabrino. Heureusement que tu as retrouvé son nom, je me débattais comme la langouste dans le casier ! Merci, Hilda, pour ta bonne mémoire.

Ils prirent la direction de l'hôtel. Un peu plus loin, les enfants avaient disparu, laissant leur ballon abandonné sur la pelouse. Le commissaire entraîna Hilda sur la grève. Ils découvrirent une petite plage, face à la jetée du Tréhic. Quelques estivants s'étaient allongés là, à l'abri derrière un parasol planté dans le sable ou dos au mur d'un ancien blockhaus.

Les algues sèches craquaient sous leurs pas.

— Passons par la route, *mijn beminde*, on se tord les pieds sur la plage.

Anconi se laissa conduire, à regret. Ils rentrèrent, évoquant par bouffées l'impression désagréable que leur avait procurée cette visite.

— Je songe à une chose, insinua Hilda. Elle ne s'est même pas étonnée de te voir ouvrir le portillon avec les clefs de Montoison !

— Bonne Mère ! Je n'y avais pas pensé.

— Ce commissaire Bloret, tu ne le connais vraiment pas ?

— Tu sais, les RG et nous, on n'est pas du même figuier…

Ils se turent. Le vent s'était renforcé, de gros nuages cotonneux les dépassèrent. Quelques gouttes de pluie se mirent à tomber à la surface de la Grande Chambre, dessinant des ronds dans le bassin.

Des ploc-ploc retentirent sur le velum bleu du

tabac-presse du quai, s'accélérant brutalement. La buraliste rentrait hâtivement ses présentoirs de cartes postales et de colifichets.

Ils s'engouffrèrent dans l'hôtel. Hilda se précipita vers madame Nédelec, tandis qu'Anconi se faufilait dans l'escalier. Dans la chambre, il décrocha fébrilement le combiné, alors que l'averse frappait bruyamment les vitres.

Il ne connaissait pas celui qui répondit, au "36".

— Allô ? Commissaire Anconi, pouvez-vous me passer Bolz ou Lefebvre, s'il vous plaît ?

— Un instant, Monsieur, je me renseigne.

Il imagina un jeune agent, nouvellement affecté, manipulant maladroitement son standard, quêtant un conseil auprès d'un ancien. Un cachou meubla son attente. Il dut patienter plusieurs minutes, éloigner l'appareil de son oreille en raison des borborygmes des fausses manœuvres. Il perçut enfin la voix de Bolz.

— Patron ? J'allais justement vous appeler. Je rentre de la rue Vieille-du-Temple. Quelle histoire !

— Cela tombe bien ! Je t'écoute, Petit.

— Antonella Salabrino tient la "Galeria Pisci" depuis quatre ans. On y trouve surtout de la peinture moderne, très abstraite, et des sculptures avant-gardistes. J'y ai été reçu par une jeune femme très maniérée qui semblait sortir d'un défilé de mode, talons aiguilles, robe chic et maquillage prononcé. Elle parlait avec un fort accent étranger, sûrement italien. J'ai d'abord tourné dans les deux pièces d'exposition pour jouer au client intéressé. Elle a attiré mon attention sur un tableau de grandes dimensions, entièrement blanc, brillant comme un carrelage de salle de bains, au centre duquel figurait un minuscule cercle noir en relief. « L'artiste l'a intitulé *Antartica*, une œuvre magnifique où l'immensité glacée semble défier l'humanité impuissante », m'a-t-elle expliqué, admirative. Voyez le genre !

— Vaï ! Passionnant.

— J'ai hésité entre l'entremetteur intervenant pour le compte d'un riche étranger et le contrôleur fiscal. Le deuxième rôle me convenait mieux…

Il glousssa d'un petit rire gêné qui fit sourire Anconi. « Sacré Bolz ! »

— Lorsque j'ai cherché à m'entretenir avec la directrice, Antonella Salabrino, elle s'est d'abord retranchée derrière l'absence de la patronne, poursuivit l'inspecteur, partie en voyage pour quelques jours. J'ai demandé où je pouvais la joindre, pour la prévenir qu'il me fallait consulter sa comptabilité. Elle l'ignorait, se présentant comme une amie ayant accepté de « tenir la galerie au pied levé ». Elle a finalement consenti à me montrer le registre des ventes, le seul dont elle disposât.

— Qu'as-tu appris de cette visite, en résumé ? s'impatienta Anconi.

— J'y viens, Patron ! Pour emporter le livre, je lui ai demandé de parapher un reçu. Figurez-vous qu'elle a signé "Gabriele Pisci".

— Et alors ?

Bolz dut allumer une Gauloises, car un bref silence suspendit la conversation. L'inspecteur tenait son interlocuteur en haleine.

— Ben, il s'agit du nom de la galerie, Patron ! "Galeria Pisci" ! Je me suis dit qu'elle représentait plus qu'une simple amie !

— Et alors ?

— Attendez, Patron ! Je suis parti avec le livre des ventes, en lui demandant d'aviser qui de droit de cet emprunt. Dès mon retour au Quai, je suis aussitôt allé consulter le registre du commerce. La boutique n'est pas enregistrée au nom de Salabrino.

— Pas étonnant. À celui d'Édouard Montoison, son amant ?

— Non, tenez-vous bien ! À celui d'un certain Vito Pisci. L'Araignée le connaît bien : un ponte de la mafia sicilienne, mort dans sa prison de la Dozza, à Bologne, en mars dernier. Trop de cyanure dans son expresso !

— Dieu garde ! La mafia, maintenant ? Quel pastis ! Où a-t-on mis les pieds ?

— À ma requête, Patron, L'Araignée cherche le lien entre cette Antonella Salabrino et ce Pisci. Il se demande s'il ne s'agit pas du père. Et Gabriele serait la sœur !

Bolz, rarement sûr de lui, savoura le silence qui suivit, puis les remerciements.

Anconi rapporta alors à son inspecteur sa récente visite à la villa Ker Bellech au Croisic, et le prétendu kidnapping d'Édouard.

— Mince, pourquoi vous avoir caché… la mafia ?

— Tè, soit cette femme fait l'objet d'une mystification, soit elle est complice, voire coupable, du meurtre de son amant. Que L'Araignée élargisse ses investigations vers le mari, Michele Salabrino.

L'inspecteur acquiesça.

— Merci encore, Petit. Une dernière chose : à tout hasard, rencarde-toi pour savoir s'ils ont un commissaire Bloret, aux RG.

Bolz ne comprit cependant pas la curieuse demande de son patron.

VI

La mafia s'invitait brutalement. L'affaire avait pris une sale tournure.

Édouard Montoison liquidé par ces gens-là ? Le mari d'Antonella leur aurait-il demandé de supprimer l'amant de sa femme ? Corruption ? Pourquoi Paris avait-il mis en avant la thèse du suicide ? Que dissimulaient toutes ces manigances ?

Les questions se télescopaient sous le crâne du commissaire lorsqu'il retrouva Hilda dans la salle du restaurant. Elle quitta des yeux le menu et remarqua aussitôt la contrariété de son mari.

— Jean va bientôt nous rejoindre. Tu sembles soucieux, je me trompe ?

— Je viens de parler à Bolz. La belle Antonella nous a baladés avec son fatche de kidnapping ! soupira Anconi en retirant son vieux cuir.

Elle n'eut pas à le presser pour libérer le flot.

— Pour être au nom d'un parrain de la mafia, la galerie d'art constitue sans doute une simple couverture, conclut-il. Un moyen élégant de blanchir de l'argent sale.

Il ne put s'empêcher de sourire en évoquant la toile immaculée que lui avait décrite Bolz.

« Pour du blanchiment, voilà du blanchiment ! »

— Ce que je ne comprends pas bien, reprit-il sérieusement, c'est le rôle d'Édouard. Il nous a pourtant été décrit comme honnête et scrupuleux.

— Certains hommes politiques cachent bien leur jeu, jusqu'au jour où tout craque, susurra Hilda.

Soudain elle posa le menu, saisit le poignet de son commissaire.

— La mafia ! Tout cela devient très dangereux, *mijn beminde*. Ne penses-tu pas que le poisson s'avère trop gros ? Tu devrais passer la main.

— À qui ? Nous nous retrouvons bien seuls. Blanchard a été évincé par les RG. Quant à alerter les caciques de la place Beauvau, sans connaître le rôle des autorités, que nenni ! Arnaud-Fontaine lui-même me croit en vacances. C'pendant, me sachant au Croisic, étonnant qu'il ne se soit pas manifesté.

Hilda suggéra qu'il n'avait pas été mis dans la confidence. Elle rappela la mort de ce ministre, trouvé "suicidé" dans un étang de la région parisienne, quelques années auparavant, et toutes les zones d'ombre autour de sa disparition brutale. Elle souligna la probité reconnue du personnage.

— On ne va tout de même pas réclamer l'intervention du RAID pour venir assiéger la villa des Montoison. Si on retournait voir Antonella Salabrino après dîner ? Elle pourrait nous expliquer pourquoi sa galerie de peinture est inscrite au nom d'un parrain, et nous avouer qu'il s'agit de son père.

L'arrivée de Jean apporta une diversion. La conversation dévia sur le vol de palourdes de son ami Christophe. Toute la journée ils avaient conditionné de nouvelles bourriches pour honorer les commandes les plus urgentes. Il montra ses mains rougies.

— Sais-tu si les gendarmes ont relevé des indices ? ne put s'empêcher d'interroger le commissaire, déclenchant un regard noir chez son épouse.

— Quelques empreintes sur le tracteur. Par ailleurs, ils se sont intéressés à une trace de pneu laissée au bord d'une flaque. Ils ont effectué un moulage, car les dessins ne correspondaient à aucun véhicule de l'entreprise. Ils gardent peu d'espoir de retrouver les malfaiteurs.

— Tè, ils doivent être très loin.

— Selon Christophe, la marchandise est déjà fourguée. D'après lui, les réseaux sont bien organisés, les acheteurs sans scrupule ne manquent pas. Il fulmine.

Madame Nédelec interrompit leur discussion, carnet et stylo en main.

— Une bonne averse tout à l'heure ! Vous êtes rentrés juste à temps. Madame Anconi m'a rapporté que vous aviez trouvé la villa que vous cherchiez ?

« Habile tentative pour me tirer les vers du nez », s'amusa-t-il en hochant la tête et en la remerciant pour ses précieuses indications.

— Qu'est-ce qui vous ferait plaisir ce soir, Commissaire ?

Il se concentra sur le menu. Il le parcourut du regard, s'arrêta sur des palourdes farcies, fut tenté.

— Je peux vous proposer aussi des sardines grillées, toutes fraîches, accompagnées de pommes de terre de Noirmoutier, ajouta la patronne.

Anconi commanda les deux ainsi qu'une carafe de muscadet. Son fils Jean l'imita. Hilda se contenta d'une salade nordique aux deux saumons.

— Prendrez-vous un dessert ?

La salle s'était remplie. Sans doute les touristes cherchaient-ils à compenser la météo maussade de la journée par un dîner au restaurant. Le samedi attirait aussi la clientèle locale, qui venait en famille. Elle se distinguait de l'autre par sa discrétion, son habillement moins négligé.

La pluie cessa, remplacée par un soleil inattendu. Le quai s'anima de nouveau, d'un coup de chiffon on séchait prestement les tables des terrasses, on ressortait même les portiques.

Le commissaire raconta à son fils ce qu'ils avaient appris du mort, décrivit l'incursion des RG et la subtilisation du corps vers Paris, la thèse officielle et bien affirmée du suicide, l'irruption du mafieux Pisci. Il détaillait leur étrange visite à Ker Bellech lorsque l'arrivée du vin blanc les interrompit une nouvelle fois. Anconi le servit, leva son verre.

— À nos “vacances” ? ironisa-t-il.

Ils trinquèrent.

— Ne sois pas amer, supplia Hilda. Grâce à notre fils, nous séjournons ici.

— Un vrai roman policier, ton affaire ! commenta ce dernier, en ajoutant que le scénario lui rappelait l'ambiance de *Maigret chez le ministre.*

— Je te l'accorde, nous pataugeons probablement dans une carambouille politique. Mais dans le bouquin de Simenon, on ne déplore ni victime ni meurtrier. Ici, déjà un cadavre !

— Comment vas-tu t'y prendre ? s'inquiéta Jean, dès que madame Nédelec se fut éloignée.

— J'ai mis des lignes de fond, comme à la pêche : Bolz va s'occuper du mari et des Pisci, Lefèvre des Montoison. Attendons que cela morde !

Ils se turent. À la fin du repas, il retrouva sa bonne humeur, s'amusa de l'énorme gâteau à la chantilly que sa femme dégustait avec délectation.

Ils effectuèrent tous les trois une courte promenade. Sur le retour, Hilda glissa son bras sous celui de son époux.

— Tu sais, *mijn beminde*, les maisons du Croisic me rappellent mon pays. Cet alignement de toits à redans, ces lumières…

Anconi crut distinguer un peu de nostalgie, il lui prit la main. Devant l'hôtel, leur fils les quitta.

Dans la chambre, le commissaire alluma le poste de télévision. À la une de Soir 3, Jean-Jacques Peyraud, costume gris clair et cravate bleu ciel, coiffure soignée, décrivait longuement de sa bouche arrondie la bavure de la rue de Mogador : un CRS poursuit un individu qui tente d'échapper à un contrôle et le tue d'un coup de fusil. Alors que l'action est qualifiée de « légitime défense » par la préfecture de police, le ministre de l'Intérieur, Charles Pasqua, évoque de sa voix gouailleuse une « présentation malveillante des faits ». Dans la même journée, un gendarme est abattu lors du cambriolage d'une banque à Bollène. Après la diffusion de l'arrivée de la deuxième étape du tour de France, qui voit Thierry Marie s'emparer du maillot jaune, Anconi coupa le poste.

Silence total sur l'affaire Montoison. Secret d'État ?

Il se coucha, ouvrit *Kurun autour du monde*. Hilda était plongée dans la brochure du syndicat d'initiative.

« *...Coup de vent. Mer grosse. Nous devions rester trente-six heures en cape... le temps s'aggrave encore. La mer roule ses grosses crêtes blanches à perte de vue... nous ramassons quelques bons paquets : il suffit qu'une mauvaise lame rejette le bateau sous le vent et...* »

Dans son enquête, ne ressemblait-il pas à ce navigateur, paralysé et cerné par un océan hostile, risquant à tout moment de prendre un vilain coup ?

Dans la nuit, le téléphone grésilla brusquement. Ils n'y prirent pas garde tout de suite. Dans un premier temps, le commissaire intégra la sonnerie à son rêve. Il entrevit les sourcils de son directeur batifoler, la peau de son crâne chauve onduler, son coupe-papier en écaille se briser entre ses doigts alors que résonnait dans le bureau Empire le sempiternel « Pas de vagues, Anconi, pas de vagues ! »

Hilda finit par décrocher.

— Réveille-toi. La réception, souffla-t-elle en le secouant énergiquement.

— Allô ?

Une voix fébrile filtra jusqu'à lui :

— Chambre 113 ?

— Hum.

— Quelqu'un vous demande, ça a l'air urgent, Monsieur !

— Oui, j'écoute…

Aussitôt il entendit :

— Commissaire Anconi ?

— Tè pardi…

— Gendarmerie du Croisic, Adjudant-chef Pradier. Nous intervenons actuellement au domicile d'une dénommée Antonella Salabrino, née le 12 août 1946, villa Ker Bellech au Croisic. Vous connaissez cette personne ?

Mal réveillé, il ne sut d'abord que répondre, balbutia :

— Pourquoi ?

— Nous avons trouvé votre carte chez elle. Vos coordonnées téléphoniques y figuraient. Compte tenu des circonstances, j'ai pensé…

— Vaï ! Quelles circonstances ?

— Une amie à vous ? insista la voix, devenue impérieuse.

— Euh, non. Mais que faites-vous chez… Qu'est-il arrivé ?

— À quel moment lui avez-vous confié votre numéro ?

— Quelle heure est-il donc, Adjudant-chef ? Je n'ai pas bien saisi.

— Précisément 2 h 27, Commissaire. Je réitère ma question : quand lui avez-vous remis votre carte ?

La mauvaise heure, celle qui casse le sommeil le plus profond. Celle à laquelle on ne sait pas exactement où l'on se trouve, où la réalité se mêle au rêve en cours, les mots se découvrant une interprétation hasardeuse.

— Cet après-midi, réussit-il à marmonner. Pourquoi ?

Hilda s'était relevée sur un coude, intriguée par le ton employé par son mari.

— S'agissait-il d'un rendez-vous professionnel ? En un mot, enquêtiez-vous sur la disparition d'Édouard Montoison ?

— …

— Sachez, Commissaire, que la gendarmerie est parfaitement informée de l'accident survenu à ce monsieur.

Si ces mots le ramenèrent brutalement à la villa Ker Bellech, Anconi n'en décela pas moins un reproche dans la remarque. L'adjudant-chef Pradier ne prenait-il pas un plaisir malsain à torturer un fonctionnaire du "36", au milieu de la nuit, sous couvert de la rigueur attachée à son corps de métier ? Pourtant à peine sorti du sommeil, Anconi en ressentit l'impression. La rivalité larvée entre police et gendarmerie, légendaire, donnait une mauvaise image des forces de l'ordre. Des bruits couraient qu'un dessein d'unification des deux corporations germait dans certains esprits. Aucune des deux ne le souhaitait, bien évidemment. Les cartons des ministères ne sont-ils pas remplis de projets inaboutis et de rapports de commissions farcis de banalités ?

— Pardi, allez-vous m'expliquer ce qui se passe ?

Le gendarme refusa poliment, mais fermement, d'en dévoiler davantage, réitéra ses questions, de plus en plus pressantes. Finalement il lâcha :

— Commissaire, avec tout le respect que je vous dois, nous allons devoir vous entendre. Tenez-vous prêt à nous rejoindre à la villa. Je vous envoie un véhicule.

Clic ! Tut… Tut !

— Allô ? Allô ? répéta-t-il, maintenant totalement lucide.

Il pianota nerveusement le socle, de ce geste inutile qui espère récupérer la ligne.

— Que t'arrive-t-il ? grogna Hilda. Tu vas réveiller tout l'hôtel !

Il s'assit, tenta de mettre la lumière, n'y parvint

pas, provoqua la chute de sa boîte de cachous. Il réussit à joindre la réception. Il demanda le 17. Bien qu'étonné, le veilleur composa le numéro.

— Gendarmerie du Croisic, Brigadier Liberge, j'écoute…

— Commissaire Anconi, police judiciaire. Je viens d'avoir un appel d'un certain adjudant-chef Pradier. Il s'agit bien de quelqu'un de chez vous ?

— Affirmatif. Il dirige la brigade.

— Puis-je lui parler, je vous prie ?

— Il est absent. Une affaire urgente. C'est à quel sujet ?

Le commissaire tâtonna dans le noir, la lampe de chevet chut, il maugréa. À l'autre bout du fil, le gendarme expliquait que l'adjudant-chef avait dû rejoindre son équipe en raison de faits préoccupants. Hilda alluma l'applique murale au-dessus du lit.

— Que se passe-t-il, *mijn beminde* ? Il est arrivé quelque chose à Jean ! s'exclama-t-elle d'une voix effarée.

Anconi masqua le combiné de sa main.

— Mais non ! Mais non ! Ne t'inquiète pas !

Il lui tendit l'écouteur.

— Mais je vous répète qu'il se trouve en intervention, entendit-elle dans l'appareil.

— Toujours à Ker Bellech ?

— Je n'ai pas le droit de…

— Vaï, j'ai parlé à votre supérieur il y a vingt minutes. Je pensais seulement qu'il était rentré. J'ai besoin de lui apporter un complément d'information.

— Ah ! Vous êtes au courant, en ce cas ?

— Des premiers éléments uniquement. Il se trouve que j'ai communiqué avec la villa cet après-midi, c'est pourquoi... vous comprenez...

— Ah ! Diable ! Sans l'appel de ce cardinal, quand aurions-nous appris ? avoua le brigadier Liberge, libérant sa parole comme à confesse.

Cette réflexion plongea le commissaire dans la plus grande perplexité. Un cardinal ? Il écarta le combiné de son visage, comme pour éloigner un spectre. Hilda fronçait les sourcils, aussi embarrassée et incrédule que lui.

— Un cardinal ? chuchota-t-elle, pas certaine d'avoir compris.

Après la mafia, un ecclésiastique dans cette histoire ? D'où sortait-il, celui-là ? Qu'avait-il appris aux gendarmes qui exigeât le déplacement de l'adjudant-chef en personne, au milieu de la nuit, dans ce Croisic si paisible ? Que s'était-il passé à Ker Bellech ?

Le brigadier Liberge tentait vainement de reprendre la conversation. Une inquiétude polie marqua sa question :

— D'où appelez-vous, Commissaire ? Je n'ai pas bien saisi votre nom.

— Commissaire Anconi, police judiciaire de Paris, répondit-il, sans préciser qu'il se trouvait au Croisic.

Son interlocuteur perdit pied.

— Ah ! Vous êtes sans doute une connaissance de Monseigneur Rampolli ?

La répartie de son mari stupéfia Hilda.

— Exactement.

Un changement de ton s'installa immédiatement chez Liberge.

— Vous appelez de la capitale ? réalisa-t-il. Je demande à l'adjudant-chef de vous joindre dès son retour, Monsieur le commissaire.

— Je vous en remercie infiniment, mon ami.

Il raccrocha prestement, pour ne pas devoir confier ses coordonnées. « Quel événement s'est-il donc produit à la villa ? »

— Es-tu devenu fou, *mijn beminde* ? Pourquoi prétendre connaître ce cardinal ?

Il arborait un sourire facétieux. Il aimait ces petites comédies, même s'il ne bombait pas le torse aux mensonges qu'elles nécessitaient.

— Parole ! Au moins, maintenant, nous savons qui a prévenu les gendarmes : un “monseigneur”.

— Mais tu ignores toujours pour quelle raison, chinoisa Hilda, partagée entre reproche et curiosité.

Un charivari de pas lourds dans le couloir l'empêcha de polémiquer. On frappait à leur porte. Anconi se leva, enfila sa robe de chambre. Hilda se cacha sous les draps.

— Monsieur Anconi ? Des gendarmes vous demandent, avisa le veilleur, couvrant sa voix du mieux qu'il pouvait, par crainte de réveiller tout l'étage.

L'interpellé ouvrit le battant. Deux silhouettes bleu marine s'encadrèrent sur la lumière du couloir.

— Nous avons bien affaire au commissaire Anconi, celui de cette carte ? interrogea le plus âgé des deux, une main sur la tempe, arborant de l'autre le bristol laissé quelques heures plus tôt près du téléphone de la villa Ker Bellech.

— Pardi ! Je suis le prince Charles !

— L'adjudant-chef Pradier nous a ordonné de vous conduire à lui, poursuivit-il imperturbablement. Vous le savez, n'est-ce pas ?

Une bouffée d'agacement envahit le policier du “36”.

— Vous permettez que je m'arrange ? bougonna-t-il.

Les deux gendarmes reculèrent. La porte se referma sur leurs visages contrits.

— Fan de pandores, pour un peu ils me passeraient les bracelets !

Il ramassa sa boîte de cachous, en goba plusieurs. L'heure avancée lui occasionnait un mauvais goût dans la bouche.

— Il ne faut pas leur en vouloir, tempéra Hilda, dont le visage sortit des draps. Ils semblaient bien ennuyés de donner des ordres à un commissaire.

— Hum, toussota-t-il.

— Dommage que je ne puisse pas t'accompagner, regretta-t-elle, alors que son mari enfilait son vieux cuir avant de quitter la pièce. Qu'est-il donc arrivé là-bas ?

— Qu'est-ce que tu veux que je te dise ? La messe ? Je la sais pas !

Il l'embrassa, pour se faire pardonner son élan de mauvaise humeur. Elle ne put s'empêcher de le railler par un « Pas de vagues, *mijn beminde*, pas de vagues ! » avant de se reprendre d'un « Sois prudent ! »

À l'arrière de la petite voiture bleue qui l'emportait vers Ker Bellech, le commissaire tentait de s'éclaircir les idées. Un foutu cardinal qui demandait l'intervention des gendarmes du Croisic pour un événement survenu à la villa. Que s'était-il passé ? Antonella tuée à son tour ? L'adjudant-chef Pradier avait soigneusement évité de lui donner des détails, tout en s'empressant de le convoquer comme un prévenu.

Il réalisa qu'il ne possédait encore aucun élément sur le mari d'Antonella Salabrino. Pas plus qu'il ne savait de quelle crèche sortait l'ecclésiastique. « Quels liens peuvent bien unir des personnages aussi hétéroclites ? »

Les deux gendarmes regardaient la route dans le pinceau des phares, silencieux. Pas un mot ne fut échangé. Dans la voiture qui l'entraînait, Anconi songea à cette chanson de monsieur Eddy, *Sur la route de Memphis*. Pourtant le chauffeur ne buvait pas « de la bière en regardant l'heure » et lui-même ne portait pas « de menottes aux poignets ». Pas encore.

La grille était largement ouverte. Dans le parc, l'éclat des gyrophares de plusieurs véhicules se heurtait aux massifs et aux troncs des grands pins, découpant la nuit. Certaines lumières bleues appartenaient aux sapeurs-pompiers. Aucune flamme pourtant, pas plus que de fumée. Toutes les fenêtres de la bâtisse étaient éclairées. Un projecteur fouillait l'obscurité des fourrés.

Le commissaire ressentit de nouveau l'impression d'évoluer dans un décor d'Hitchcock.

Un homme avança à sa rencontre sur le perron. Il exécuta un salut militaire. Uniforme impeccable, fine moustache, sourire forcé.

— Adjudant-chef Pradier. Soyez certain que je regrette la manière dont… mais il était inutile d'appeler ma brigade.

« Les nouvelles vont vite ! »

— Venons-en au fait, trancha Anconi, mal à l'aise. Que se passe-t-il ici de si grave qui justifie ce branle-bas ? Les Allemands seraient-ils de retour ? ironisa-t-il en montrant le sombre vestige d'un blockhaus illuminé par les phares allumés d'un véhicule.

— Plutôt les Italiens, répondit du tac au tac l'adjudant-chef, sans se démarquer de son ton froid. Si vous voulez me suivre.

Ils franchirent le seuil. Anconi absorba un réglisse à la dérobée. Ce gendarme ne rigolait pas.

La grande salle sens dessus dessous laissa le commissaire bouche bée. Meubles renversés, portraits décrochés, porcelaines brisées.

Un pompier en tenue ignifuge inspectait le conduit de la cheminée. Dans le foyer, des liasses de papier achevaient de se consumer en émettant une fumée âcre que l'homme du feu tentait d'éteindre. Des gendarmes allaient et venaient, relevaient des empreintes.

— Que s'est-il passé ?

— Un vrai saccage, comme vous voyez.

— Et madame Salabrino ? s'inquiéta Anconi.

— Justement. Introuvable. Vous l'avez rencontrée. Que savez-vous d'elle ? Que constituait l'objet de votre visite ?

Le commissaire esquiva, répondit par une question.

— Qui vous a prévenu de… de cette bouillabaisse ?

L'adjudant-chef le saisit par le coude et le conduisit doucement vers une double porte.

— Venez avec moi. Nous devons parler, tous les deux.

Ils entrèrent dans une pièce attenante, un bureau-bibliothèque dont le style Empire contrastait avec le breton massif de la grande salle. Les étagères avaient été vidées. Il n'y subsistait plus que quelques ouvrages, affalés de guingois, prêts à tomber comme tous les autres.

Les tiroirs largement ouverts du bureau en acajou avaient vomi une partie de leur contenu sur le tapis. La lampe à abat-jour vert éclairait bizarrement de son pied tordu les lieux bouleversés.

— Installons-nous ici, le labo est déjà passé, proposa Pradier en remettant deux fauteuils renversés sur leurs jambes.

Il invita Anconi à prendre place dans l'un d'eux, s'empara de l'autre, dont le tissu avait été lacéré. Il tenta de redresser la tige du luminaire, qui céda d'un coup.

— Que savez-vous de cette Antonella Salabrino, Commissaire ? Vous la connaissez, puisque nous avons trouvé votre carte dans cette maison.

— Juste la maîtresse du type dont le corps a été retrouvé dans le Grand Traict.

— Quoi ?

L'adjudant-chef se leva, furieux, Anconi dut s'expliquer. Et mentir en même temps.

— Édouard Montoison possédait cette villa. Il y est arrivé jeudi dernier avec cette femme. La nuit même, il disparaît alors qu'il était parti en promenade. On l'a retrouvé le lendemain, échoué à marée basse dans les parcs.

— Comment connaissez-vous son identité ? Nous-mêmes l'ignorions !

— Mon fils, en stage chez un conchyliculteur…

— Ah ! Je vois ! Cela a été plus fort que vous. Vous vous êtes emparé de l'enquête, plutôt qu'appeler les autorités locales. Mais cela ne me dit pas comment vous avez appris son identité.

— Par les Renseignements généraux. Montoison était un haut fonctionnaire ministériel. Un suicide. Affaire d'État.

— De mieux en mieux !

Le gendarme fronçait les sourcils.

— Pourquoi avez-vous laissé vos coordonnées ici ? Vous étiez missionné par les RG ?

Le commissaire dut reconnaître que seule la curiosité l'avait poussé. Il raconta sa stupéfaction lorsque cette femme lui avait parlé d'un kidnapping de son amant.

— Quoi ? Elle ignorait sa mort ?

— Elle voulait nous le faire croire, en tout cas. Elle m'a congédié proprement, prétendant attendre des nouvelles des ravisseurs. Celui qui a fait cela, suggéra Anconi en montrant le désordre de la pièce, cherchait quelque chose, vous ne le pensez pas ?

— À moins qu'il ne fût animé d'une rage destructrice et meurtrière. Une telle sauvagerie !

Il se leva brusquement, se dirigea d'un pas vif vers le mur, posa l'index sur le papier peint, à l'emplacement d'un motif en fleur de lys.

— Regardez ! Du calibre 6 mm. Pas fréquent !

— A-t-elle été… ? demanda Anconi, soudain inquiet.

— Tuée ? Nous avons fouillé la propriété de fond en comble. Personne. Aucune trace de sang. Quand l'avez-vous rencontrée ?

Le commissaire consulta sa montre.

— Hier après-midi.

— Vous avait-elle donné l'impression d'éprouver de la peur ?

— Difficile à dire. Elle semblait sur ses gardes, méfiante plutôt. Elle a prétendu que son mari avait enlevé son amant Édouard Montoison, comme si elle ignorait le sort de ce dernier. Je n'ai pas osé lui dire la vérité. D'ailleurs, elle nous a proprement signifié de quitter la villa. Par acquit de conscience, j'ai préféré lui laisser mes coordonnées. Voilà pourquoi vous avez trouvé ma carte près du téléphone. Vous savez tout.

« Ou presque », songea-t-il. Il ne cita pas le nom du prétendu commissaire Bloret ni ne fit allusion à la présence de la mafia dans le cercle d'Antonella.

Pradier le dévisageait, adoptant à dessein une attitude figée et interrogative.

— De votre côté, poursuivit Anconi, qui vous a prévenus, les voisins sans doute ?

« Prêchez le faux pour connaître le vrai. » Souvent payant.

— Soit, dit l'adjudant-chef en réajustant sa tenue. Nous avons reçu un appel à 0 h 32, nous demandant de nous rendre immédiatement chez une certaine Antonella Salabrino à la villa Ker Bellech, au prétexte « qu'elle courait un grave danger ». Le mandant s'est présenté comme le cardinal Rampolli, prétendant téléphoner de Suisse. Une voix gourmée, ourlée d'un léger accent, selon le brigadier d'accueil qui, totalement déboussolé, a d'abord pensé à un canular. L'expression « pour l'amour de Dieu », utilisée à plusieurs reprises par l'ecclésiastique, le conduisit à considérer la demande comme sérieuse.

— Antonella aurait-elle pris peur pour appeler ce cardinal ?

— Et pourquoi pas la gendarmerie… ou vous-même ?

— Curieux, en effet.

— Pour moi, conclut l'adjudant-chef Pradier avec emphase, l'affaire s'avère simple. Antonella a zigouillé son amant, pour une raison que nous ignorons encore. Elle cache son crime derrière une histoire d'enlèvement. Prise de panique, elle déballe tout à ce cardinal et celui-ci nous prévient.

— Mais pourquoi tout ce charivari ? Et le coup de feu ?

D'un geste, le commissaire montrait les cadres brisés des tableaux tombés à terre, les meubles renversés, les fragments de porcelaine jonchant le parquet et les tapis.

— Mise en scène, s'entêta Pradier.

— D'où appelait-il déjà, ce prélat ? demanda-t-il.

— Oh ! Un endroit au nom imprononçable.

L'officier de gendarmerie sortit de sa poche de

chemise un papier froissé. Il lut avec difficulté, syllabe par syllabe :

— Ein-sie-deln. En Suisse. Il y effectuerait un pèlerinage.

Anconi réalisa qu'un cardinal séjournant dans une ville helvétique éloignée ne pouvait avoir été prévenu d'un danger quelconque à Ker Bellech que par l'intéressée elle-même. D'ailleurs "Salabrino" et "Rampolli" ne sonnaient-ils pas d'une même musique ?

Les deux policiers se renvoyaient des hypothèses délirantes, sans pouvoir les démontrer.

— Une affaire passionnante pour vous, souligna finalement le commissaire, soucieux de s'attirer les bonnes grâces d'un service qu'il n'avait pas songé à solliciter. Pas plus qu'il n'avait collaboré avec lui ce matin, chez Christophe.

— Nous ne nous occupons pas uniquement des voleurs de coquillages, voyez-vous ! Nul n'a intérêt à s'opposer à la justice.

Anconi n'insista pas, pressentant qu'il risquait de se fourvoyer.

VII

Dès son entrée dans la salle consacrée aux petits-déjeuners, madame Nédelec s'empressa vers Anconi. Elle arborait un air détaché. Avait-elle appris, par le veilleur, la nuit agitée de son hôte ? Sans doute était-ce le cas, car elle ne s'assura pas de la qualité de son sommeil, contrairement à l'habitude.

— Bonjour, Commissaire ! dit-elle en posant *Les Nouvelles du dimanche* sur la table, voilà qui devrait vous intéresser. Tout le monde ne parle que de ça, ce matin.

Il déplia le quotidien dont la une se partageait entre deux grands titres accrocheurs : « *Suicide d'un haut conseiller ministériel au Croisic* » et « *Bavure policière à Paris, rue de Mogador* ».

Il ne s'attacha qu'au premier.

Une photographie de Montoison s'étalait d'ailleurs sur un bon quart de la page. On le distinguait, descendant seul les marches d'un perron, des dossiers sous le bras. Une limousine noire l'attendait manifestement, portière arrière ouverte. Un autre personnage occupait déjà la banquette, un homme dont le visage était rendu invisible sur le cliché, caché par le montant de la carrosserie. Le conseiller souriait imperceptiblement, selon l'habitude des hiérarques devant les journalistes, quelle qu'ait été l'ambiance de la réunion dont ils sortaient.

Dans l'article en première page ne figurait aucun détail sur les circonstances de l'événement, simplement l'évocation de sa propriété familiale au Croisic ainsi qu'une brève et élogieuse biographie. La notion de suicide s'étayait sur un message parvenu à l'Agence France-Presse. Le lecteur était invité à en prendre connaissance dans les pages intérieures.

Le commissaire jura des « fans de p… » en découvrant la photocopie d'un texte dactylographié :

— C'est quoi, ce pastis ?

« *Cher Maître,*

J'ai décidé de mettre fin à mes jours.

Je suis en proie depuis plusieurs mois, comme vous le savez, à une odieuse campagne diffamatoire réunissant un escroc paranoïaque et mythomane, un juge ambitieux et haineux ainsi que certains milieux politiques où, hélas, mes propres amis ne sont pas exclus.

Tout cela m'est insupportable, moi qui depuis vingt ans de vie publique auprès de plusieurs ministres me suis efforcé de demeurer exemplaire.

La prévarication qui m'est reprochée ne repose que sur des documents falsifiés, établis par un aigrefin sans scrupule. Certains se sont engouffrés dans une campagne délibérée, déterminés à me nuire, dussent-ils y perdre leur crédit tant la vérité s'impose d'elle-même. Vous saurez, un jour j'espère, la faire éclater. Pour moi, ce sera trop tard.

Le conseiller en exercice que je suis préfère la mort à la suspicion.

Que ma famille, odieusement attaquée, se resserre dans le souvenir intact de mon dévouement désintéressé à l'État et à mon pays.

Édouard Montoison »

— Fatche !

Le commissaire, bouche bée, serrait le journal à s'en blanchir les doigts.

La lettre, adressée à un avocat, ne comportait pas de date. Le nom de « Maître Jean-Charles Bondot » avait été ajouté à la main, en haut et à droite.

« La tête me boulégue ! Une campagne diffamatoire restée suffisamment secrète pour avoir échappé aux recherches de L'Araignée ? Pourquoi le juriste avait-il cru bon d'adresser à l'Agence France-Presse un courrier qui lui était personnellement destiné ? Qui se cachait derrière cet “aigrefin” accusé ? Et ce juge qualifié de venimeux ? Ou alors cette lettre constituait-elle un faux composé dans le but d'accréditer la thèse officielle du suicide ? »

Il relut attentivement le texte.

La confession avait été écrite à la machine, sur papier à en-tête du ministère de l'Industrie, du Commerce et de l'Artisanat. La signature, maladroite, godillait en bas de page, évoquant l'emprise d'une grande émotion. Le journaliste y voyait la confirmation du geste désespéré de l'auteur. Il soulignait la discrétion des fréquents séjours croisicais du conseiller, présentés comme des havres de repos pour un homme surmené assurant de hautes fonctions. Sans donner d'adresse, un lecteur du cru localisait assez précisément le lieu de villégiature, à travers la description d'une villa cossue face à la rade du Croisic et à la jetée du Tréhic. Mais aucun commentaire dans l'article concernant les motivations de l'acte, pourtant clairement suggérées dans la confession. Le journaliste évoquait un surmenage probable aggravé par des problèmes familiaux, sans livrer le moindre fait concret.

« Quels problèmes familiaux ? Du théâtre de boulevard, plutôt ! » bougonna Anconi.

Hilda rejoignait son mari au moment où celui-ci se levait et se dirigeait vers l'accueil.

— Tè, la voilà, sa casserole ! commenta-t-il en lui tendant le quotidien.

Il se précipita vers le combiné.

La femme du commissaire se plongea dans la lecture, sous le regard appuyé de madame Nédelec, qui se hâta d'apporter café et croissants, espérant un éclaircissement.

La nuit précédente avait été agitée dans la chambre 113. L'appel téléphonique, les mensonges de son mari au sujet d'un cardinal dont le nom finissait par un “i”, et le départ précipité du commissaire entre deux agents comme un simple contrevenant avaient contrarié Hilda. À son retour, elle avait peiné à lui extorquer un récit cohérent.

— Que te voulaient les gendarmes ? avait-elle tenté.

Il avait décrit une villa dévastée dont l’occupante avait disparu.

— Ils sont persuadés qu’Antonella a fait le coup ! Ils exigeaient de savoir pourquoi nous étions passés à Ker Bellech. Je ne leur ai pas tout raconté, lui avait seulement répondu Anconi en grommelant.

Elle n’avait pas osé insister.

La lecture du journal accentua son trouble. L’apologie du conseiller Montoison occupait toutes les lignes. Il n’y était nullement question d’Antonella Salabrino, ni du cardinal, ni de l’intrusion dévastatrice nocturne à la villa Ker Bellech. L’hebdomadaire avait-il bouclé avant cet événement ?

Le commissaire parlait toujours au téléphone, le café refroidissait dans les tasses. Jean entra alors dans la salle, la parcourut du regard, découvrit sa mère installée seule devant un petit-déjeuner intact, la rejoignit. Il l’embrassa avant de s’asseoir près d’elle.

— Oh ! Tu tombes bien. Cette histoire va tournebouler ton père ! Tiens, lis donc !

Il feuilleta le journal.

— Finalement, il s’agit bien d’un suicide, conclut-il. Encore une magouille politique que le bonhomme n'aura pas supportée ! Tous les mêmes. Ce ne sont pas eux qui retrouveront nos palourdes !

Pendant ce temps, Anconi conversait avec le Quai. On lui avait passé Bolz, très pressé de lui apprendre qu'aucun commissaire Bloret ne travaillait aux RG.

— Certain ?

— Absolument, affirma étonnamment un Bolz qui doutait pourtant souvent de lui. Je garantis d'autant plus mes sources que L'Araignée m'a… enfin…

Anconi sentit une imperceptible hésitation dans la voix de son inspecteur.

— Quoi ?

— Je ne sais pas si je peux vous le dire, vous semblez à cran.

— Parle, Petit, parle !

— Cela risque de vous déplaire, Patron.

Le commissaire retrouva soudain le Bolz moins sûr de lui.

— Dis-moi.

— Le seul Bloret qu'il connaisse, c'est le flic des *Ripoux*, le film de Claude Zidi, vous vous en souvenez ?

Bolz fut profondément étonné de la réaction de son supérieur. Alors qu'il s'attendait à être rabroué, il reçut presque des félicitations. Il s'inquiéta d'abord du court silence, puis perçut une sorte de hoquet, suivi d'un bref fou rire.

Anconi avait aussitôt revu les images de ce Bloret, personnage antipathique fort en gueule, ce policier aux allures fourbes magnifiquement joué par l'acteur, « comment s'appelait-il, déjà, ce comédien ? »

— Tu as raison, Petit, finit-il par dire lorsque son rire cessa, on nous empègue sur toute la ligne !

— Ne vous… avait difficilement articulé Bolz, gêné.

— On nage dans un brave pastis ! Tout sonne faux dans cette histoire ! Ça pue comme du poisson pas frais. Ce nom de Bloret, il n'a pas été choisi au hasard, il y a un càcou qui tire les ficelles et qui en plus se paie notre tête ! Tu as parcouru les *Nouvelles du dimanche*, ce matin ?

— Oui, Patron. Vous y croyez, vous, au suicide ?

— Vaï ! Aussi vrai que la légende de la sardine qui a bouché le port de Marseille !

Le commissaire considéra les incohérences, la confession adressée à son avocat plutôt qu'à sa famille, la lettre parvenue à l'AFP on ne savait comment, la subtilisation précipitée du corps, l'absence délibérée d'autopsie.

— Vous allez me creuser le passé de Montoison, les enfants, conclut-il. Il existe certainement autour de cet homme un scandale étouffé, une histoire louche où interviendrait un escroc dont on ne connaît pas le nom. Un juge d'instruction a été saisi, trouvez-le. L'avocat destinataire du courrier s'appelle Jean-Charles Bondot, j'ignore où il exerce, peut-être à Neuilly, je m'en charge. Tâchez de déterminer à quel moment la lettre est arrivée à l'AFP et qui l'a adressée. Branche aussi L'Araignée sur le coup. Lefebvre pourrait te donner un coup de main, s'il n'est pas trop pris par l'affaire du 19e arrondissement. Tiens-le au courant.

— Lefebvre a Arnaud-Fontaine sur le paletot, Patron ! Il doit étudier, à sa demande, tous les meurtres d'enfants en région parisienne depuis dix ans ! soupira Bolz. Il lui faut éplucher tous les avis de recherche, et L'Araignée toutes les archives policières. Ils ont retrouvé une agression identique dans le 13e, au mois d'avril. La victime, qui a réussi à s'échapper, aurait reconnu son assaillant sur le portrait-robot du "grêlé".

Anconi comprit que Bolz se sentait un peu seul.

— Bonne Mère, je les plains. Va voir L'Araignée pour qu'il renifle le parfum de scandale autour de Montoison.

Pour lui, la présence de son archiviste un dimanche matin dans les soupentes du "36" ne supportait aucun doute.

— Entendu, affirma l'inspecteur en faisant crisser son briquet sur une probable Gauloises.

— Il faudrait tout de même que Lefebvre vérifie l'authenticité de la signature et qu'il compare les éléments manuscrits du courrier avec… Au fait qu'a-t-il trouvé au domicile du boulevard Wallace ?

Anconi sentit un flottement chez son inspecteur. Est-ce lié au léger soupir dans le combiné ? Aux quelques secondes de silence sur la ligne ? Il goba deux réglisses.

— Il a été contraint de reporter sa démarche, avoua Bolz. Le directeur ne le lâche pas, comme s'il se doutait de quelque chose… Il lui a demandé de plancher jour et nuit sur les meurtres de gosses…

— Oh, pauvre ! Tu sais, Petit, branchez donc un ou deux stagiaires sur cette paperasse et, de votre côté, "débistrouillez-moi" le cas Montoison et trouvez le mari d'Antonella. Je peux compter sur vous, les enfants ? À moins que vous ne préfériez que je rentre à Paris ?

— Non ! Non ! Patron ! Nous allons nous débrouiller. On est dimanche, le temps est au beau ; Arnaud-Fontaine séjourne certainement chez ses amis en Normandie, perché sur un canasson. Il ne repassera pas au Quai de la journée.

Le briquet claqua de nouveau dans l'appareil, signe du grand embarras de l'inspecteur.

— Sans compter que la préfecture de Police et le ministre sont occupés à peaufiner leur prochain communiqué sur la bavure de la rue Mogador, rajouta Bolz.

— J'ai vu cela au JT d'hier soir, déclama Anconi en imitant la voix de Charles Pasqua.

Bolz se força à rire.

— Merci, Petit. Bon courage aux stagiaires ! plaisanta-t-il pour détendre son interlocuteur. Et pas un mot de tout cela à notre cher directeur !

— Vous pensez bien…

Un nuage de fumée bleue devait maintenant entourer Bolz. Anconi l'imagina, inquiet et préoccupé. La tête de côté, la cigarette au coin des lèvres, il cherchait à contacter L'Araignée.

Le commissaire rejoignit la salle à manger, un vague sourire sur le visage. Il trouva Hilda et leur fils en grande conversation autour du journal.

— Viens déjeuner, *mijn beminde*, ton café refroidit.

Il embrassa Jean, lui demanda des nouvelles de Christophe. Ce dernier ne décolérait pas, pestait contre le monde entier. Toute la journée de la veille, ils avaient empaqueté tous les deux des bourriches de palourdes.

— Hier soir, les gendarmes sont revenus, ajouta-t-il.

Ayant identifié les traces de pneus laissées par un véhicule aux abords de l'entreprise, ils souhaitaient les comparer à toutes celles de la zone conchylicole.

Ils cherchaient une camionnette possédant deux roues jumelées à l'arrière qu'ils soupçonnaient d'appartenir à la firme Mercedes-Benz.

— Ils progressent, constata Jean, se remémorant que Les amis du Kurun avaient repéré une fourgonnette de cette marque non loin des cabanes. Est-ce vrai, ce qu'ils écrivent dans le journal ? questionna-t-il, devinant papa-commissaire préoccupé.

— Tè, si seulement Arnaud-Fontaine lâchait la grappe de mes inspecteurs, bougonna-t-il, on pourrait trancher. Pour ma part, je continue à croire qu'il ne s'est pas suicidé. Je me demande si Montoison n'a pas fui Paris pour échapper à quelqu'un, suggéra-t-il. Mais à qui ? Au margoulin inconnu qu'il cite dans ce fichu courrier ?

Il s'ouvrit de son inquiétude quant au sort de la maîtresse italienne que les gendarmes n'avaient pas davantage retrouvée que la camionnette Mercedes des voleurs de coquillages !

La fin du petit-déjeuner resta silencieuse, chacun devinant la contrariété et l'impuissance du policier face à son manque de résultats.

— Et ce n'est pas aujourd'hui dimanche que je vais progresser, finit-il par reconnaître.

Pourtant, dès son café avalé, il fila sans rien dire vers l'accueil, désigna le Minitel posé derrière le guichet, demanda à la patronne :

— Vous permettez ?

— Mais bien sûr, Commissaire. Je ne vous apprends pas le fonctionnement ?

Comment avait-elle deviné son hésitation ?

Il abaissa le battant de la boîte marron, composa le 3611, « cloc ! cloc ! cloc ! cloc ! » Après un bref sifflement suraigu, l'écran frisotta du haut en bas en déroulant ses lignes et ses petits points, en blanc sur fond noir.

En face du nom, il pianota « *Bondot* », puis en

rubrique, « *avocat* », et au hasard « *Neuilly-sur-Seine* » pour la localité. Il frappa sans conviction la touche « Envoi ». À sa grande surprise, une réponse s'afficha graduellement, comme un escalier roulant dévalant ses mots du haut vers le bas, avec une lenteur de suspense :

« *Jean-Charles Bondot…*

…Avocat au barreau de Nanterre…

…11, rue du Général Lanrezac, Neuilly-sur-Seine…

…46 24 07 56… »

— Cocagne !

Il composa aussitôt le numéro sur le combiné de l'hôtel. Madame Nédelec lui conseilla de clore la session Minitel pour accéder à la ligne. Après une dizaine de sonneries, un message lui apprit que « le secrétariat de maître Bondot était ouvert du lundi 9 heures au vendredi 16 heures ». Il s'apprêtait à raccrocher lorsque le déclic se produisit.

— Allô ? C'est vous ? entendit-il.

L'interlocuteur attendait manifestement un appel, mais sembla regretter sa précipitation. Dans le bref silence qui suivit, Anconi perçut une hésitation, crut que l'autre allait couper la communication.

— Commissaire Anconi, police judiciaire, à l'appareil. Maître Bondot, l'avocat d'Édouard Montoison ?

— Mon cabinet est fermé, je…

— Ne raccrochez pas ! Tè, je le sais, je suis confus de vous déranger un dimanche. Les circonstances m'y obligent.

— Je vous répète que…

— Ne me dites pas que vous ignorez ce qui lui est arrivé.

— …

— Quand avez-vous reçu le courrier d'Édouard Montoison ? Celui reproduit par le journal de ce matin.

— Comprenez-moi, le secret professionnel m'interdit de vous répondre. Je ne vous apprends rien, Commissaire.

Curieusement, les propos du magistrat ne comportaient aucune agressivité. Habituellement, l'avocat interrogé sur un de ses clients monte sur ses grands chevaux, se drape dans sa robe noire comme dans un imperméable et s'emporte rapidement en s'entourant de mots latins.

Dans le cas présent, rien de tel. Certes, il refusait de collaborer, mais il se montrait gêné, sur la défensive. Pourquoi Anconi pensa-t-il que l'avocat se trouvait pris en faute ?

— Avez-vous reçu des menaces, Maître ? risqua-t-il.

— Mais enfin, pourquoi en aurais-je reçu ?

La voix de nouveau semblait dire l'inverse.

— Parce que vous défendiez Édouard Montoison. Il y a quarante-huit heures, son corps a été retrouvé au Croisic par un conchyliculteur, au milieu de ses parcs, à marée basse. Il se serait suicidé.

— …

— Quand l'avez-vous rencontré pour la dernière fois ?

— Je n'ai pas le droit de vous le révéler, cela tient à…

— On vous l'a interdit ?

— …

— Confiez-moi au moins son état d'esprit lors de votre dernier rendez-vous. Cela ne trahira en rien votre serment. L'aviez-vous senti dépressif ?

— Commissaire, pourquoi enquêtez-vous sur un suicide ?

— La routine, Maître, la routine. La paperasse. Un rapport à établir, de pure forme en l'occurrence, puisque les faits semblent parler d'eux-mêmes et vous êtes en train de me le confirmer. Cette lettre, publiée aujourd'hui par *Les Nouvelles du dimanche*, constitue la plus belle preuve.

— Dans ce cas.

— Elle vous était destinée, quand l'avez-vous reçue ? Je dois noter la chronologie des événements. Comprenez-vous ?

— Par égard pour la famille, je ne puis…

— Pourquoi l'avoir communiquée à l'AFP, alors ? Le secret professionnel ne s'appliquait-il pas dans ce cas également ?

— À quel commissariat appartenez-vous donc ?

Cette remarque fit écho à la réflexion d'Antonella Salabrino, à Ker Bellech, la veille. N'avait-elle pas, elle aussi, posé la même question ?

— Au quai des Orfèvres. Je constate que les Renseignements généraux vous ont demandé de vous taire. Vous craignez que votre ligne ne se trouve sur écoute ?

— Pourquoi imaginez-vous cela ?

Les mots employés, une fois de plus, laissaient entrevoir le contraire.

— Cessez de m'importuner, que diable, ajouta-t-il d'un ton las.

— Dieu garde ! Je ne voudrais pas vous attirer des ennuis, Maître. C'est le hasard qui m'a rapproché de votre client et de sa fin tragique. Figurez-vous que je me trouve en vacances au Croisic, en famille. La découverte du corps d'un homme a bouleversé l'endroit. La lecture du journal de ce matin a excité la curiosité des Croisicais… et la mienne. Ma hiérarchie a honteusement profité de ma présence ici. Les Renseignements généraux sont, je crois, chargés d'établir toute la lumière sur cette affaire. Ce n'est pas si inhabituel qu'un homme de pouvoir succombe dans des circonstances tragiques. Vous vous souvenez sans doute de la mort de ce ministre dont le nom m'échappe, il y a quelques années ?

L'allusion du commissaire à la disparition obscure de Robert Boulin amena un silence complet sur la ligne.

Nul doute que maître Bondot réfléchissait. Allait-il raccrocher ? Cherchait-il une pirouette ? Il sembla percevoir des chuchotements dans l'écouteur. Qui se trouvait auprès de Jean-Charles Bondot ? Les hommes en noir des RG ?

— Un avocat reste un conseiller, pas un psychiatre ni a fortiori un psychanalyste. Édouard Montoison ne m'entretenait pas de son intimité. Je crains d'être dans l'impossibilité de vous éclairer davantage.

— Bien sûr. Veuillez pardonner mon intrusion dans votre repos dominical. Un policier ne se considère jamais totalement en vacances, voyez-vous. Il ne peut s'empêcher de… mais je vous ennuie et je m'aperçois que je paralyse la ligne de l'Hôtel de la Criée ! Je vous souhaite une bonne journée, Maître.

— Désolé. Au revoir, Commissaire.

Anconi garda longtemps la main sur le combiné. Nul doute qu'il s'était entretenu avec un magistrat bridé dans ses réponses. Il n'était pas mécontent de ses allusions.

Il rejoignit la salle des petits-déjeuners. Elle s'était vidée. Madame Nédelec, aidée d'une jeune serveuse, dressait les couverts pour le repas de midi.

— Ne cherchez pas votre femme ni votre fils. Ils sont partis en promenade.

À voix basse, pour n'être pas entendue par son employée, elle ajouta en rougissant : « Je crois que votre épouse était un peu lassée d'attendre… »

— Vous n'avez même pas terminé votre café. Voulez-vous que je vous en prépare un autre ?

— Vaï, ne vous donnez pas cette peine.

Il quitta l'hôtel, son cuir sur l'épaule. Le tumulte du quai l'enveloppa. La queue s'allongeait devant le tabac-presse et la boulangerie voisine. De gros nuages blancs traversaient le ciel, sans affecter la sensation de beau temps. Sous les risées, la surface des étiers du Grand Traict se plissait par ondes successives. Anconi se dirigea vers la zone conchylicole, imaginant que Jean avait souhaité s'y rendre. Il suivit le quai, cherchant à rester au plus près de l'eau. Il contourna la Chambre des Vases, dominée par le haut hangar en tôle du chantier naval. En raison de la marée basse, aucun mouvement de navire ne troublait le port, en partie asséché. Le commissaire repéra le coq surmontant l'obélisque du monument aux morts. Il suivit la rue du Bassin, qui ondulait entre de solides maisons de pierre. Une végétation abondante débordait des murets, faisant de ce quartier retiré un calme îlot de verdure contrastant avec l'animation permanente des quais.

Il retrouva le Grand Traict apaisé en cette journée de repos. Les cabanes closes, les tracteurs immobiles et le silence du lieu suscitaient un sentiment d'abandon. Nul ne s'affairait autour du Kurun, enfermé dans sa remise.

Le commissaire examina les alentours des entreprises puis descendit sur la grève, découverte par le jusant. D'innombrables coquilles vides craquaient sous ses pas.

Sur la terrasse d'une petite maison dominant l'estran, il remarqua un couple installé dans un salon de jardin. Ne sont-ce pas leurs rires qui attirèrent son attention ou la situation de l'habitation ?

— Bonjour, cria-t-il à leur encontre.

L'un des deux se leva et s'avança vers la balustrade. Un homme jeune, en tee-shirt et bermuda.

— Hello ! Vous cherchez quelque chose ? demanda-t-il en s'accoudant.

— Pardonnez-moi, résidez-vous ici ?

— Oui.

— J'appartiens à la police. Vous le savez peut-être, on a déploré un important vol de palourdes dans les parcs, presque en face de chez vous, dans la nuit de vendredi à samedi.

— Ah ? Pas au courant. Aurélie ! appela-t-il en se tournant vers sa compagne qui prestement enfila un peignoir sur son maillot de bain et quitta son siège.

— Me permettez-vous quelques questions ? Rassurez-vous, ajouta-t-il en constatant le mouvement de recul, on ne vous accuse pas ! Avez-vous remarqué quelque chose au cours de la nuit de vendredi à samedi ?

Les jeunes habitaient là depuis un an. Ils avaient passé la soirée chez des copains, comme chaque fin de semaine. Ils se rappelaient être rentrés vers minuit, sans pouvoir préciser l'heure exacte. Lui, éméché, ne se souvenait de rien. Quant à son amie Aurélie, elle avait péniblement couché son compagnon avant de fumer une dernière cigarette sur la terrasse. À ce moment elle avait aperçu des lumières vers les parcs, entendu des bruits de moteur, mais n'y avait pas porté une grande attention. Cela n'avait d'ailleurs pas duré.

— Avez-vous vu les gens qui étaient là ?

— Non. Seulement des ombres au loin, dans les phares.

— Combien ?

— Deux, peut-être trois. J'ai plutôt discerné leurs voix.

— Que disaient-ils ?

— Je me trouvais un peu trop loin pour tout comprendre. Ils s'injuriaient, surtout.

— Avez-vous relevé un prénom, un nom ?

— Non. Mais ils parlaient espagnol, j'en suis certaine.

— Fatche !

— L'un d'eux a répété à plusieurs reprises « *Cierra el culo ! Cierra el culo !* » Ferme ta gueule ! en français. Pardonnez-moi !

Elle expliqua qu'au lycée elle avait effectué un échange linguistique avec un collège de San Vincente de la Barquera. « De ces séjours, on retient surtout les gros mots », avait-elle ajouté en riant. Redevenant sérieuse, elle se justifia par un « j'ai pensé qu'il s'agissait d'un saisonnier ».

Le commissaire se remémora sa conversation de la veille avec les passionnés du Kurun. Ne signalaient-ils pas des types qui s'invectivaient autour d'un camion Mercedes ? Ne s'exprimaient-ils pas dans la même langue ?

Anconi, lui, conclut que les voleurs de coquillages manquaient singulièrement de discrétion et venaient sans doute d'Espagne. Diable ! Comme ce gros chalutier en avarie qui avait appareillé hier.

VIII

Anconi roda encore un moment dans la zone conchylicole, à la recherche d'autres témoins éventuels. Il faillit tomber en glissant sur des algues humides, regagna la rue du Bassin, en quête d'une habitation donnant sur le Traict. Une imposante maison de pierre, hérissée de chien-assis, retint son attention. Son mur d'enceinte surbaissé en regard de la mer devait procurer aux propriétaires une vue imprenable, au travers d'une grille en fer forgé blanc.

Il sonna, en vain, se promit de revenir.

La volée de cloches de l'église Notre-Dame-de-Pitié, ponctuant la fin de la messe dominicale, interrompit les recherches du commissaire. Il pressa le pas vers la gare, prit le chemin du centre-ville et remarqua le syndicat d'initiative, abrité dans une coquette maison bretonne. Attiré par une affiche, il y entra.

— Il s'agit de la galerie de peinture Chapleau, Monsieur. Elle est tenue par l'épouse de l'artiste, dans sa propre demeure. Elle l'a créée à la mort de son mari et y expose ses toiles. Autrefois, le bâtiment était occupé par l'ancien hôpital.

— Est-ce loin d'ici ? se renseigna Anconi, espérant qu'Hilda avait été attirée par la même affiche que lui. Son épouse avait hérité du don de son père. Comme lui, elle peignait, essentiellement des paysages. La Seine, glissant doucement sous leur péniche Zeeland, lui offrait ses motifs préférés, en toutes saisons.

— Non, pas vraiment, lui répondit la dame.

Elle montra un plan, traça la route à suivre. Il la remercia et sortit. Il traversa la place Dinan, emprunta la rue Saint-Yves jusqu'à une maison médiévale en pan de bois. Conformément aux indications, il prit sur la gauche une étroite ruelle pavée, retrouva l'asphalte.

Il reconnut facilement sur la droite, à un croisement, la longue façade austère de l'hospice, trouée de deux portes ornées d'une arcade en pierre. Au-dessus un frontispice ménageait une niche qui avait perdu sa statue.

Son intuition ne l'avait pas trompé, il retrouva Hilda, en grande conversation avec une vieille dame, devant une marine représentant des bateaux de pêche amarrés à l'aplomb de l'ancienne criée.

— ...mon mari travaillait ici, dans ce salon. Vous peignez aussi, disiez-vous ?

— Oh ! Bien modestement. Je n'ai pas le talent qu'avait votre époux. Vous les vendez ?

— Non, je ne peux m'y résoudre. Je songe à faire don de tout cela à la ville du Croisic, lorsque je rejoindrai Eugène-Jean…

Hilda s'aperçut brusquement de la présence de son mari qui silencieusement faisait le tour de la salle. L'endroit n'avait rien d'un musée habituel. Les vieux meubles bretons, le piano au centre de la pièce et les tableaux accrochés aux murs rendaient le lieu vivant, comme habité par l'intimité du peintre.

— Oh ! Comment as-tu fait pour me dénicher ici, *mijn beminde* ?

Il haussa les épaules en souriant, montra les toiles suspendues. Il salua la femme d'un signe de tête.

— Pardonnez mon intrusion.

Il se pencha à l'oreille de son épouse, lui demanda où se trouvait Jean, apprit qu'il souhaitait se rendre au hangar de Christophe.

Il laissa son Hilda à sa belle rencontre, convint avec elle de la rejoindre à l'hôtel pour le déjeuner. En chemin, il s'arrêta à la cabine téléphonique qu'il avait remarquée place Dinan.

— Allô ? Bonjour. La gendarmerie du Croisic ?

— Brigadier Liberge, à votre service.

— Je souhaiterais m'entretenir avec votre adjudant-chef. De la part du commissaire Anconi.

— Il est très occupé. C'est à quel sujet ?

Le mot "commissaire" n'avait pas eu l'effet escompté.

— Une enquête en cours. J'ai un renseignement à lui fournir qui l'intéressera, insista-t-il.

Il espérait surtout savoir si Antonella Salabrino avait été retrouvée. Le brigadier résista encore, tenta d'en connaître davantage avant de déranger son supérieur. « Les consignes, toujours les consignes… »

Il eut droit au sempiternel message enregistré, « ne quittez pas, vous êtes en communication avec la gendarmerie du Croisic, etc. » Il se contorsionna pour attraper un cachou sans lâcher le combiné. Après un délai qui lui parut interminable, une voix familière se fit entendre.

— Commissaire ? Adjudant-chef Pradier. La mémoire vous est revenue ?

L'entretien commençait mal. Il est vrai que leur rencontre nocturne au manoir avait manqué de chaleur. Anconi ignora l'ironie, adopta un ton patelin.

— Peuchère, je vous ai dit ce que je savais. Vous m'avez bien révélé cette nuit que vous enquêtiez aussi sur un important vol de coquillages ?

— Euh, oui, peut-être, hésita l'adjudant-chef.

— J'imaginais que nous pourrions échanger des informations.

— Nous ne sommes pas des camelots. Dois-je vous rappeler notre devise « honneur et patrie » ? s'insurgea aussitôt le gendarme.

— La PJ n'est pas non plus composée que de batteurs de foire. Je me proposais seulement de vous livrer un renseignement susceptible de faire avancer votre enquête concernant vos voleurs de palourdes. Pour vous prouver ma bonne foi, sachez que tout laisse penser qu'ils sont espagnols. Du moins s'expriment-ils dans cette langue.

— Comment avez-vous appris cela ?

— Le hasard, Adjudant-chef, simplement.

Anconi ne croyait guère au hasard. Il se garda de faire remarquer qu'une banale enquête de proximité eût permis aux gendarmes de parvenir au même résultat. Au contraire, il souligna sa méconnaissance du Croisic, qui l'avait conduit à parcourir la grève du Grand Traict. « Un bien bel endroit », insista-t-il. C'est en se promenant qu'il avait rencontré un riverain qui… etc.

Son discours empreint d'une délicate modestie eut raison des réticences de Pradier. Il en fut remercié.

— Des Espagnols, peut-être des saisonniers. Merci du renseignement, je vais chercher dans cette direction.

— De votre côté, Adjudant-chef, avez-vous retrouvé la trace de l'Italienne ? demanda-t-il de la façon la plus naturelle possible.

— Oh ! Oui. Sous les ailes de l'abbé Picot, s'entendit-il répondre d'un ton détaché.

— Dieu garde ! Au presbytère ? Quelle idée !

— Vous ne croyez pas si bien dire, Commissaire. Elle prétend s'être réfugiée sous la protection de

Notre-Dame et refuse de nous recevoir. Le père Jean Picot l'a placée « entre les mains de la sainte Église ». Son histoire est plus que suspecte !

— Toutes mes félicitations. Mais… comment avez-vous su ?

— Le hasard, railla Pradier, paraphrasant le policier du “36”, un coup de téléphone.

Anconi s'octroya un nouveau cachou. Les nerfs menaçaient de se croiser sur son estomac. Il transpirait dans la cabine.

— Du cardinal je-ne-sais-plus-qui ?

— Tout juste ! Rampolli, Commissaire, Cardinal Rampolli, précisa-t-il d'une voix satisfaite.

Quoi de plus naturel qu'un prince de l'Église – sans doute italien – téléphone de Suisse pour signaler que la maîtresse d'un politicien récemment décédé tragiquement s'était installée dans le presbytère de Notre-Dame-de-Pitié au Croisic ?

— Quel pataquès ! Du moins n'a-t-elle pas subi le même sort que son amant. Que comptez-vous faire, Adjudant-chef ?

— Attendre les résultats du labo, protéger madame Salabrino et essayer d'en savoir plus sur ce cardinal. Si elle se sentait menacée, elle est maintenant en lieu sûr.

— Bonne Mère, les voies du seigneur risquent de rester impénétrables…

— Je dois vous laisser, Commissaire. Merci pour le tuyau espagnol !

— Je me le devais. C'est chose dite. On se tient au courant ?

— Profitez tout de même de vos vacances, railla Pradier sans répondre à la demande.

Malgré la chaleur étouffante qui régnait dans la cabine, il composa un autre numéro. Tandis que la sonnerie retentissait, il se débarrassa tant bien que mal de son vieux cuir.

— Allô ? Anconi.

— Hopla ! Bonjour, Monsieur le commissaire.

Il reconnut la voix joviale du brigadier Schultz et son accent alsacien.

— Ils t'ont mis de service un dimanche, tu vas louper le tour de France !

— Il paraît qu'il pleut des cordes sur la route de la grande boucle ! Je me suis fait remplacer par un petit jeune pour l'arrivée !

Il rit bruyamment, s'excusa aussitôt, demanda qui il cherchait dans la "maison".

— Tâche de me passer Bolz, Petit.

Le déclic du commutateur tinta désagréablement, suivi d'un bourdonnement continu. Quelqu'un frappait énergiquement de sa chevalière la porte vitrée de la cabine. Un homme brun, les yeux sombres sous des sourcils froncés, relevait sa manche, désignait l'écran de sa montre pour indiquer qu'il en avait assez d'attendre. La physionomie du bonhomme mécontent lui rappela de nouveau l'acteur masculin de *Psychose*. Anconi sortit sa carte professionnelle et la plaqua sur la vitre. Le mot « *POLICE* » barré de bleu-blanc-rouge éloigna aussitôt l'intrus, le commissaire n'eut pas le temps de se remémorer le nom de son sosie cinématographique. Décidément ce film le hantait.

— Allô ? Allô ? Patron ?

— Oh ! Pardon. C'est toi, Petit ?

— Oui. Lefebvre est parti au domicile des Montoison, à Neuilly, se justifia-t-il aussitôt.

Bolz s'inquiétait du nouveau coup de téléphone de son patron. Précipitamment, il lui signala que L'Araignée cherchait à le joindre pour lui communiquer une information importante. Anconi demanda à son inspecteur de pister un certain Cardinal Rampolli, actuellement en séminaire dans un patelin suisse du nom d'Einsiedeln.

Crissement de briquet dans l'écouteur.

— Oh là là !

— Petit, ne te fais pas venir la sueur ! Il n'y a que cent vingt cardinaux, tu vas vite dégotter le nôtre ! Je voudrais savoir ce qui le lie à Antonella Salabrino, dont tu as visité la galerie de peinture, hier.

— Bon ! concéda-t-il à regret, je vous passe L'Araignée, maintenant ?

— Merci, Petit.

Nouveaux borborygmes dans le téléphone.

— Monsieur le commissaire ? Enfin !

L'archiviste ne parlait pas de sa voix habituelle, précise et posée. Une excitation se sentait dans son expression précipitée. Jamais il n'aurait employé cette formule impatiente avec son supérieur.

— Je t'écoute, Vieux.

— Votre mort avait une sale affaire sur les reins, on l'appelle le "dossier CT44"…

Il détailla, d'une voix qui s'apaisa à mesure qu'il livrait le résultat de ses recherches.

Édouard de Montoison aurait tenté d'acquérir, six mois auparavant, un terrain au Croisic pour une somme largement inférieure au cours du marché. La vente aurait été effectuée par l'intermédiaire d'un certain Pierre-Guillaume Courtaix, agissant au nom de la Société immobilière française. L'argent lui a bien été versé par le conseiller ministériel. L'affaire s'est embourbée, car un soupçon de malversation est né en raison du vil prix de l'acquisition, interprété comme un dessous-de-table. Le dossier est arrivé opportunément sur le bureau d'un juge.

— Qui a porté plainte ?

— Je l'ignore.

— A-t-elle abouti ?

— Pas encore, la Société immobilière française s'est avérée fictive et son gérant insaisissable. La justice est dans l'impasse.

— Quel pastis !

— Un miracle, Mons… Patron, que la presse ne se soit pas emparée de l'histoire. L'affaire CT44 a dû être étouffée, sans doute en raison des élections législatives de mars ! D'après mes sources, la carrière politique de Montoison semblait compromise, à cause de ce terrain.

— Voilà qui accréditerait la thèse du suicide. Le bonhomme se sentait acculé… Pourtant, tu me l'avais décrit comme un type à la réputation d'honnêteté, non ?

— Il s'est peut-être fait piéger. Quoi de plus efficace pour éloigner un concurrent que de fabriquer une bonne gamelle. Une peau de banane habilement placée… Plof ! D'un autre côté, n'oublions pas que Montoison possédait un carnet noir lui permettant de contre-attaquer.

— Carambouille rime bien avec magouille.

L'Araignée émit un petit rire.

Anconi l'imaginait bien, dans sa soupente bondée de rangées de classeurs, guilleret devant les papiers éparpillés sur son bureau encombré.

— Qui est-ce, ce Pierre-Guillaume, Vieux ?

— Un touche-à-tout, bien introduit partout. Une sorte d'intermédiaire, un type "qui rend service". Il s'est évaporé. On le dit au Mexique. Selon son avocat, il serait malade.

— Pas fou, un pays qui n'extrade pas vers la France. Le fameux terrain, sais-tu où il est, au Croisic ?

— Non. D'après mon contact, il se trouve sur la "côte sauvage", j'ignore ce que cela signifie.

— La vente a dû passer devant notaire, sans doute au Croisic ?

Le commissaire perçut des froissements de papier.

— Non, Mons… Patron, à Batz-sur-Mer, chez maître Duchemin.

— Mais c'est tout près d'ici ! Tu as bien travaillé, je commence à cerner le personnage. Dis-moi, as-tu appris comment le courrier-confession adressé à son avocat avait atterri à l'AFP ?

— Pas facile ! Vous savez que l'agence est en pleine crise financière en ce moment, avec des menaces de licenciements. L'ambiance est poisseuse et les journalistes sont au bord de la grève. Bref, j'ai tout de même pu apprendre par une indiscrétion qu'une enveloppe aurait été livrée jeudi à l'accueil. Le dépositaire portait une tenue bleu et jaune, une casquette et une grosse sacoche accrochée sur l'épaule de sorte que l'employée a cru avoir affaire à un postier lorsqu'il lui a remis l'enveloppe. Ce n'est qu'après son départ qu'elle s'est aperçue de l'absence de timbre et de tampon.

— Tè, on imagine mal Montoison porter lui-même un courrier qu'il destinait à son avocat !

— Ni maître Bondot se déguiser en employé des PTT, renchérit L'Araignée avec un petit rire étouffé.

— Quelque chose d'écrit sur cette dépêche ?

— L'adresse de l'AFP, 11 place de la Bourse, Paris 2e, était tapée à la machine. Aucun destinataire désigné, mais une mention « *Très urgent* » avait été notée au crayon rouge. On connaît exactement le moment du dépôt. L'accueil inscrit toujours la date d'un coup de tampon : « *02-07-86* » et ajoute l'heure, à la main. En le cas présent, « *17 h 40* ».

— Dommage qu'il nous soit impossible de comparer l'écriture avec celle de Montoison.

— J'en ai parlé à Lefebvre avant qu'il ne se rende à Neuilly, boulevard Wallace. Il va faire le nécessaire.

— Tu es incroyable, Vieux !

L'Araignée, décidément, allait toujours au-devant des souhaits de son cher commissaire. Quelqu'un toqua de nouveau à la vitre de la cabine. Une femme entre deux âges, tout de noir vêtue, coiffée d'un chapeau cloche pianotait de sa main gantée. De l'autre elle serrait un minuscule sac. Un sourire crispé figeait son visage. Anconi tenta de lui faire comprendre, par signes, qu'il avait presque terminé.

— ...je lui ai confié mon vieux Polaroïd. Si vous voulez, je vous faxerai ce soir à votre hôtel une photo d'un document signé de la main de Montoison, vous pourrez comparer avec la lettre du journal, poursuivait l'archiviste, dont l'exaltation se calmait peu à peu.

— Merci, Vieux.

— Pour le notaire, vous voulez que je... ?

— Non, non ! Duchemin, à Batz-sur-Mer, je m'en occupe.

Avant de quitter L'Araignée, il le questionna sur les conclusions du thanatopracteur, mais celui-ci ne s'était pas manifesté et demeurait injoignable. Le policier s'interrogea sur la signification de ce silence : « Repos dominical ou pression occulte ? »

Lorsqu'il ouvrit les portes de la cabine téléphonique, il fut frappé par les lèvres pincées et le front plissé de la dame en noir, qui témoignaient davantage de l'angoisse que de l'impatience, de sorte qu'il s'excusa et lui tint les battants. Elle s'engouffra précipitamment, s'empara du combiné.

— Savez-vous, Monsieur, s'il est possible de téléphoner à l'étranger d'ici ? La poste est fermée, malheureusement.

Elle exhalait un parfum qui lui rappela l'eau de Cologne Saint-Michel dont s'aspergeait sa grand-mère avant de se rendre à la grand-messe du dimanche. Est-ce cette raison ou la tenue sombre et la mine tourmentée de la femme qui le poussèrent à lui venir en aide ?

— Sans doute, Madame.

— Pour la Suisse, est-ce très onéreux ?

« Encore la Suisse ? »

— Voulez-vous un peu de monnaie ? proposa-t-il en fouillant les poches de son vieux cuir.

Il troqua quelques pièces de un et de cinq francs contre un billet qu'elle tira d'une bourse en cotte de mailles. Tremblante, la dame s'en empara, remercia, s'enferma maladroitement. Anconi s'éloigna, troublé, se retourna pour l'observer. Elle composait le numéro. Il était trop distant pour deviner les chiffres.

Il haussa les épaules. Pas question de se rendre

chez le notaire aujourd'hui, pas plus qu'à la mairie pour consulter le cadastre. « Fan de dimanche ! »

Tout en marchant, sans but précis, il tenta d'assembler les pièces du puzzle. Montoison s'était laissé embarquer dans une carambouille. Ce terrain acheté à vil prix à un escroc l'avait-il conduit au suicide en raison du scandale qui enflait dans les couloirs du pouvoir ? L'intervention des RG pouvait dès lors s'expliquer par l'obligation d'étouffer une affaire d'État avant qu'elle n'explose dans les journaux et n'éclabousse tout le gouvernement. Le saccage de la villa Ker Bellech n'avait-il pas pour but de récupérer le carnet noir ?

Quant à Antonella et son cardinal protecteur, quel rôle jouaient-ils dans ce micmac ? Pourquoi cette mise en scène de kidnapping ? Avait-elle appelé ce Rampolli à son secours ?

Rue de l'Église, il s'assit sur un muret, étourdi par ces questions sans réponse, se surprit à parler avec ses mains. « On verra demain ! Aujourd'hui, je ferais mieux de m'occuper du vol de palourdes du copain de Jean, la présence d'Espagnols leur évoquera peut-être quelque chose ? »

Il se leva comme un automate, vérifia de la tête que personne n'avait observé son manège. Devant lui passait la dame en noir, trottinant vivement, une main sur son chapeau cloche ! Elle ne le remarqua pas, le visage tendu. Sans réfléchir, il la suivit. À cause de la Suisse.

Les espadrilles de la silhouette sombre ne soulevaient aucun bruit sur les pavés de l'étroit trottoir. Le commissaire craignit qu'elle ne se retournât et ne le découvrît. Il s'arrêta, retira son cuir et remonta ses manches pour se donner une contenance avant de reprendre sa marche. Parvenue au coin de la rue de la Duchesse Anne, la femme avait disparu. Était-elle entrée dans l'église ?

Il se précipita sous le porche de l'édifice. Le brusque passage à l'obscurité l'aveugla quelques instants. La fraîcheur du lieu et l'odeur d'encens qui flottait encore après la messe dominicale le saisirent. Il s'avança timidement, empruntant le bas-côté, détaillant chaque rangée de prie-Dieu à la recherche d'une ombre penchée, fit le tour de la nef. Devant l'autel de la chapelle nord, une robe sombre était agenouillée devant un pique-cierge. Il crut avoir retrouvé celle qu'il suivait. En se glissant derrière un pilier, il déclencha le crissement d'un pied de chaise, craignit de la voir se retourner. Il s'assit sur le bout des fesses, attendit. Des souvenirs de la paroisse Saint-Laurent de Marseille lui revinrent en tête, fous rires d'enfants de chœur, facéties de sacristie dans le dos de l'abbé Party. Il faillit manquer le départ de la femme en prière. Elle passa devant lui sans bruit.

Ce n'était pas celle qu'il croyait !

Il quitta précipitamment les lieux, sans un regard pour les vitraux ni les voûtes peintes. Il se sentit brusquement ridicule. Quelle mouche l'avait piqué ?

Un peu honteux, il pressa le pas vers la zone conchylicole. Essoufflé, il découvrit les deux amis penchés sur le moteur d'un gros tracteur.

— Ah ! Bonjour, Commissaire ! Comme tu vois, les ennuis continuent, s'exclama Christophe.

Il maugréa sur la rupture du câble d'accélérateur de l'engin, l'indisponibilité de son garagiste, le retard dans le travail, le manque à gagner.

— La concurrence va se frotter les mains !

Jean s'esclaffa lorsque son ami compléta son propos par une formule triviale qui lui tenait lieu de proverbe.

— À propos, combien employez-vous de salariés ? demanda Anconi à brûle-pourpoint.

— Un, parfois deux, si besoin. Jean, passe-moi le fil de fer.

Il remplaça la ceinture de ciré qui lui avait servi de câble d'accélérateur provisoire par un dispositif plus solide.

— Voilà, ça tiendra, conclut-il, satisfait de son rafistolage. Ici le système D est une religion, pas de temps à perdre quand la mer monte. Mais pourquoi cette question ? Tu veux que j'embauche ton Jean ? Un fils de commissaire dans le coquillage, je ne l'aurais pas imaginé possible !

— Vaï, il n'y a pas de sot métier. Dites-moi, parmi vos employés, y a-t-il un Espagnol ?

— Ni Espagnol ni Turballais !

Anconi avait déjà cru comprendre qu'une certaine

rivalité opposait les deux communes, mais il en ignorait les motifs. Il faudrait qu'il se renseigne auprès de madame Nédelec.

— Et chez vos concurrents ?

— Possible. Il faudra leur demander. Pourquoi ?

— Parce que vos voleurs baragouinaient en espagnol.

Jean tenta d'intervenir, mais Christophe s'emporta.

— Non ! Vous en êtes certain ? Il n'oserait tout de même pas !

— Des voisins ont entendu des jurons dans cette langue, du côté de vos bassins, la nuit où…

Christophe partit très en colère, suivi comme son ombre par sa barbette noire. Il disparut entre deux cabanes. Anconi se tourna vers son fils :

— Tu voulais dire quelque chose ?

— Chaque année, plusieurs tonnes d'huîtres se volatilisent au moment des fêtes de fin d'année. Il y a deux ans, un de mes confrères a été dévalisé et les voleurs ont été arrêtés. Leur cargaison a été saisie par la douane volante au péage de l'autoroute à Bordeaux. C'était justement des Espagnols, conclut-il.

— Mais cette fois, ce sont des palourdes et nous ne sommes pas à Noël, Petit.

— En plus, Papa, ils doivent être loin, maintenant…

— Fatche !

Jean précisa que, de l'autre côté des Pyrénées, on

raffolait de ce type de coquillages, surtout dans le Nord et en Galice, où l'on organisait même des fêtes de la palourde. Ils les dégustaient cuites dans l'huile d'olive avec ail, oignon et vin blanc local.

— Tè, quand j'étais gamin, on les mangeait avec des pâtes. On les ramassait dans l'étang de Berre. Mais je reconnais que farcies, comme le propose madame Nédelec, on s'en ferait péter la sous-ventrière !

Le retour de Christophe interrompit leurs souvenirs. Il marchait à grandes enjambées et parlait tout seul, sa petite chienne, la queue basse, se coulant dans son ombre.

— Nom de D… tu avais raison, mon commissaire ! Tu crois qu'il me l'aurait dit, ce *penn-beuz** ?

Il se précipita vers le téléphone, au fond de sa cabane, sans s'expliquer davantage.

— Passez-moi votre chef ! exigea-t-il dans le combiné.

Ils l'entendirent déclarer que son voisin parqueur, Peupeu, employait pour la saison un certain Pablo Iglesias et que ce dernier n'était pas venu travailler depuis deux jours. Preuve évidente pour lui qu'il avait participé au vol de palourdes dont il avait été victime !

— Il fumait, ce Pablo ? susurra Anconi.

*« Tête de lard » en breton.

IX

Ils déjeunèrent en famille, après avoir laissé Christophe se débattre avec la maréchaussée et son collègue-concurrent que les gendarmes avaient souhaité auditionner aussitôt. Avant de les quitter, ils avaient seulement appris que le dénommé Pablo Iglesias avait été embauché début juin chez Peupeu. Selon son contrat temporaire, il était âgé de 45 ans et domicilié 86, avenue de Vigo, à Pontevedra en Galice, Espagne.

— La plus grande région de production de coquillages, avait immédiatement souligné Jean.

Le Pablo devait s'y connaître, en culture de palourdes, cela avait certainement rassuré son employeur. Mais pourquoi venir jusqu'au Croisic et quitter son pays d'origine pour une saison ? Les gendarmes devaient déjà contacter la *Guardia Civil* pour découvrir le pedigree du bonhomme.

En fouillant son cuir, Anconi palpa le briquet qu'il avait trouvé sur les lieux du vol. Il le sortit, montra à son fils.

— Tè, il appartient peut-être à ce Pablo ? Ou à un de ses complices ? Il sera tombé d'une poche lorsqu'ils se sont penchés au-dessus du bassin.

— Je comprends mieux pourquoi tu as demandé à Christophe si cet Espagnol fumait ? Dommage que les inscriptions soient en partie effacées. En tous les cas, il n'a pas séjourné longtemps dans l'eau de mer, il ne présente pas la moindre trace de corrosion.

— Tu as raison, Petit ! Cette inscription « *......s ......nes de l'Est* » t'évoque-t-elle quelque chose ? En admettant qu'il appartienne à cet Iglesias…

Jean scruta attentivement.

— De l'espagnol ? "Est…", "Est…", répétait-il, en passant l'index sur le Bic. Il semblerait que certaines lettres aient été effacées par l'usure. "Est", avec une majuscule, serait le début d'un mot… Estrella, une marque de bière espagnole ? Non, c'est idiot.

— Pas du tout, Jean. Cela me semble plausible, au contraire.

Hilda les rejoignit au restaurant, enchantée de sa visite à la galerie Chapleau. Elle trouva le père et le fils discutant comme des conspirateurs devant un verre de blanc et un briquet.

— Tè, il passe bien, ce muscadet. Tu nous accompagnes, Hilda ?

Elle accepta, heureuse de ces retrouvailles familiales et du retour de la bonne humeur chez son mari.

— Comment as-tu occupé ta matinée, *mijn beminde* ? Progresses-tu dans ton enquête ?

— Laquelle ? répondit le commissaire avec un clin d'œil vers Jean.

Les sourires et les regards des deux hommes se croisèrent. Anconi rapporta sa rencontre avec les deux jeunes et l'implication éventuelle dans le cambriolage nocturne d'un saisonnier espagnol fumeur, grossier et peut-être amateur de bière. Hilda était aux anges lorsqu'elle apprit que son fils participait aux recherches.

Pour un peu, le vol de palourdes aurait pris le dessus sur la mort de Montoison.

Anconi s'empressa de restituer les avancées concernant le conseiller ministériel : la transaction immobilière frauduleuse d'un terrain au Croisic, le silence de l'avocat retranché derrière son « foutu secret professionnel » comme la murène dans son trou, le faux postier déposant la confession à l'AFP, les démarches en cours, au Quai.

— Quant à la maîtresse italienne, elle se serait réfugiée au presbytère du Croisic ! L'adultère chez les mange-Bon Dieu ! Cette histoire sent le soufre ! s'emporta-t-il, mais je ne parviens pas à assembler les morceaux. Demain, notaire !

Il évita de décrire sa curieuse filature jusqu'à l'église, dont il ne se trouvait pas particulièrement fier.

Madame Nédelec vint prendre la commande, tout sourire.

— Avez-vous choisi ?

Ils décidèrent de partager à eux trois un plateau de fruits de mer.

— Dites-moi, pouvez-vous…

— Avec beaucoup de mayonnaise pour le commissaire, je sais, l'interrompit la patronne en plaisantant.

Il confirma par une grimace gourmande, la retint cependant d'un geste.

— Où se situe le presbytère, au Croisic ?

Elle faillit lâcher son carnet, se figea une seconde, tourna un regard interrogatif vers Hilda, finalement se signa.

— *Ma Doue benniget** ! Que lui voulez-vous, à notre bon recteur Picot ?

— Aucun mal, rassurez-vous. Alors ?

À regret, elle lui indiqua.

— Rue de la Duchesse Anne. Tout près de l'église, un fort bâtiment de belles dimensions.

Sa réponse plongea Anconi dans le trouble. Ne se trouvait-il pas à deux pas de l'endroit où il avait perdu la trace de cette dame en noir qui souhaitait téléphoner en Suisse ? Justement, de ce pays d'où appelait le cardinal macaroni ?

« Tè, cesse de te tourner la tête sens devant derrière ! » s'admonesta-t-il.

Le plateau arriva bien opportunément, qui chassa ses ruminations. À dessein, il commença par les palourdes. Le craquement des pinces de crabe et la décortication studieuse des crustacés mirent fin aux conversations.

*« Dieu soit béni ! » En l'occurrence, marque l'indignation, en breton.

Le restaurant affichait complet en ce dimanche midi. De nombreux convives avaient endossé leurs plus beaux habits, les dames paraissaient sortir de chez le coiffeur, certains hommes avaient accepté la cravate.

Dans un angle de la salle, un couple aux âges bien différents rappela à Anconi cette femme qui avait un jour oublié sur la table les clefs de sa villa, Hortense Montoison. Mais aujourd'hui, parmi les deux, l'homme était le plus vieux.

— Hilda, parle-nous donc de ta matinée, à la galerie, demanda-t-il brusquement pour tenter d'échapper à ses incessantes réminiscences.

— Une charmante dame, cette Simone, elle a transformé sa maison en un vrai musée…

De nombreux peintres avaient fréquenté Le Croisic, ou s'y étaient installés, avait-elle appris de sa bouche. Après une carrière de fresquiste, Eugène-Jean y avait terminé sa vie en peignant avec une éternelle jeunesse les paysages de la presqu'île, les bateaux de pêche posés sur la cale de la grande jonchère face aux quais, les barques sur la vase des bassins à marée basse, la côte sauvage.

— La côte sauvage ?

— Elle m'a expliqué qu'il s'agissait du rivage de la presqu'île, celui exposé au sud, vers le large.

Hilda cita d'autres artistes dont il n'avait jamais entendu les noms.

Anconi n'eut pas à réclamer un supplément de

mayonnaise. Madame Nédelec, sans un mot, en déposa une coupelle sur leur table.

Jean les quitta après le dessert, « pour quelques coups de fil ». Le vol de palourdes vint de nouveau prendre la place de l'affaire Montoison dans l'esprit du commissaire.

— Que comptes-tu effectuer cet après-midi, *mijn beminde* ?

— Tè, si nous allions nous promener sur cette “côte sauvage” ?

— En passant par le presbytère ? susurra Hilda avec un sourire taquin.

— Crois-tu que ce soit le bon chemin ? répondit-il, en entrant dans son jeu.

Un petit plan en poche, ils quittèrent l'hôtel, bras dessus bras dessous. Les nuages avaient entièrement disparu, laissant un ciel bleu profond. Ce beau temps ensoleillé et cette tiédeur douce enroulée dans une brise légère apportaient une atmosphère de vacances insouciantes. Ils se guidèrent par rapport au clocher de l'église, découvrirent facilement le “fort bâtiment de belles dimensions”. Les trois marches du perron et la rampe d'accès fixée au mur les invitaient à frapper à la haute porte. Des rideaux de dentelle occultaient les deux fenêtres du rez-de-chaussée.

— Penses-tu vraiment qu'elle loge là ? interrogea-t-elle, en proie au doute.

— D'après les gendarmes…

Anconi, mal à l'aise, jeta un regard circulaire,

vérifiant subrepticement que personne ne les remarquait. La messe dite, chacun avait quitté l'endroit, maintenant désert. Seul Jésus sur sa haute croix, face au presbytère, penchait la tête vers eux.

Soudainement, Hilda appuya impulsivement sur le bouton de la sonnette. Le commissaire étouffa un « Dieu garde ! » de stupeur.

Ils entendirent un timbre aigrelet retentir à l'intérieur. Une lumière jaunâtre apparut derrière l'imposte vitrée. Ils se regardèrent, se demandant qui prendrait la parole le premier.

La porte s'écarta sur une soutane et un visage souriant, à peine interrogateur.

— Bonjour, mon Père, nous sommes désolés de vous déranger.

L'abbé ouvrit en grand le lourd battant de bois, tendit la paume de ses deux mains vers les visiteurs.

— Ma maison, comme celle de Dieu, n'est jamais close.

Derrière ses lunettes cerclées de noir, son regard, souligné par d'épais sourcils, se partageait entre bienveillance et étonnement.

— Merci de votre amabilité, poursuivit Hilda sans se démonter, en inclinant légèrement la tête. Nous sommes des amis d'Antonella Salabrini. Nous souhaiterions lui rendre une visite de réconfort.

Elle avait chuchoté la dernière phrase, comme pour signifier qu'elle connaissait la situation de cette personne.

La femme du commissaire n'ignorait pas les travers de son mari. Il lui avait souvent raconté les subterfuges qu'il employait au cours de ses enquêtes pour parvenir à ses fins. « Une grande vérité peut jaillir d'un petit mensonge », affirmait-il, pour chasser un remords naissant.

— Cette dame Salabrino ne séjourne pas ici, ma fille, dit-il d'une voix douce. Vous devez vous tromper d'adresse, je le crains.

L'abbé ne marqua-t-il pas un léger recul ? Se rendit-il compte qu'il avait rectifié de lui-même le nom d'une personne qu'Hilda s'était employée à modifier à dessein et qu'il affirmait ne pas connaître ?

— Oh ! N'avons-nous pas frappé au presbytère ?

Est-ce le visage rassurant d'Hilda ou l'air implorant qu'elle affecta ? L'abbé adopta un ton conciliant.

— On vous aura sans doute mal renseignée. Les étrangers prennent souvent pension aux Salines. Les bâtiments se ressemblent un peu, bien que celui de Dieu se révèle plus modeste. Cela se situe au 2, rue des Bains, à deux pâtés d'ici. Je reconnais qu'il est facile de se perdre dans ces ruelles d'un autre temps, conclut-il en joignant les mains.

Anconi prit le relais, ajoutant un mensonge à celui d'Hilda.

— Impossible, mon Père, nous tenons l'information du cardinal Rampolli lui-même.

Cette fois, un trouble dut parcourir l'abbé, l'un de ses sourcils se releva fugitivement.

— Mais, à qui ai-je l'honneur ?

Le commissaire insista, sans se présenter.

— Nous n'ignorons pas que madame Salabrino vous a été confiée par ce cardinal.

— Quand bien même l'aurait-il fait, vous comprendrez que mon ministère me contraindrait au silence.

— Auriez-vous reçu cette femme en confession ?

— Je ne saurais vous répondre.

— Écoutez, mon Père. Je tiens toutes ces informations des gendarmes du Croisic. J'appartiens moi-même à la police. Nous souhaitons l'interroger, en toute discrétion bien entendu.

Il montra sa carte. Le recteur la saisit, puis la lui rendit.

— Dans ce cas, je vous serais obligé de vous rapprocher de vos collègues de la gendarmerie. Comprenez-moi.

Le prêtre ébaucha le geste de refermer la porte.

— Sont-ils déjà venus interroger votre pensionnaire ? persévéra le commissaire.

Il se mura dans un mutisme solennel, ses traits s'astreignant à montrer une douceur affable. Une ombre apparut dans le fond du couloir, glissant silencieusement.

— Puis-je vous aider, mon Père ?

Anconi reconnut la voix avant de voir se présenter la dame en noir, celle de la cabine téléphonique de la place Dinan. Il exploita la surprise.

— Avez-vous réussi à joindre le cardinal Rampolli, en Suisse ?

Elle rougit, chercha du secours auprès de l'abbé. Le commissaire laissa la situation s'empêtrer.

— Vous espériez, sans doute, un conseil de sa part ? insista-t-il. Votre pensionnaire s'avère bien encombrante, nous le comprenons aisément. Son amant disparu, sa villa dévastée, un prince de l'Église qui vous la confie au milieu de la nuit…

Cette dernière tentative se heurta à un silence poli. Décidément, tout ce qui tournait autour d'Antonella lui échappait. Il tendit la carte de l'Hôtel de la Criée, y inscrivit son nom et le numéro de sa chambre.

— Au cas où vous changeriez d'avis, proposa-t-il avant d'adresser ce conseil menaçant : priez, mon Père, pour qu'Antonella ne subisse pas le même sort que son amant.

L'abbé eut un regard empreint d'inquiétude, la dame en noir poussa un petit cri d'effroi.

— Une dernière question, avant de vous quitter : Édouard Montoison fréquentait-il l'église, lorsqu'il séjournait au Croisic ?

— J'ignore de qui vous parlez.

L'agacement du commissaire monta d'un cran. Un cachou, fébrilement absorbé, ne parvint pas à le calmer.

Ses souvenirs de catéchisme lui inspirèrent cette mise en garde :

— « Tu ne feras pas de faux témoignages » ne figure-t-il pas parmi les dix commandements de Dieu ? menaça-t-il.

— « Tu ne prononceras pas le nom de Dieu en vain » également, rétorqua le recteur avec componction.

— Laissez-moi vous prévenir. Selon toute probabilité, vous recevrez bientôt la visite de gens très méchants. Ces gars-là exigeront de voir Antonella Salabrino. Et eux, ils ne rigolent pas. Même si vous tentez de vous abriter derrière Dieu le père, Dieu le fils, Joseph, Marie, le Saint-Esprit, les apôtres ou qui vous voulez, Bonne Mère, vous ne leur échapperez pas ! Ce ne sont pas des enfants de chœur !

— Doux Jésus, Monsieur l'abbé ! bredouilla la dame en noir en se signant.

Le prêtre sembla hésiter. Il ajusta ses lunettes, puis joignit les mains dans une sorte de prière. Escomptait-il un secours divin ? Pesait-il le pour et le contre ?

— Soyez sans crainte, assura le commissaire, je ne les préviendrai pas de sa présence ici. Mais ils finiront par sonner au presbytère. À mon avis, ils la cherchent et rien ne les arrêtera. D'ailleurs vous le savez…

— Avec la protection du Seigneur…

— J'ai peur qu'elle ne suffise pas, mon Père. Sinon, pourquoi Édouard Montoison n'aurait-il pas bénéficié de cette protection ?

Le recteur pâlit. Antonella lui avait-elle servi son histoire de kidnapping ? Auquel cas il ignorait encore l'assassinat. Le cardinal s'était-il révélé menaçant ?

— Lisez-vous le journal, mon Père ? demanda Hilda, devinant les interrogations du commissaire.

— Le diocèse participe généreusement à mon abonnement à *La Croix*. Heureusement, car la quête dominicale nous permet à grand-peine d'éditer notre bulletin paroissial. Mais pourquoi cette question ?

— Parce que vous semblez ne pas connaître les événements survenus récemment.

— Je me plais pourtant à suivre avec attention le voyage qu'effectue actuellement notre très Saint-Père Jean-Paul II en Colombie. Ne s'agit-il pas là d'une nouvelle plus importante que les agitations autour du dopage dans le Tour de France ?

Anconi se résolut à ne pas insister. Soit le prêtre mentait pour la bonne cause, soit il ignorait réellement l'actualité du Croisic.

— Nous allons vous laisser. Dites à madame Salabrino, si vous la voyez, que je reste à sa disposition, ainsi qu'à la vôtre bien entendu. Je vous confie mes coordonnées. Soyez très prudents.

Les derniers mots du commissaire sonnèrent

comme un tocsin. La porte se referma sur deux silhouettes sombres et figées.

Ils n'avaient finalement rien appris à ce jeu de menteur. Ils poursuivirent mécaniquement la rue de la Duchesse Anne, passèrent près de la chapelle de l'hôpital sans la voir, ne remarquèrent pas davantage que l'habitat devenait plus dispersé et constitué de pavillons individuels modernes, tous blancs aux toits d'ardoises. Ils se retrouvèrent à côtoyer un long mur d'où dépassaient des feuillus. Dans une clairière, un moulin dressait ses ailes. Tout étonnés, ils découvrirent la mer devant eux. Ils n'avaient pas prononcé une seule parole depuis qu'ils avaient quitté les deux fantômes du presbytère. Anconi avait ingurgité la moitié d'une boîte de réglisses.

— Je parie que, dès ce soir, *mijn beminde*, tu vas recevoir un appel du recteur. Il va s'empresser de se concerter avec l'Italienne. Comment savais-tu que sa gouvernante avait téléphoné en Suisse ?

Le commissaire relata sa rencontre à la cabine de la place Dinan et la filature qui s'en était suivie. Hilda éclata de rire à imaginer son mari se glissant à pas feutrés dans les ruelles du Croisic à la poursuite d'une dame en noir.

— Vaï ! Je n'en éprouvais aucune fierté, avoua le pisteur en se décidant à partager l'hilarité de son épouse. Si on longeait la côte, un moment ?

De rares nuages venaient de l'ouest, poussés par un vent vivifiant. Du haut de la falaise rocheuse, la mer semblait calme et scintillante. Pourtant quelques voiliers, au loin, gîtaient dans la brise et peinaient à tenir leur route. Anconi et Hilda frissonnèrent, malgré le soleil.

Ils traversèrent la chaussée côtière pour emprunter le sentier douanier qui serpentait au plus près des escarpements, dévoilant des criques rocheuses. La houle s'y brisait lourdement en soulevant une écume blanche.

— Magnifique, s'émerveilla Hilda, et si différent des longues plages sans horizon de mon pays.

— Comme à Zandvoort ?

Sans répondre, elle serra plus fort le bras de son mari. Pour chasser les souvenirs, il enchaîna :

— On comprend qu'Édouard Montoison ait souhaité construire une villa par ici…

— Il aurait pu acheter celle-là, dit-elle, alors que leur sentier contournait une maison de pierre aux allures de château, bien protégée derrière ses murs d'enceinte.

— Autant garder la propriété Ker Bellech. Non, je crois qu'il désirait bâtir quelque chose à sa mesure, bien à lui.

— Ce fameux terrain qui lui a valu des ennuis, sais-tu où il se situait ?

— Tè, quelque part sur ce beau rivage.

Ils croisèrent de nombreux promeneurs qui comme eux profitaient du paysage. Le sentier sablonneux, au plus près des escarpements, se dessinait dans l'herbe rase. Ils s'assirent sur un banc et se laissèrent bercer par le va-et-vient du ressac dans les rochers et le spectacle de la mer infinie face à eux.

— Je conçois mieux le terme “côte sauvage”, elle est vraiment superbe, *mijn beminde*. Nous avons de la chance, ce paysage, ce petit vent, ce soleil…

Face à l'océan, des maisons s'échelonnaient en retrait de la route, certaines en pierre, d'autres plus nombreuses couvertes d'un crépi immaculé. Devant l'une d'elles, un homme en bleu de travail repeignait de noir les barreaux de fer forgé de son portail. Près de lui un petit chien blanc se mit à glapir, tout en reculant malgré la sécurité absolue que constituait la barrière. Anconi traversa la route, s'approcha de lui.

— Pardonnez-moi, Monsieur, n'y aurait-il pas un terrain à acquérir par ici ?

— Pas à ma connaissance.

L'homme se tourna vers la maison, cria un prénom. Une femme apparut au pignon, un fichu sur la tête. Elle vint à leur rencontre, une binette au bout de sa main gantée de caoutchouc.

— Christine, sais-tu s'il existe une parcelle à vendre, dans le coin ? Ces messieurs-dames cherchent.

Elle parut réfléchir, afficha une moue dubitative. Une discussion s'ensuivit. Ils évoquèrent entre eux l'année d'acquisition de leur propriété, leurs prospections, la rareté des disponibilités, déjà à l'époque.

— Vous souhaitez acheter un bien ?

Le commissaire hésita à déballer toute l'histoire.

Hilda vint à son secours, en accumulant une nouvelle fois les mensonges.

— Mon mari est tombé amoureux de votre région. Il a remarqué ce matin une annonce immobilière, un terrain à vendre face à la mer. Nous avons supposé qu'il se situait sur la côte sauvage, d'après la photographie. L'adresse n'était bien entendu pas notée et l'agence est fermée. Sa surface représenterait environ quatre mille mètres carrés. Nous nous demandions si ces indications s'avéreraient suffisantes pour le localiser.

— Ah ! dit la dame. Un terrain constructible, c'est chose rare, maintenant.

— Quelle est cette curieuse maison, là-bas, questionna Anconi.

— Oh ! On l'appelle la Vigie de la Romaine !

Ils expliquèrent la longue histoire de cette bâtisse aux formes austères. Autrefois, le duc d'Aiguillon, gouverneur de Bretagne sous Louis XV, avait beaucoup œuvré en faveur du Croisic. Il avait en particulier fait édifier un corps de garde qui servit de poste de guet, du fait de sa position la plus élevée de la presqu'île. L'utilisation du sémaphore fut abandonnée et il tomba en ruine. Reconstruite avant la Seconde Guerre par un architecte nantais, la Vigie est de nouveau détruite par l'occupant allemand. « La curieuse maison que vous observez maintenant a été rebâtie après le conflit, de manière fantasque et ne ressemble plus, dit-on, à l'original. »

— C'est habité ? demanda Hilda, intéressée.

— Je lui ai toujours connu les volets clos.

— Et pourquoi "La Romaine" ?

Christine leur expliqua patiemment que ce nom ne possédait aucun lien avec la ville de Rome. Il provenait de deux termes bretons : *run* pour « lieu élevé » et *men* « pierre ». L'endroit constituait en effet un tertre rocheux culminant au-dessus de la presqu'île du Croisic. La transmission orale de la langue avait progressivement déformé les mots en "romaine".

Hilda remercia chaleureusement la dame.

— Passionnant !

Le couple salua très aimablement les Anconi, émettant l'espoir qu'ils deviennent bientôt leurs voisins.

Ils poursuivirent leur chemin. Ils longèrent le champ occupé par un blockhaus. La Vigie de la Romaine dressait en effet sa silhouette sévère sur un piton rocheux. Une tour carrée coiffée d'un toit en dôme jouxtait un bâtiment plus classique. Le seul matériau utilisé pour l'ensemble, la pierre, lui conférait une allure austère, presque inquiétante.

Les ouvertures rares, masquées de volets blancs et clos, aggravaient cette impression. La rouille des ferrures tachait les huisseries de coulures brunâtres. Un mur d'enceinte entourait complètement son terrain.

— Tè, la construction ne paraît pas très attrayante, mais la vue y demeure imprenable !

— Moi, tu ne m'emmènerais pas là pour un empire. Je tomberais en dépression !

— Zeeland jetterait l'ancre en face, plaisanta-t-il, tu y dormirais. Et moi je t'inviterais le dimanche à la Vigie déguster des spécialités romaines !

Le commissaire pouffa.

— Rentrons, idiot !

Ils empruntèrent le premier chemin menant vers l'intérieur des terres. Ils découvrirent ainsi un pavillon bas au toit plat flanqué d'une tourelle, tassé dans un coin. Ses fantaisies architecturales, bien que lourdes du fait de sa construction exclusive en pierres de taille, évoquaient un minuscule palais exotique. Le lieu semblait bien entretenu, avec des ouvertures non closes, même si le portail était fermé. Une 2 CV grise, d'un modèle très ancien, était garée sur le bas-côté. La boîte à lettres ne portait aucun nom, mais quelqu'un vivait là.

Ne trouvant pas de sonnette, Anconi toqua à la porte-fenêtre en arcade qui occupait presque toute la façade côté rue.

Ils entendirent un bruit de serrure. Des pas crissèrent sur le gravier.

— Fatche ! Vous ici ?

X

L'abbé Jean Picot, très pâle dans sa soutane noire, tressaillit, amorça un mouvement de recul en découvrant ses visiteurs. Il lâcha la valise qu'il tenait à bout de bras.

— Vous ici ! Cette maison vous appartient ?

— Non, à mon frère. Il y vient rarement, j'en assure la garde. Que… que me voulez-vous ?

— Vous partez en voyage, mon Père ?

Le prêtre avait balbutié un « non » peu convaincant.

— Pardonnez-moi, le paquetage. J'ai cru.

— Oh ! De vieilles affaires, pour une paroissienne.

— Une bien belle valise pour de vieilles affaires.

Le bagage en toile écrue, aux coins protégés de renforts en cuir fauve, avait frappé le commissaire par son aspect luxueux.

Hilda avait scandé, impitoyable :

— Hermès.

Anconi avait exploité le trouble de l'homme d'Église.

— Votre 2 CV va ressentir de la fierté à transporter un tel objet.

— Un don. Il s'agit d'un don. Mes émoluments ne me permettent pas…

— Qui habite ici ? Je suppose que le diocèse ne vous y loge pas, avait-il ironisé, agacé.

— Non, bien entendu, ce n'est pas la « maison de Dieu », se récria-t-il, j'en détiens seulement les clefs pour rendre service à mon frère qui en est le propriétaire.

L'abbé Picot avait longtemps tergiversé, citant des passages des Évangiles comme autant de pirouettes.

— « La terre est au Seigneur et tout ce qu'elle renferme. »

Il avait prétendu être venu chercher « des vêtements usagés pour une paroissienne, par charité ».

— Une fidèle du nom d'Antonella Salabrino ?

— La Bible nous enseigne qu'il y a un temps pour se taire et un temps pour parler.

Refusant d'en dire plus, il avait casé à grand-peine la valise dans le coffre de sa guimbarde. Il les avait quittés en s'excusant, ramassant sa soutane pour s'engouffrer dans l'habitacle. La 2 CV avait disparu en dansant au détour d'un bosquet de petits chênes, son moteur chevrotant laissant derrière lui une légère fumée bleue à l'odeur si particulière.

— Fan de mange-Bon Dieu ! Qu'est-ce qu'il manigance ?

Ils étaient rentrés, exténués par leur longue

marche, persuadés que la Salabrino se terrait dans cette maison à l'initiative du recteur, et que le bagage Hermès la concernait.

— Peut-être l'abbé l'avait-il conduite là pour des raisons de sécurité ? avait suggéré Hilda.

Le soir, Jean leur avait annoncé qu'il rentrerait à Port-des-Barques le lendemain, son exploitation ne lui permettant pas de prolonger son séjour. Ils avaient dîné ensemble, moroses à l'idée de cette séparation proche.

Pradier, vers 21 heures, avait prévenu Anconi qu'il venait de placer Antonella Salabrino en garde à vue pour « suspicion de meurtre » sur la personne de son amant Édouard Montoison.

— Quoi ? s'était écrié le commissaire, stupéfait. Vous ne croyez pas au suicide ?

— Pas plus que vous.

Le gendarme justifia sa décision sur trois éléments. Pour lui, l'attitude de la femme était ambiguë, d'abord parce qu'elle n'avait pas souhaité donner ses coordonnées lors de son premier appel à ses services. Ensuite le prétendu kidnapping « ne tenait pas la route ». Enfin le saccage de la propriété et l'impact de balle dans la tapisserie constituaient pour lui une mise en scène destinée à détourner les recherches.

— Comment l'avez-vous trouvée ?

— Le recteur Picot nous a avoué l'avoir cachée dans une vieille demeure familiale.

— Vous pensez, Adjudant-chef, qu'une femme aurait pu toute seule dévaster la villa ? Et pourquoi tirer dans le mur ?

— Du cinoche, Commissaire. Et des complices. Cette femme a été aidée, bien entendu. Vous ignorez probablement qui était son père ?

— Euh… hésita Anconi, qui ne disposait d'aucune certitude à ce sujet.

— Eh bien, je vous le donne en mille ! Il appartient à la mafia. Ou plutôt appartenait, car il a été refroidi dans sa prison en mars dernier.

« Il n'a pas perdu de temps, le bougre ! »

— Félicitations, Adjudant-chef. Vous ne boudez pas à la besogne !

— J'ai déjà eu l'occasion de vous le rappeler, glosa le gendarme, nos compétences ne se résument pas aux chiens écrasés.

Il perçut des rires étouffés. Les collègues buvaient du petit-lait autour de leur patron, à la brigade. Le commissaire ne se laissa pas démonter. Il engouffra deux cachous afin de se calmer.

— Je n'ai jamais pensé cela, Vieux. Et le mobile du meurtre ?

Il avait volontairement employé un ton paternaliste, omettant le nom et surtout le grade de son interlocuteur.

— Nous comptons justement sur la garde à vue pour l'apprendre, Anconi. Je vous tiens au courant ?

— Je n'osais vous le demander. Merci. Bonne chance et surtout, restez prudent !

L'ironie de l'appel à la circonspection n'avait pas échappé à l'adjudant-chef. Leurs souhaits de « bonne nuit » sonnèrent faux.

Pour le commissaire, tout le "36" venait de se faire ridiculiser. Il était furieux contre lui-même, contre les gendarmes, contre l'abbé Picot, contre le clan Salabrino, contre le monde entier.

— Oh ! Mouni-mouni* ! Pour un peu, il m'aurait manqué, ce fada !

Hilda peina à apaiser son mari. Celui-ci ouvrit la fenêtre de la chambre, s'accouda aux ferrures du balcon. En bas, les vacanciers déambulaient, sans souci, profitant d'une soirée d'été.

Pas si folle, l'hypothèse de Pradier de la culpabilité d'Antonella, pensa-t-il. Lui-même l'avait envisagée. Pourtant, il ne parvenait pas à chasser l'idée que ceux qui avaient retourné les pièces de la villa Ker Bellech cherchaient quelque chose. Pour lui, il s'agissait du "carnet noir" évoqué par L'Araignée. Qui pouvait s'intéresser le plus à ce carnet ? Voilà ce qu'il lui faudrait découvrir.

À la lumière de ce qu'il venait d'apprendre, il comprit le manège de l'abbé qui, « par charité », avait dû procurer à la sauvette des effets de « première nécessité » à la protégée du cardinal Rampolli,

*« Ça commence à bien faire ! » en marseillais.

pour son séjour en garde à vue. Lorsqu'ils l'avaient surpris avec une valise Hermès, il s'empressait de les lui porter au commissariat.

Dans son lit, plus tard, il affronta avec Le Toumelin le franchissement du détroit de Torrès :

« *J'avais longuement et de longue date étudié ce passage réputé si dangereux pour un simple voilier…*

…le Kurun fonce dans la nuit sur l'extrémité de la Grande Barrière, cette formation de récifs coralliens… »

Pradier naviguait-il mieux que lui ? Ou bien allait-il s'échouer avec fracas ?

Anconi sonna lundi matin à l'étude de maître Duchemin, notaire à Batz-sur-Mer. Son cabinet rappelait celui d'Arnaud-Fontaine par l'acajou du bureau trônant au milieu de la pièce. C'pendant, comme aurait dit le directeur, celui de l'homme de loi croulait sous les livres, ce qui le différenciait de l'autre, quai des Orfèvres. Sur des étagères en palissandre, les reliures rouges et or s'alignaient comme de petits soldats. De plus, point d'odeur d'encaustique, plutôt celle du tabac à pipe, de celui qui fleure le caramel. Des piles inégales de dossiers de couleurs différentes s'entassaient sur la table de travail. L'atmosphère du lieu évoquait un occupant bon vivant.

Il fut très aimablement reçu par le notaire, un gros

homme courtaud au visage rougeaud et jovial. Il se déplaçait à petits pas précipités. Il tendit une main aux doigts boudinés. D'un geste, il invita son visiteur à s'installer dans un des fauteuils Retour-d'Égypte recouverts de tissu vert tilleul aux ornementations dorées.

— Vous êtes commissaire, n'est-ce pas ? Mon clerc m'a avisé d'une demande urgente, sans me préciser le motif de votre requête. Asseyez-vous, je vous prie, asseyez-vous.

— Anconi, commissaire à la PJ de Paris. Je vous remercie, Maître, d'accepter de m'accueillir à l'impromptu. Je suppose que vous avez appris le drame qui est survenu au Croisic en fin de semaine dernière.

— Assurément. J'imaginais bien recevoir la visite de la maréchaussée un jour ou l'autre, mais un haut fonctionnaire de Paris !

Il possédait une petite voix pointue qui contrastait avec la rondeur de son personnage.

— Voilà qui va faciliter ma démarche. J'enquête sur la disparition tragique d'Édouard Montoison. Il occupait une charge importante auprès d'un ministre. Selon les premiers éléments, cet homme avait acquis récemment un terrain au Croisic. Je me suis laissé dire que l'acte de vente avait été établi par vous et…

Le bonhomme opina du bonnet puis l'interrompit.

— Non. J'avais refusé.

— Fan de chichourle ! lâcha Anconi.

— Une histoire très simple, sans doute très compliquée, reprit le notaire. Il émit un petit rire de gorge avant de poursuivre. Le nom, dans le journal, m'a rappelé immédiatement cette affaire. L'homme qui m'avait contacté pour établir le document n'était pas Montoison, mais un intermédiaire ayant reçu mandat, une société immobilière que je ne connaissais pas.

— Pierre-Guillaume quelque chose…

— En effet. Pierre-Guillaume Courtaix, si j'ai bonne mémoire. Il m'a demandé de préparer la vente d'un terrain à bâtir pour un ami, m'assurant que ce dernier disposait de la somme nécessaire. Il m'a montré une procuration, un écrit authentique établi par un confrère parisien et dûment signé par Montoison. Tout cela paraissait parfaitement légal. Le lopin se trouvait situé avenue de la Pierre Longue, au Croisic, le CT44.

— CT44 ? Que signifie ?

— C'est seulement l'intitulé du cadastre.

— Fatche !

Le notaire plissa des yeux malins en fixant le commissaire.

— Dès lors, j'ai tout de suite senti l'entourloupe. Pour la bonne raison que je connaissais fort bien cette parcelle puisque mon père en avait établi la vente en 1930 ! J'ai ressorti le dossier. Elle appartient depuis cette date à la famille de l'architecte André Chauvet qui y a dressé un bâtiment fort célèbre au Croisic, la Vigie de la Romaine.

Maître Duchemin ménageait ses effets. Il s'interrompit, se leva. À petits pas précieux, il traversa son bureau et tendit le bras vers une toile. Il invita le commissaire à s'approcher.

— Le voilà, ce fameux terrain : *Coucher de soleil sur la vigie de la Romaine*, exécuté par Ferdinand du Puigaudeau en 1909. Cette œuvre constitue une copie, bien entendu. Le bâtiment représenté n'existe plus, il a été remplacé par une curieuse maison que je vous invite à aller découvrir.

L'entretien se poursuivit devant le tableau.

— Vous parliez d'entourloupe, Maître.

— Oui. Pardonnez-moi. Non seulement ce terrain s'avérait inconstructible, car situé en zone protégée, mais il n'avait jamais été à vendre ! Quant au prix demandé par cette société immobilière, il se trouvait bien en dessous du marché.

« Dans ce cas, comment se fait-il que Montoison ait déboursé la somme ? » songea Anconi.

— Quelle histoire ! Pour être franc, il me semble connaître cet endroit, avoua-t-il. N'existe-t-il pas une autre construction sur cette parcelle ? Une très curieuse maison, en effet.

Le notaire fut surpris par la question.

Il prit le commissaire par le bras, d'un geste très affable.

— Je vois que notre région ne vous est pas si étrangère. Vous avez en partie raison. Le bâtiment dont vous parlez a également été construit sur les plans de Chauvet, sur la parcelle voisine. Une bien étonnante petite maison, une sorte de palais en miniature. Autrefois les deux terrains n'en constituaient qu'un.

— Ah ! À qui appartient-elle ?

— J'ignore qui en est le propriétaire, à l'heure actuelle. La scission n'a pas été enregistrée à mon étude. Assurément le cadastre vous renseignera.

Une ombre de regret obscurcit un bref instant son visage poupin. Il désigna la toile de la Vigie.

— Voyez ces couleurs ! Cette sérénité d'un soir. Nous habitons une bien belle région.

Sur le tableau, un navire aux voiles rouges longeait la côte vers la pointe du Croisic. Le commissaire établit le rapprochement avec la couverture du livre *Kurun autour du monde*.

— Avez-vous rencontré ce càcou… excusez-moi, ce Pierre-Guillaume ? s'enquit-il pour relancer la conversation.

— Une fois. Le jour où il m'a apporté la procuration de son client, au début de cette année. Un grand type bien habillé, trop poli pour être honnête, comme tous les malandrins de son espèce.

— Vous avait-il laissé ses coordonnées ?

Maître Duchemin ouvrit précautionneusement une épaisse chemise, émit de nouveau un rire pointu.

— J'oubliais que j'ai affaire à un policier. Voyons voir…

Il feuilleta. Anconi se demanda pourquoi le dossier était si fourni, alors que la vente avait avorté rapidement.

— Ah ! Voilà ! Société immobilière française, 93, rue Lauriston, Paris 16e. Beaux quartiers, mais adresse peu rassurante, j'aurais dû me méfier encore davantage. Tenez, je retrouve ici une copie du chèque de banque qu'il m'avait transmis, en témoignage de sa solidité financière et correspondant au montant de la transaction.

La somme s'élevait à un million quatre cent mille francs, délivrée par la Banque parisienne d'investissement en date du 2 février 1986 à l'ordre de la Société immobilière française.

Il tendit délicatement un feuillet entre ses doigts dodus, en ajoutant : « Je lui ai renvoyé, bien entendu. »

— Il s'agissait bien de l'établissement bancaire d'Édouard Montoison, j'ai pu le vérifier, précisa-t-il.

Pendant qu'Anconi notait, prévoyant déjà d'envoyer un de ses inspecteurs rue Lauriston, la petite voix fluette reprit :

— Mais, dites-moi, cher Commissaire, pensez-vous que la mort de ce Montoison ait un lien avec cette grivèlerie ? demanda avec gourmandise le bonhomme rondouillard.

— Tout est possible, Maître, n'est-ce pas ?

Il répondit par un sourire entendu et un mouvement de sourcils.

— Solution dans *L'Écho de la presqu'île*, un jour prochain, ajouta le notaire, lorsqu'ils se séparèrent cordialement, comme deux hommes qui se comprenaient parfaitement.

Jean attendait, place de la Mairie dans la R4 fourgonnette de Christophe. Il avait accepté de retarder son retour à Port-des-Barques pour conduire son père à Batz-sur-Mer.

— Il ne t'a pas gardé longtemps, remarqua-t-il.

— Suffisamment pour confirmer que le monsieur en costume bleu que tu as sorti du Grand Traict se trouvait compromis dans une transaction frauduleuse.

Il lui expliqua que le terrain bradé par Pierre-Guillaume Courtaix à Montoison n'était en réalité ni à vendre ni constructible, de sorte que le notaire avait mis son holà.

— Tè, l'endroit avait dû tenter le conseiller ministériel, l'autre lui a fait payer du vent.

— Mais tu me dis que maître Duchemin n'a pas établi d'acte ? objecta Jean.

— Cela n'a pas empêché Pierre-Guillaume d'empocher, il possédait une procuration et un chèque de banque ! Tout en mettant la malversation sur le dos de Montoison. À la suite de quoi il est parti se dorer la pilule au Mexique !

— Et les ennuis pour Montoison… Pour tout le monde, il a trempé dans une escroquerie immobilière, montée par Courtaix pour le salir.

Ils roulèrent vers Le Croisic, traversèrent un espace de dunes où s'élevait un ancien moulin à vent abandonné. Ils firent coulisser les vitres avant de la bagnole, Anconi retira son cuir. Coude à la portière, ils ressemblaient à des touristes visitant la région et profitant du beau temps revenu. Le courant d'air accentua le bruit du moteur dans l'habitacle. Ils se turent. Le commissaire se remémora la randonnée de la veille. Sans le savoir, ils avaient découvert le fameux terrain CT44.

Au retour de Batz-sur-Mer, père et fils passèrent à l'hôtel. Hilda les attendait dans le vestibule. Tous les trois se rendirent à la cabane de la zone conchylicole. Jean récupéra son bagage parmi le capharnaüm qui encombrait l'habitacle de la R4.

— Tiens, emporte ça, tu l'as bien mérité, marmonna Christophe avec une brusquerie amicale en lui tendant un panier de palourdes. Tu rappliques ici quand tu veux, tu es chez toi.

Anconi l'interrogea.

— Cet Espagnol, Pablo, est-il revenu travailler aujourd'hui ?

— Que dalle ! Il s'est fait la malle, le fumier. À l'heure qu'il est, il cuve la mufflée qu'il s'est prise à ma santé en Espagne ou ailleurs !

La colère restait de mise.

— Rien de neuf, côté gendarmerie maritime ?

Le commissaire craignait que le traitement du vol de palourdes ne pâtît de l'arrestation d'Antonella.

— Que dalle, répéta Christophe.

Nul n'osa insister. Ils le laissèrent et se rendirent à la gare toute proche.

Jean monta dans l'autorail de 10 h 30 pour Nantes avec son baluchon et ses coquillages. Hilda n'était pas la moins émue.

Lorsque les deux feux écarlates de la Micheline rouge et jaune eurent disparu vers les marais salants, ils se dirigèrent, silencieux, vers la ville.

— Que dirais-tu de nous installer un moment en terrasse, Hilda ? N'as-tu pas comme moi des courbatures aux jambes, depuis cette longue marche d'hier ?

— Si, répondit-elle, cachant avec peine sa morosité.

Il l'entraîna au Café de Paris, face à la gare, comme pour prolonger le séjour de Jean.

— Vous êtes Claire ? ne put s'empêcher de demander Hilda, en expliquant que leur fils avait été content de loger chez elle et qu'il venait de reprendre le train pour les Charentes.

— Ah ! Vous êtes les parents de ce garçon bien sympathique ? Je n'ai que quelques chambres mais j'ai été ravie de l'accueillir et de rendre service à Christophe.

Hilda commanda un chocolat chaud, lui hésita

entre un demi et le Pastis marin proposé par la maison. Il choisit ce dernier, comme un compromis entre son Marseille natal et la Bretagne.

— Tu semblais content de toi en revenant de chez le notaire. Qu'as-tu appris d'intéressant chez lui ?

— Figure-toi que c'est la Vigie de la Romaine que Courtaix voulait fourguer à Montoison. La curieuse maison dominant la côte que nous avons aperçue hier !

Anconi réussit à distraire son épouse en lui rapportant que la propriété n'était en réalité pas à vendre. Il lui raconta son entrevue par le menu.

— Écoute. Je commence à comprendre, poursuivit-il. À la suite du refus du notaire, Pierre-Guillaume met tout sur le dos d'Édouard, empoche l'argent et disparaît. Notre conseiller ministériel se sent pris au piège, soupçonné de malversation. La nasse s'est refermée. L'histoire devient politique, un coup monté pour ruiner sa carrière.

— Il se serait vraiment suicidé, alors ? en conclut Hilda.

— Pas nécessairement. Suppose que Montoison ne se soit pas laissé faire. Il contre-attaque avec son carnet noir. Il menace. Quelqu'un décide de l'éliminer pour échapper à la divulgation de secrets compromettants.

— Reste à découvrir celui qui avait intérêt à voir Montoison disparaître, *mijn beminde*.

Le commissaire se mit à rire.

— Nous avons dû fiche la trouille à l'abbé Picot. Il avait logé Antonella dans la maison isolée de son frère plutôt qu'à son presbytère. Après notre rencontre, il a pris peur et prévenu les gendarmes, pensant ainsi la protéger. C'est là que les bleus marine sont venus l'interpeller.

Hilda, malignement, susurra à son policier de mari :

— N'oublions pas tout de même que son père appartenait à la mafia. Montoison a pu être leur première victime, il était l'amant de la fille d'un parrain…

— Tè, c'est vrai. Finalement, nous savons au moins pourquoi l'abbé transportait une valise Hermès dans sa 2 CV hier après-midi !

Cette galéjade dérida Hilda et ils rirent tous deux, au point que les tables voisines se retournèrent sur eux. Ils terminèrent leurs consommations tranquillement avant de reprendre le chemin de l'hôtel. Ils furent surpris de constater, en marchant, que le ciel s'était partiellement couvert d'épais nuages blancs. Pourtant l'impression de beau temps ne s'en trouvait nullement affectée.

— Allons déjeuner, Hilda, toute cette affaire me donne le vire-vire.

Ils entrèrent en passant à la Maison de la Presse, attirés par un gros titre sur l'encart de la boutique : « *Important vol de palourdes au Croisic*. » Ils choisirent les deux quotidiens régionaux et y ajoutèrent un national, deux boîtes de cachous. Hilda s'offrit un magazine féminin. Ils patientèrent dans la file d'attente. Ceux qui n'avaient pas eu la chance de voir Denise Fabre sortir leurs numéros de Loto samedi dernier, au 56e étage de la tour Montparnasse, remettaient leurs espoirs dans le tirage de mercredi.

— C'est gentil de vous occuper de mon ami, dit la libraire, après avoir validé la grille du client précédent.

— …

— Le vol de coquillages, Christophe… ajouta-t-elle, devant l'air ébahi des Anconi. Je suis son épouse.

— Ah ! Nous ne savions pas. Enchantés, dirent-ils ensemble.

— Il ne décolère pas, depuis vendredi. Heureux que votre fils l'ait aidé. Comment retrouver cet Espagnol ? Ils n'en parlent pas dans le journal.

Le commissaire n'osa pas lui donner trop d'espoir. Hilda exprima ces paroles d'encouragement que seules certaines femmes savent délivrer.

— Merci, je souhaite que toutes ces affaires ne troublent pas trop vos vacances. Le Croisic s'avère si tranquille, habituellement…

Ils durent laisser la place. Certains clients, derrière eux, bougonnaient déjà d'impatience.

Avant de gagner leur table, Anconi passa un rapide coup de téléphone à L'Araignée. Hilda déplia le journal.

— Bonjour, Vieux. J'ai découvert l'explication de "CT44". C'est l'intitulé cadastral du fameux terrain.

Il relata à son archiviste son entrevue avec le notaire.

— Ah ! Cette fois, c'est vous qui m'apprenez…

— Vaï ! Comme tu y vas. Autrement, du nouveau concernant le mari Salabrino ?

— J'en disposerai ce soir, Mons… Patron. C'est un peu long, il habite en Italie, à Florence. Lefebvre souhaite vous appeler en début d'après-midi. Il faxera certains manuscrits de Montoison, je n'en sais pas plus. Par contre…

— Qu'en pense-t-il ? L'écriture correspond ?

— Il y travaille. Il a appris que quantité d'employés du ministère signaient couramment des documents à sa place.

— J'espère que Lefebvre ou Bolz n'agissent pas de même.

L'archiviste se récria, après une sorte de hoquet. Il tenta de nouveau de capter l'attention de son patron.

— Par contre… commença-t-il, Patrice m'a…

— Excuse-moi, Vieux. Je t'écoute. Patrice ? Ton embaumeur ?

— Oui. Il a été pris toute la journée d'hier, une prestation urgente à Gentilly.

Anconi sentit poindre un haut-le-cœur à l'évocation du caractère pressant d'une telle pratique.

— Et autrement ? s'empressa-t-il.

— Dans l'impossibilité "d'ouvrir" la cage thoracique, il a réalisé une bronchoscopie rigide pour ne pas laisser de trace sur le corps d'Édouard Montoison, avec un ancien appareil qu'il a dégotté je ne sais où. Les bronches étaient parfaitement propres ! Selon lui, au décours d'une noyade en eau de mer, on découvre souvent des particules inhalées.

XI

Lorsqu'il raccrocha, le commissaire pensa que cette constatation donnait raison à l'adjudant-chef Pradier. Il était mort avant de tomber à l'eau et ne s'était donc pas suicidé.

— Te souviens-tu du nom du chauffeur dont nous a parlé Antonella ? demanda-t-il soudain, celui qui les a conduits de l'aéroport au Croisic ?

— "Augouste" Blanchet, répondit-elle immédiatement en imitant l'accent italien. Pourquoi ? Il est mort ?

— Non, enfin, je l'ignore. Une idée, comme ça.

Deux individus "savaient" : les chauffeurs ! On imaginait mal le conseiller quitter son bureau de la rue de Lille et prendre le métro pour se rendre rue de Provence chercher sa belle. Pas plus qu'on ne les voyait ensuite emprunter une navette à touristes pour gagner l'aéroport. Un taxi ? Un employé du ministère ? Quel aéroport, d'ailleurs ?

Il exposa son raisonnement. Antonella avait peut-être menti et bel et bien assassiné son amant, comme Pradier en était persuadé. Dans le cas contraire, Auguste faisait partie des suspects possibles et il semblait également important de retrouver celui qui avait conduit le couple à leur avion depuis Paris.

— Que raconte le journal ?

Il le parcourut après qu'ils eurent commandé des moules marinières. Derrière le gros titre, il n'apprit rien, si ce n'est que le préjudice de Christophe était estimé à vingt mille francs et que ce type de méfait ne s'était jamais produit au Croisic. « *Enquête en cours confiée aux services de la gendarmerie.* »

— Jean doit approcher de chez lui, maintenant, constata Hilda.

— Nous rechercherons cet Auguste, dans l'après-midi, déclara Anconi, plongé dans d'autres pensées.

Alors qu'on leur présentait les moules, ils ne virent pas arriver l'homme à leur table, mais sursautèrent au son de sa voix tonitruante :

— Bonjour, mon commissaire ! En maraude dans la région ?

Il poursuivit, jovial et désinvolte :

— Le braquage de la Banque de France vous ramène chez nous ? Ne cherchez pas ! C'est moi !

Il éclata de rire, faisant se retourner la salle entière. Il tendait ses poignets à d'invisibles menottes.

Le policier reconnut Flembard, un médecin qu'il avait connu au cours d'enquêtes antérieures. Son franc-parler, son comportement improbable en faisait un docteur hors normes, bien éloigné de l'image du praticien réservé affichant sur sa cravate tout le sérieux de sa profession. Comme d'habitude, il portait un blouson sport et des chaussures bateau éculées.

Anconi appréciait le personnage. Il se leva, lui donna l'accolade, lui exprima tout le plaisir de le revoir.

Flembard expliqua qu'il venait de participer à un secours en mer, en décrivit les péripéties avant de découvrir Hilda.

— Je ne reconnaissais pas l'épouse de mon commissaire. Respects, Madame ! brailla-t-il en s'inclinant. Il faut malheureusement que je vous laisse, on avale deux douzaines d'huîtres en vitesse avec les potes et on rentre à l'hosto !

— Juste une question, toubib.

— Pour me demander où j'ai planqué le magot ? Macache !

— Jamais de la vie ! Une précision technique, vous qui connaissez la mer et la médecine. Un type a été découvert mort dans le Grand Traict. On me dit que ses poumons sont propres, du moins on n'y a pas retrouvé de matériaux organiques. J'ai cru comprendre que cela éliminait l'hypothèse de la noyade. Peut-on en ce cas écarter totalement le suicide ?

Le docteur pointa son index sur son front.

— Hydrocution, mon général, hydrocution !

Il se lança dans des explications. Anconi entendit que, dans certains cas, l'immersion brutale du corps dans une mer froide peut provoquer un arrêt cardio-respiratoire immédiat, surtout quand l'air est chaud.

— Un suicide sans noyade se révèle donc possible ? se fit préciser le policier.

— Rare, mais plausible. Sinon, il a été balancé à la flotte déjà mort. On se revoit plus tard ?

Il disparut entre les tables, aussi vite qu'il était survenu. Les moules n'avaient pas eu le temps de refroidir. Hilda riait sous cape.

Ils se replongèrent dans leurs coquillages, cherchant à se faire oublier de la salle.

En attendant le café, le commissaire appela le “36”. On lui passa Bolz, Lefebvre était occupé au téléphone.

— Je n'ai rien encore sur votre cardinal, Patron, se défendit-il aussitôt, sauf qu'il s'agit de l'évêque de Florence.

— Vaï ! Les Salabrino aussi viennent de Toscane ! Creusez ! Mais je ne t'appelle pas pour cela, Petit. Essaye de me trouver les coordonnées du chauffeur de Montoison, à son ministère. Je ne pense pas que tous les conseillers en disposent d'un attitré. À défaut, cherche celui qui l'a conduit à l'aéroport, en fin d'après-midi du 3 juillet.

— Entendu.

Après avoir raccroché, il pianota sur le Minitel de l'accueil. Il existait plusieurs Blanchet, mais un seul se prénommait Auguste.

Il subtilisa une bouchée du dessert d'Hilda, avala

son noir. Madame Nédelec n'était pas apparue au cours du déjeuner. Ils montèrent dans leur chambre et Anconi composa le numéro "d'Augouste", confia l'écouteur à "son adjointe".

— Monsieur Blanchet ?

— Oui. Qui est à l'appareil ?

Une voix rauque, celle d'un fumeur.

— Commissaire Anconi, police judiciaire. Pardonnez le dérangement, vous imaginez pourquoi je vous appelle.

— Édouard Montoison. Quel drame ! Un homme admirable.

— J'aimerais recueillir votre avis. Vous le connaissiez bien ?

— Depuis plus de vingt ans, Monsieur. Je l'ai rencontré par hasard. Quand je faisais la pêche, il ne manquait jamais de m'acheter quelques homards, à chacun de ses séjours au Croisic. Il attendait le retour du bateau. Nous avions sympathisé. Lorsque l'âge m'a obligé à mettre sac à terre, il m'a demandé si j'accepterais d'assurer le gardiennage de sa propriété Ker Bellech. J'ai dit « oui » tout de suite. À chacun de ses voyages, j'allais le chercher en voiture, à l'aérodrome de La Baule-Escoublac.

— Il venait seul ?

Auguste toussa longuement. Le commissaire le soupçonna de vouloir éluder la question.

— Pas toujours, reprit-il après sa quinte. Au début, il débarquait avec sa légitime, Hortense de je-ne-sais-quoi. Franchement je ne l'aime pas beaucoup, celle-là, je vous le dis comme je le pense. Hautaine, la bourgeoise n'a que mépris pour un bonhomme comme moi. Une coureuse, en plus ! Depuis quelques années, il était accompagné d'une Italienne, plus jeune que lui, mais bien plus avenante. On pouvait causer avec elle, au moins. Pauvre homme ! Quel malheur !

— Jeudi 3 juillet, vous êtes allé le chercher à l'aéroport ?

— Sûr ! Même qu'il m'a prévenu au dernier moment. Sa gentille Italienne voyageait avec lui.

— Comment l'avez-vous trouvé ? Vous a-t-il semblé déprimé ?

— Tracassé, plutôt. Pensez ! Un monsieur comme lui assumait de telles responsabilités. Il s'est détendu, pendant le trajet. Il demandait toujours des nouvelles de ma famille, du Croisic, de la pêche.

— Et elle ? Vous ont-ils paru en bons termes ?

— Pour ça oui ! Elle le tenait par le cou. Ceux-là s'entendaient bien, sûr ! Ils montaient tous les deux derrière. Fier que j'étais de faire le taxi.

— Vous n'avez rien noté d'inhabituel ?

Blanchet marqua un instant d'arrêt. Anconi perçut une voix féminine, lointaine.

— Il transportait peut-être davantage de dossiers, comme s'il avait l'intention de travailler longtemps à Ker Bellech. Mais de la part d'un monsieur comme lui, rien de surprenant, pas vrai ?

— Des dossiers ? s'étonna le commissaire.

— Oui. De grosses chemises cartonnées avec un ruban pour les fermer. J'ai dû l'aider à les mettre dans le coffre de l'auto puis à les transporter jusqu'à son bureau, à la villa. Il y en avait cinq ou six.

— L'Italienne, des bagages également ?

— Juste une valise. Rien à voir avec madame Hortense, qui en embarquait toujours des monceaux !

Une quinte de toux l'interrompit.

— Rien d'autre ?

— Je ne sais pas si c'est important, il m'a demandé de l'arrêter, quai Rielle, pour déposer du courrier à la Poste.

— Une lettre ?

— Une enveloppe marron, comme on en utilise dans les administrations. J'ai pensé qu'il avait oublié de l'envoyer de Paris.

— Vous l'avez glissée vous-même dans la boîte ?

— Oui.

Évidemment, Anconi fit immédiatement le rapport avec la missive adressée à son avocat, maître Bondot. Aurait-elle pu arriver dès le lendemain à Neuilly ? Il rejeta aussitôt cette supposition. Impossible, la levée était faite à l'heure où le pli avait été posté.

L'idée s'avérait d'autant plus invraisemblable qu'une grève des PTT, comme en juin dernier, se révélait susceptible d'affecter l'acheminement à tout moment. Enfin Auguste ne décrivait nullement un Édouard accablé.

— Vous n'avez pas noté le destinataire, par hasard ?

— Oh ! Je ne me serais pas permis cette indiscrétion. Je crois me souvenir d'un en-tête, sur l'enveloppe, mais je ne l'ai pas lu, bien entendu.

— Auriez-vous remarqué dessus une mention « urgent » ou « personnel » ?

— Je ne pense pas.

— Il n'avait pas fait de commentaire au sujet de ce courrier ?

— Non.

— En somme, monsieur Blanchet, jeudi dernier, monsieur Montoison vous est apparu un peu tracassé, il transportait plus de dossiers que d'habitude et il a posté une lettre en arrivant.

— Oui. On peut le dire. Le journal parle d'un suicide, une absurdité !

— Quels vêtements portait-il ?

— Costume-cravate. Bleu foncé, comme à l'accoutumée lorsqu'il descendait de Paris. Puis-je me permettre de vous demander si vous, vous croyez à la thèse du suicide ?

— Cela me paraît peu vraisemblable, en effet. Au Croisic, lui connaissiez-vous des ennemis ?

— Aucun. Il demeurait très discret ici, pas comme sa femme légitime.

Il toussa de nouveau, comme s'il éprouvait une allergie au personnage évoqué.

— Ces jours ou semaines derniers, Hortense Montoison a-t-elle séjourné à la villa, ou ailleurs dans la commune ?

— Pas à Ker Bellech, du moins. J'y assure l'entretien du parc, j'y passe presque tous les jours. D'ailleurs elle m'aurait prévenue ! Elle le fait toujours, j'ouvre les volets, j'aère la villa, je fais quelques courses pour son petit-déjeuner.

— À quelle heure avez-vous quitté Ker Bellech, le jeudi de leur arrivée ?

— Il faisait encore jour. Autour de 20 heures, je pense. À la maison, le journal télévisé n'était pas terminé sur la première, lorsque je suis rentré.

— Je vous remercie, monsieur Blanchet. Une dernière petite chose : des policiers vous ont-ils interrogé avant moi ?

— Personne. Vous me soupçonnez ?

Il cria presque son indignation, au point qu'une nouvelle quinte le secoua. Il entendit la voix féminine, en arrière-fond.

— Pas le moins du monde ! Merci de m'avoir répondu. Si quelqu'un vous ennuie, prévenez-moi, je loge à l'Hôtel de la Criée.

Avant de raccrocher, Auguste demanda timidement à être tenu informé des conclusions de l'enquête. Anconi le lui assura.

— Le suicide s'éloigne de nouveau, *mijn beminde*.

— Et Antonella Salabrino, si elle a trempé dans un meurtre, nous a joué une sacrée comédie !

Le courrier posté jeudi soir au Croisic intriguait le commissaire. Avait-il un lien avec la mort de Montoison ?

Il s'approcha de la fenêtre, l'ouvrit, pour constater qu'une averse venait de tomber. Le trottoir brillait, quelques flaques reflétaient un ciel redevenu bleu. De l'eau s'était amassée dans un creux du velum et quelques parapluies étaient encore déployés chez les passants. Pourtant, lorsqu'il leva la tête, il ne découvrit que quelques nuages inoffensifs. Ces changements de temps en Bretagne l'étonnaient chaque fois. À Paris, quand la grisaille s'installait, on ne s'en débarrassait pas de sitôt. Pourquoi pensa-t-il à cette formule de Pierre Dac, « il vaut mieux qu'il pleuve aujourd'hui plutôt qu'un jour où il fait beau » ?

Il n'eut pas le temps de partager sa blague avec Hilda. Le téléphone vibra.

— Bonjour, Patron. Lefebvre. Je n'ai pas réussi à vous appeler avant, le Directeur…

— Je sais, Petit. Je connais bien ses frémissements de sourcils et ses ordres péremptoires.

— Bonne idée d'avoir suggéré de coller nos stagiaires à éplucher les dossiers. J'ai enfin dégagé un moment pour me rendre à Neuilly. Je n'ai pas eu besoin de me justifier, ma visite n'a nullement étonné la veuve joyeuse.

— “Joyeuse” ? Tu me fais venir la pépie ! Raconte !

— Drôle de citoyenne, la Hortense Montoison. Une première chose m’a frappé chez elle, l’absence de chagrin. Habillée comme pour se rendre à l’Opéra, rivière de diamants, bagouses et robe de soirée. Nous étions pourtant le matin. J’ai tout de suite pensé qu’elle attendait quelqu’un. Elle m’a reçu dans son boudoir rose, a essuyé une larme de crocodile lorsque j’ai évoqué la disparition de son mari. Elle a immédiatement précisé que leur couple « flageolait » depuis longtemps et qu’ils menaient chacun leur vie. Elle ne connaissait rien de ses affaires, il « partageait son existence entre son ministère et son Italienne », a-t-elle déploré.

L’inspecteur Lefebvre raconta l’entretien par le menu. La dernière entrevue entre le mari et la femme datait du matin du jeudi 3 juillet, ils prenaient presque toujours leur petit-déjeuner ensemble, « même lorsque son époux passait la nuit ailleurs ». Juliette, leur domestique, avait confirmé. Édouard ne présentait aucun signe de dépression.

— Ce matin-là, elle a entendu la machine à écrire cliqueter dans le bureau. Il a quitté l’appartement du boulevard Wallace vers 9 heures, ses dossiers sous le bras. Elle ne l’a pas revu. Juliette lui a fait part d’un appel de son mari le même soir, lorsqu’elle avait regagné l’appartement après une réception chez des amies. Il la prévenait d’un voyage de quelques jours au Croisic, qu'il n'avait pas évoqué le matin. Elle n'avait pas été dupe, quoique « reconnaissante de sa délicatesse ».

— D'autres policiers lui avaient-ils rendu visite ?

— Oh ! Oui ! Vendredi matin ! Des hommes en civil, « très élégants dans leur costume noir », ils se sont réclamés des Renseignements généraux.

— Des barbouzes ! Ils n'ont pas perdu de temps ! À quelle heure ont-ils pointé leurs grandes oreilles ?

— Elle se levait à peine. Attendez, je consulte mes notes…

Lefebvre et son précieux carnet rouge !

— Vers 11 h 30, je l'ai souligné.

— Ont-ils annoncé le décès de Montoison à ce moment-là ?

— Non. Ils ont seulement parlé d'un « événement grave », selon ses termes. Ils ont prétendu venir chercher des papiers importants, à la demande du ministre, sans préciser lequel. Elle a cru que son mari se trouvait à l'origine de cette démarche. Ce n'est que dans l'après-midi que le ministre de l'Intérieur en personne lui a téléphoné pour lui apprendre le « suicide ».

— Combien de temps ont-ils séjourné dans son appartement ?

— L'un des deux a réclamé d'accéder au bureau du conseiller, l'autre est resté lui tenir compagnie, « un homme très affable ». Je me suis demandé si elle ne lui avait pas fait du gringue, vu comment ses yeux brillaient en décrivant la scène avec des airs inspirés. Elle avait appelé Juliette pour faire servir le thé.

— Elle possède une solide réputation de cocotte, ironisa le commissaire.

Anconi sentit une hésitation. L'inspecteur ne piquait-il pas son fard ?

— Non ! À toi aussi, elle… ?

— Je ne lui en ai pas laissé l'occasion. Mais il y a des comportements qui ne trompent pas et j'ai cru étouffer, Patron, à cause du parfum dont elle s'était copieusement aspergée, le fameux numéro 19 de chez Covid, qui fait fureur actuellement. Bref, j'ai demandé à entrer dans le bureau, au prétexte de saisir la machine à écrire afin d'authentifier la lettre de confession.

— Les grandes oreilles ne l'avaient pas fait ?

— Non. Par contre, l'un d'eux l'a utilisée longuement. Madame Montoison a tout de même fini par s'étonner de la durée de son séjour dans le bureau de son mari. Celui qui prenait le thé en sa compagnie l'a rassurée. Pourtant, entre deux petits gâteaux, elle avait quitté son boudoir pour rejoindre l'autre. Ce dernier, pas gêné le moins du monde, aurait levé le nez de la machine à écrire pour montrer un pan de mur dont un tableau avait été décroché : « Disposez-vous de la clef de ce coffre-fort ? »

— Gonflé ! En ont-ils eu l'accès, finalement ?

— Non. Seul son mari en possédait une, d'ailleurs elle en ignore « le contenu et le code d'ouverture ».

— Tu l'as crue ?

— Elle semblait se désintéresser totalement de ses activités. D'après elle, les deux guignols sont restés deux heures, ce que confirme Juliette. Ils ont emporté quantité de dossiers.

— Dis-moi, Petit, as-tu la certitude que ce n'est pas elle qui a déclenché les recherches ?

— Certain, Patron. Elle ne s'attendait d'ailleurs pas à son retour avant quelques jours et j'ai eu l'impression que son absence l'arrangeait plutôt.

— A-t-elle confirmé son refus d'autopsie sur le corps de son mari ?

— Pas du tout.

Lefebvre précisa qu'à cette question Hortense affirma, en ajustant son collier de diamants, que personne n'avait évoqué avec elle « cette procédure dégoûtante ».

— Vaï ! As-tu réussi à te procurer des écrits de la main de Montoison ?

— Oui. Une lettre inachevée, rédigée au stylo sur du papier à en-tête de son ministère, laissée dans le tiroir de sa table de travail et le double d'un avis de courrier recommandé signé de sa main. J'attendais votre feu vert pour vous les faxer dans votre hôtel.

— Cocagne ! Quand tu veux ! Ton jugement, Petit ? Même signature que sur la missive reçue à l'AFP ?

— Très ressemblante, mais j'ai effectué des copies et confié les originaux à Locart, notre graphologue. J'ai également saisi une feuille vierge, chiffonnée dans la corbeille, pour recherche d'empreintes.

— Bon boulot ! Dis-moi, si je te fais parvenir une clef, accepterais-tu de retourner chez cette cocotte, histoire de vérifier s'il s'agit de celle du coffre-fort. Il s'avère possible qu'il contienne des documents intéressants.

— S'il le faut, consentit-il d'une voix dépourvue d'enthousiasme.

— A-t-elle justifié son alibi ? Un témoin de sa présence boulevard Wallace dans la nuit du 3 au 4 juillet ? Elle disposait de suffisamment de temps pour effectuer l'aller-retour Neuilly-Le Croisic en voiture.

— Impossible ! La domestique confirme ses dires, elle dort dans une petite chambre, au fond de l'immense appartement. Selon elle, sa patronne est rentrée vers 2 heures du matin, un peu éméchée. D'ailleurs, elle l'a réveillée pour lui réclamer un verre d'eau et de l'Aspro®. J'ai vérifié, en téléphonant au Grand Véfour, elle y avait bien dîné avec des amis, comme elle le prétendait. Le maître d'hôtel m'a signalé son départ vers 23 heures. J'ai senti de sa part une réprobation polie quant à l'état de la dame, car elle avait provoqué un scandale au sujet d'un verre de champagne insuffisamment frappé. Reste un trou dans son emploi du temps entre

23 heures et 2 heures du matin, dont je vous laisse deviner l'usage, Patron.

Tous les deux eurent un petit rire égrillard qui fit lever les yeux au ciel à Hilda.

— Bon, j'attends ton fax, dit-il en retrouvant son sérieux avec un cachou. Merci pour tout. Une dernière chose : l'un des deux types en costume noir ne se serait-il pas présenté chez elle sous le nom de Bloret ?

Lefebvre émit un sifflement bref, se reprit vite.

— Comment le savez-vous ?

— Bolz ne t'a rien dit ? Le même s'est pointé samedi au Croisic chez Antonella en se réclamant du même service, celui du commissaire Bloret. Tu te souviens des *Ripoux* ?

Anconi lui laissa le temps d'assimiler. L'inspecteur éclata :

— Nom d'une pipe ! En plus ils se foutent de notre poire, ces saltimbanques !

Ils cherchèrent le moyen le plus sûr et le plus rapide de faire parvenir la clef au quai des Orfèvres. D'un commun accord, ils rejetèrent la solution Poste, trop lente, le taxi, trop cher – ils ricanèrent comme des gosses en imaginant Arnaud-Fontaine découvrant la facture sur son bureau –, l'avion, trop compliqué et pareillement onéreux.

Hilda, qui tenait toujours l'écouteur suggéra, en écrivant sur le dépliant de l'hôtel : « *SNCF ?* »

— Je réfléchis, je te rappelle, Petit.

À l'issue de la conversation, son épouse intervint aussitôt :

— Tu ne trouves pas curieux que les RG sonnent à la porte d'Hortense Montoison une heure seulement après la découverte du corps du mari ?

— Tè pardi ! Ce sont eux qui ont fait le coup ! Comme ce sont eux qui ont saccagé ensuite la villa Ker Bellech. Tu veux mon opinion ? Ils l'ont liquidé à cause du contenu de ce carnet noir. Montoison avait dû contre-attaquer en menaçant de dévoiler de petits secrets qu'il gardait bien précieusement. À qui obéissaient-ils ?

Il extirpa de la poche de son cuir le trousseau de clefs trouvé sur la victime, montra celle à double panneton.

— Tè, je parie que celle-là ouvre le coffre !

— Veux-tu, *mijn beminde*, que j'aille la porter à Lefebvre ? Il doit bien y avoir un train ce soir.

Tous deux descendirent demander à madame Nédelec. Ils durent lui expliquer, a minima, les raisons de ce brusque retour.

— Il y en a un à 16 h 54, direct pour Paris.

Elle regarda sa montre, puis son visage s'obscurcit. Soudain il s'éclaira.

— Vous risquez de le louper. Il y a mieux, demandons à Christophe ! Je sais qu'il fait des expéditions frigorifiques à Rungis plusieurs fois par semaine.

Elle eut le sentiment d'appartenir à la PJ, d'autant que c'était un peu grâce à elle que le trousseau de clefs jouait un si grand rôle dans l'enquête. Elle rosit.

Anconi téléphona au parqueur.

— Ah ! Tu as retrouvé le voleur, mon commissaire ?

— Hélas, non…

Il expliqua son problème et la suggestion de la patronne de l'hôtel.

— La STEF* file à Rungis ce soir, livrer la marchandise pour la vente de 2 heures du matin. Peux-tu envoyer quelqu'un là-bas réceptionner ta foutue clef ? Pavillon A4. Le chauffeur s'appelle Gérard.

— Il y aura quelqu'un à l'attendre. Merci infiniment.

— Laisse-la à l'accueil de l'hôtel, je passerai la prendre. En échange, tu me coinces le salopard qui a fauché mes palourdes !

Son rire grinçant fut interrompu par le déclic du raccrochage.

Aussitôt la sonnerie retentit. Madame Nédelec empoigna le combiné :

— Hôtel de la Criée, j'écoute… Vous tombez bien, elle se tient à côté de moi. Votre fils au téléphone, madame Anconi !

Hilda s'empara de l'appareil avec enthousiasme.

— Tu as fait bon voyage, Jean ?

*Société française de transports et entrepôts frigorifiques.

— Oui, parfait. Tout va bien, Maman. Papa est-il près de toi ?

— Je te le passe.

Anconi, surpris, empoigna le combiné.

— Une idée absurde m'obsède, confessa Jean. Voudrais-tu me rappeler ce qui était inscrit sur le briquet Bic et en partie effacé ?

— Pardi, bien sûr !

Le fils paraissait fébrile, impatient. Le commissaire, perplexe, sortit l'objet de la poche de son vieux cuir.

— Un « s », ensuite un long espace vide, puis « nes de l'Est », épela-t-il lettre par lettre.

— Attends, je l'écris, pour plus de facilité.

Anconi, déconcerté, l'entendit répéter les caractères à plusieurs reprises, un à un.

— Que t'arrive-t-il ? M'expliqueras-tu enfin ? s'impatienta-t-il, presque inquiet.

Soudain, une exclamation dans l'écouteur :

— Mince, cela pourrait coller ! Complètement surréaliste !

— Accouche, Jean ! Accouche !

— Voilà. Je viens de passer en rentrant devant le musée de Port-des-Barques. Non ! Impossible ! Bon ! Je te le dévoile tout de même, mais promets-moi de ne pas te moquer de moi.

— Mais oui ! Mais oui ! Parle !

— Notre écomusée s'appelle "Les cabanes de l'Estuaire".

Le commissaire attrapa un stylo et inscrivit sur le premier support qu'il trouva, un dépliant de l'Hôtel de la Criée :

« *Les cabanes de l'Estuaire.* »

Il plaça le briquet Bic dessous :

« *. . s . . . . nes de l'Est. . . . .* »

— Fatche !

XII

Les paroles de Jean jetèrent le trouble. Anconi resta un long moment à tripoter le briquet, le rapprochant des mots qui lui avaient été dictés, comptant les espaces entre les fragments, vérifiant la majuscule, positionnant les lettres manquantes. Il avalait les cachous à la chaîne.

— C'est qu'il a raison, le petit !

Il se fit expliquer "Les cabanes de l'Estuaire" : un musée installé dans une ancienne baraque de pêcheur, sur la rive de l'embouchure de la Charente. L'endroit, bien connu à Port-des-Barques, était consacré à l'histoire de l'élevage des huîtres et à leur environnement. Des sorties scolaires s'y tenaient.

— Ce briquet doit constituer un support publicitaire…

— Tu as saisi ce que cela signifie, Jean ?

Il ne lui laissa pas l'occasion de répondre, emporté par son élan.

— Ce voleur, Pablo Iglesias, a travaillé dans ton coin. Si cela se trouve, il y séjourne encore ! Il bricole dans la coquille, pas dans la chansonnette, et tu vas me le retrouver fissa ! Mobilise tous les ostréiculteurs du patelin, s'il le faut ! Contacte la gendarmerie maritime de La Rochelle !

— Bien, Patron ! railla le nouveau "Petit".

— Je te félicite. Moi qui ne crois pas au hasard, me voilà servi. Bien vu ! Tu ne veux pas entrer dans la police ?

Avant de repasser le combiné à Hilda, il conclut « Toi, au moins, tu n'es pas de Martigues !* »

Voilà que le vol de palourdes se substituait de nouveau à l'affaire Montoison. Un des malfrats se trouvait contre toute attente identifié et localisé, un professionnel comme le soupçonnait Christophe.

Le fax crachota péniblement deux feuilles. Anconi s'en empara.

La signature du recommandé ressemblait à celle du courrier publié par le journal. Le stylo employé n'était cependant pas le même ; une écriture fine et régulière pour la première, sans doute réalisée avec un instrument à bille, plus inégale et plus appuyée pour l'autre, très probablement tracée à l'encre par une plume dont la pression sur le papier avait varié en cours de rédaction. Curieusement, sur le coupon de la poste, la griffe paraissait appliquée d'une main plus tremblante. Il s'en ouvrit à Hilda, qui regardait par-dessus l'épaule de son mari, assis derrière le télécopieur :

*Pour un Marseillais, « être de Martigues », c'est avoir une intelligence peu développée !

— L'émotion aurait dû se traduire dans la signature sur sa lettre d'adieu. Or l'écriture y semble plus ferme, remarqua-t-elle. Paradoxal !

— Il aura peut-être paraphé le recommandé sur un coin de table, mal installé.

Ils comparèrent ensuite l'adresse manuscrite de la confession avec le courrier incomplet trouvé par Lefebvre au domicile de Montoison. Ils se regardèrent, perplexes.

— Espérons que Locart, le graphologue, pourra trancher. S'il s'agit d'une contrefaçon, c'est du beau travail, conclut Anconi.

— Une idée me vient, *mijn beminde*, as-tu demandé à ton inspecteur de saisir la machine à écrire du domicile de Neuilly ?

— Oui. À quoi penses-tu, Hilda ?

— Hortense a bien précisé qu'elle avait entendu des cliquetis pendant un long moment, dans le bureau de l'appartement de Neuilly, le matin du jeudi 3 juillet. Peut-être tapait-il cette fameuse lettre rendue publique par l'AFP ? Suppose maintenant que la missive n'ait pas été composée sur cet appareil ?

— Il a pu aussi la rédiger au ministère ?

— En ce cas, des comparaisons seront possibles avec des écrits antérieurs, asséna Hilda.

— Boudiou ! Tu as raison, essayons. Je vais rappeler Lefebvre. D'autres idées, collègue ?

Christophe se montra à l'entrée de l'hôtel, chaussé

de ses éternelles bottes. Anconi lui confia la fameuse clef, dans une enveloppe marquée « *Police judiciaire, 36, quai des Orfèvres* ».

— Je file. La STEF ne traîne pas !

— Attendez ! Pas impossible que nous ayons retrouvé la trace de votre cambrioleur !

Il lui évoqua en quelques mots l'hypothèse de Jean.

— Pas bête, le Jeannot ! Un vrai fils de commissaire ! As-tu informé les bleus marine ?

— Oui ! La brigade maritime.

— Si tu coinces ce Pablo, tu me le confies !

Après un clin d'œil, il disparut en coup de vent et claqua la portière de sa R4.

Anconi rappela le Quai, commanda d'envoyer dans la nuit un agent au Pavillon A4 de Rungis. Il demanda aussi de transmettre à Lefebvre qu'il retape la confession d'Édouard sur la machine saisie au domicile afin de comparer les frappes.

— Une promenade ? proposa-t-il à Hilda, l'esprit un peu embrouillé.

Madame Nédelec leur recommanda de grimper au Mont Esprit. Elle les allécha par des précisions historiques.

Cette butte artificielle résultait de l'accumulation des lests des navires de commerce d'autrefois, du temps où le port du Croisic florissait grâce au commerce du sel. Elle avait été aménagée en jardin public au siècle dernier. Elle ajouta que le nom provenait de la contraction des deux mots « lest » et « pris ».

— Vous verrez, le panorama là-haut est superbe.

Ils se laissèrent tenter. Le ciel, de nouveau dégagé de tout nuage, invitait à la flânerie. La mer dispensait ses senteurs. Chemin faisant, ils ressentirent le besoin d'établir le bilan de ce qu'ils appelaient "l'affaire Édouard". Chacun y apporta sa brique.

Le couple Montoison habitait Neuilly et, bien que désuni, maintenait les apparences, sans hostilité. Lui, conseiller ministériel connu pour être honnête et sérieux, vraisemblablement franc-maçon, était pressenti pour une haute fonction, peut-être même Matignon. On le pensait détenteur d'un carnet noir, sans preuve formelle de son existence, susceptible de porter ombrage au microcosme politique. Elle, Hortense née Bondésir de la Ferrière d'une famille fortunée, traînait une renommée de femme volage et dépensière. Lui, de son côté, administrateur réputé sérieux de nombreuses sociétés, entretenait une maîtresse italienne, Antonella Salabrino. Celle-ci tenait une galerie d'art dans le Marais. L'endroit était inscrit au nom de son père, Vito Pisci, parrain notoire de la mafia, récemment empoisonné dans sa prison de Bologne. Elle semblait protégée par le cardinal Rampolli.

Édouard arrive dans la soirée de jeudi 3 juillet au Croisic, où Hortense possède une villa de famille. Il est accompagné d'Antonella. Auguste, le régisseur de la propriété, va les chercher à l'aéroport et les conduit au Croisic vers 20 heures. Il ne note rien d'anormal dans le comportement du couple. En fin de soirée, Édouard Montoison part en promenade, sans se changer, mais ne rentre pas de la nuit.

Au matin du vendredi 4 juillet, son corps est retrouvé, échoué dans les parcs de conchyliculture de Christophe, un vénériculteur du Grand Traict. Très rapidement, les Renseignements généraux arrivent au Croisic, emportent la dépouille à Paris. Immédiatement la thèse du suicide est officiellement avancée, au point qu'aucune autopsie n'est pratiquée. D'ailleurs dès vendredi après-midi, l'AFP reçoit sa confession, par porteur spécial. Les journaux la publient le lendemain samedi. Anconi parvient à apprendre que le cadavre présente des marques de violence et qu'il n'a pas succombé à une noyade.

L'enquête découvre qu'Édouard est empêtré dans une carambouille. Il a tenté d'acquérir un terrain au Croisic. Il confie la transaction à un intermédiaire, Pierre-Guillaume Courtaix, personnage sulfureux. La parcelle convoitée, siège d'une étrange maison, la Vigie de la Romaine, n'a jamais été mise en vente ! Pourtant Édouard a versé la somme à la Société immobilière française gérée par Pierre-Guillaume. Ce dernier a opportunément disparu. Une plainte pour malversation serait en cours d'instruction au tribunal de commerce de Paris.

À Neuilly, l'épouse de la victime, Hortense, a

reçu la visite des Renseignements généraux, le matin même de la découverte du corps, mais elle n'apprend sa mort que plus tard, par la bouche du ministre de l'Intérieur lui-même.

Au Croisic, samedi après-midi, le comportement d'Antonella s'avère étrange. Enfermée dans la villa Ker Bellech, elle feint de croire à un kidnapping de son amant, diligenté par son mari, Michele Salabrino. Elle en aurait été informée par un membre des Renseignements généraux, le commissaire Bloret. En réalité ce dernier n'existe pas. La nuit suivante, les gendarmes du Croisic sont appelés par un cardinal Rampolli : la villa a été dévastée et fouillée, un mur présente un impact de balle, Antonella a disparu. Elle s'est réfugiée au presbytère du recteur Picot. Devant ses déclarations fantaisistes, les forces de l'ordre du Croisic placent Antonella Salabrino en garde à vue.

— Clairement, un crime maquillé en suicide ! assura Hilda.

Ils énumérèrent les suspects.

Antonella Salabrino ? Présente au Croisic au moment des faits, son attitude s'avère ambiguë, sa version invraisemblable. Elle se trouve liée à la mafia par son père, parrain notoire “suicidé” au cyanure en mars dernier dans sa prison. Crime crapuleux ?

Michele Salabrino, le mari ? Son mobile, la jalousie, demeure parfaitement plausible. Crime passionnel maquillé ?

Les Renseignements généraux ? Leur précipitation à récupérer le corps est étrange, de même que le refus d'autopsie. Là intervient le souhait d'empêcher Montoison d'accéder aux plus hautes fonctions ou de dévoiler des secrets inavouables. Crime politique perpétré par des barbouzes ?

Auguste, le chauffeur ?

— Celui-là, il paraît exclu, *mijn beminde.* Un homme discret, tout au service de Montoison auquel il voue une grande estime.

Ils arrivaient au pied du Mont Esprit. Ils dépassèrent l'obélisque du monument aux morts, curieusement surmonté d'un coq, pénétrèrent dans un parc dont l'allée principale menait à un belvédère en pierre. Ils le gravirent lentement, contournant le tertre par un chemin en colimaçon. Au sommet la perspective dominait toute la presqu'île et le Grand Traict.

— Quel spectacle ! s'exclama Hilda.

Anconi repéra les cabanes conchylicoles, les engins éparpillés, les voies ferrées qui s'interrompaient devant la gare. La marée haute recouvrait les bassins de Christophe ; une vaste mer intérieure s'offrait à leur vue. L'eau scintillait, légèrement ridée ; les bateaux au mouillage regardaient le large, faisant face à un courant invisible. Ici et là, des piquets dépassaient la surface, comme autant d'amers. Il s'accouda à la rambarde de fer.

— Jean a découvert le corps de Montoison. Ce serait drôle qu'il débusque également celui qui a dévalisé son ami ! prononça Hilda, tout aussi rêveuse que son mari.

— Je suis étonné que les RG n'aient pas ouvert le coffre-fort de l'appartement de Neuilly, signifia subitement Anconi.

— Cesse de "t'es-car-gas-ser" avec cette histoire. C'est comme cela que l'on dit à Marseille, non ?

Son commissaire s'arracha à la torpeur et s'esclaffa devant la prononciation hésitante d'Hilda. L'origine hollandaise de son épouse ne favorisait pas l'imitation de l'accent du Midi.

Ils redescendirent et quittèrent le parc par la rue du Bassin. Un panneau vert, planté à l'entrée, expliquait au passant l'histoire du lieu. Pourquoi entraîna-t-il Hilda vers la berge du Grand Traict ?

— Dommage que tu n'aies pas emporté ton attirail de peinture, regretta-t-il.

— Je te promets de te réaliser un tableau de l'endroit, en rentrant. De mémoire. Sous le soleil ou sous la pluie ?

Lorsqu'ils retournèrent vers l'hôtel, ils croisèrent Christophe. Les freins de sa R4 crissèrent, il s'arrêta brièvement. « Mission accomplie, mon commissaire ! » Il repartit en agitant le bras par la portière.

— Tu sais, Hilda, nous avons oublié le personnage central de cette affaire, ce Pierre-Guillaume Courtaix, un escroc aux bonnes manières. Il a organisé la vente frauduleuse à l'origine de la campagne de dénigrement dont a souffert Montoison. Qui nous dit qu'il ne figurait pas à une place de choix dans le fameux carnet noir ? On le prétend malade ou au Mexique. Personne n'en a la preuve. Il constituerait un excellent coupable. Un crime crapuleux ! Qu'en pensestu ?

Il regretta de ne pas avoir déclenché Interpol.

— Non seulement Montoison a été floué de un million quatre cent mille francs, mais un scandale menaçait sa carrière, compléta-t-elle. Je crois que nous avons listé les responsables possibles. On exclut l'abbé Picot, peut-être pas le cardinal Macaroni…

— Rampolli ! rectifia-t-il, amusé, en gobant un de ses bonbons noirs.

— Il prétendait téléphoner de Suisse, poursuivit Hilda sans se démonter, mais il pourrait aussi bien avoir appelé d'ici. Les appartements pontificaux eux-mêmes n'ont pas toujours été à l'abri des complots…

— Vaï ! Tu vas provoquer l'écroulement de Notre bonne Dame-de-la-Garde !

Ils arrivèrent à l'hôtel. Anconi proposa une consommation en terrasse. Il commanda un demi, Hilda un Perrier-citron, « tranche », précisa-t-elle. Chacun d'eux resta dans ses pensées, ses hypothèses, ses élucubrations. Le serveur, raide dans son habit noir et son tablier blanc, vint les prévenir qu'un certain “Baulsse” demandait Monsieur. Il déroulait un long fil torsadé et tenait le combiné avec précaution.

— Allô ?

— Bolz, Patron. Je l'ai trouvé !

La voix de l'inspecteur tremblait. Le commissaire tendit l'écouteur à son “adjointe”.

— Cocagne ! Rampolli ?

— Non. Non. Le chauffeur qui a conduit Montoison et son Italienne à Villacoublay.

— À Villacoublay ? Comme les huiles !

— Laissez-moi vous tuyauter. Je n'en suis toujours pas revenu ! Un huissier de son ministère m'a rencardé. Je me suis fait passer pour un agent des Renseignements généraux, lui ai fourgué un bobard au sujet d'un truc oublié dans une voiture de service. Le bonhomme m'a demandé si je travaillais avec le commissaire Bloret, vous vous en rendez compte ?

— Mais il n'existe pas ce type, c'est même toi qui me l'as appris !

— Justement, Patron, imaginez ma surprise !

— Tu as bien entendu le nom ?

— Je n'ai pas osé lui demander de répéter. J'ai joué les affranchis.

— Tu as bien réagi.

Le comportement de l'inspecteur Bolz l'étonnait toujours. S'il souffrait en certaines circonstances d'un manque de confiance, il avait fait montre, cette fois, d'un grand sens de l'opportunité. Il se laissa même aller, dans son compte rendu, à employer un langage d'une familiarité qui ne lui ressemblait pas.

— Et alors ?

— Il existe plusieurs chauffeurs. Celui qui a conduit Montoison s'appelle Charlier, Albert Charlier. Avez-vous de quoi noter ses coordonnées ?

L'inspecteur imaginait sans doute son patron en promenade, car des mouettes, sur le quai de la Petite Chambre, piaillaient en s'arrachant les débris d'un pauvre poisson.

Leur vacarme devait se percevoir jusque dans les bureaux du quai des Orfèvres.

Hilda avait spontanément sorti papier et crayon de son sac.

— Voilà, je t'écoute, Petit.

— Il habite au 30 bis, rue Paul-Fort, dans le 14e, au-dessus d'un restaurant indien. Son numéro de téléphone : 47-20-14-20. Je vous laisse l'appeler. Il ne travaille pas aujourd'hui. Je n'ai pas osé en demander davantage, surtout quand le bonhomme m'a proposé d'aller vérifier l'intérieur du véhicule. J'ai prétendu qu'il s'agissait d'un petit objet qu'Albert aurait probablement découvert en nettoyant les coussins de l'habitacle. J'ai bien senti qu'il tiquait. Je ne savais plus comment m'en sortir. Comment un huissier du ministère de l'Industrie, des Postes et Télécommunications et du Tourisme connaissait-il un commissaire qui n'existe pas ?

— Un nom de code, Petit, employé par les RG pour ce tout qui concerne l'affaire Montoison. As-tu donné ton identité ?

— Non ! J'ai improvisé… avoua Bolz.

« Pas bête. Mais ils vont vérifier. Il faut se presser », pensa Anconi. Il félicita chaudement son inspecteur, raccrocha vite, avala une gorgée de bière et composa aussitôt le 47 20 14… Il interrompit son geste, s'adressa à Hilda :

— Je ne peux tout de même pas lui révéler qui je suis ! réalisa-t-il.

— Dis-lui que tu appelles de la part de ce Bloret. Trouve une raison. Flanque-lui la trouille ! Qu'attends-tu de lui, au juste ?

— Je soupçonne ce chauffeur d'être une taupe à la solde des RG, de les avoir prévenus du voyage de Montoison. Sinon, comment les grandes oreilles seraient-elles arrivées si vite au Croisic et se seraient-elles pointées si tôt boulevard Wallace ? Si tu l'appelais, toi, en te faisant passer pour Hortense, justement.

— Suppose qu'il la connaisse, *mijn beminde* ! Il va se rendre compte de la supercherie !

— Mets un mouchoir sur le combiné, joue l'enrhumée. Ils procèdent comme cela au cinéma !

Ils cherchèrent un prétexte. Hilda, subitement, composa le numéro. Elle prit une pose inspirée, leva le menton, comme si son interlocuteur pouvait l'apercevoir.

— Allô ? Ici Hortense Montoison. Je suis bien chez monsieur Albert ? Mon mari vous appelait toujours ainsi…

Elle s'appliqua à employer une voix à la fois plaintive et distinguée, traînante, toute remplie d'accents circonflexes.

— Oui. Albert Charlier. Toutes mes condoléances, Madame. Affreux, ce qui est arrivé.

Hilda renifla, simulant à la perfection l'immense chagrin qui vous serre la gorge et vous mouille la parole.

— Pardonnez-moi, comme si cela ne suffisait pas, je suis affectée d'un rhume horrible. Vous demeurez le dernier à – snif ! –, à l'avoir rencontré, à lui avoir parlé…

— Vous me voyez très peiné.

— Vous êtes sans doute la personne qui a conduit à son avion, jeudi, mon malheureux époux, avant… avant…

Anconi avala trois cachous pour s'empêcher de rire.

Hilda jouait à merveille la veuve éplorée.

— En effet, Madame. Monsieur m'avait demandé de l'emmener à Villacoublay. Il souhaitait, je crois, se rendre dans sa propriété du Croisic.

— Sans doute en agréable compagnie ?

— …

— Inutile de le nier, mon ami. Je n'ignorais rien de lui et, entre nous – snif ! –, les hommes s'avèrent si maladroits et si mauvais menteurs. Voyageait-elle avec lui ?

— …

— Tout cela ne revêt plus guère d'importance, vous me le concéderez.

— Je ne sais que vous dire, Madame, mon métier m'oblige… à la discrétion.

— Votre silence vaut confession, mon pauvre Albert. Vous a-t-il paru heureux, au moins ? J'aimerais garder une bonne image de lui, comprenez-vous ?

— Je l'ai trouvé soucieux…

— Déprimé ?

Hilda avait habilement saisi la balle au bond.

— Oh, non, pas du tout, Madame !

— Vraiment ?

— Tracassé, tout de même, rectifia-t-il un peu rapidement. Avec son métier, cela ne m'a pas étonné. J'ai attribué sa préoccupation aux menaces de grève des PTT.

— Pourtant, Monsieur le ministre de l'Intérieur m'a appelée en personne. Selon lui, mon mari s'est suicidé, sans l'ombre d'un doute.

— Il y a aussi cette lettre, Madame, écrite la veille de… de…

Comment savait-il que Montoison avait rédigé cette confession le jour précédent, puisque aucune date n'y figurait ! Fine mouche, Hilda exploita aussitôt la faille.

— Il vous en a parlé et vous n'osez point me l'avouer, par dévouement. C'est cela ?

— Non. Non, Madame, je vous assure. J'ai appris par la presse, comme tout le monde.

Elle s'abstint de lui faire remarquer que le fac-similé publié par les journaux ne pouvait comporter une date dont l'original était dépourvu !

Elle simula des éternuements sonores, car les mouettes affamées, sur le quai, redoublaient de cris en se déchirant les derniers vestiges du poisson mort.

— Votre sollicitude me touche, monsieur Albert. Dites-moi toute la vérité sans crainte, je vous en conjure. J'ai peur – snif ! – de ne pas l'avoir rendu heureux.

Anconi commençait à trouver qu'elle attigeait un peu. Il l'incita d'un geste à la prudence, mais Hilda tenait sa proie. Elle poursuivit sa scène de théâtre.

— Qu'en pensez-vous ? Oh ! Comme je voudrais comprendre ce qui lui est arrivé. Vous a-t-il livré des confidences dans la voiture ? De quoi a-t-il parlé ? De grâce, monsieur Albert !

Elle adoptait un ton à la fois insistant et suppliant.

— Je vous assure, Madame, je n'ai rien noté de particulier. Je surveillais attentivement la circulation, très chargée à cette heure de la journée. De plus, il était pressé.

— Mon Dieu ! Pressé d'en finir ?

— Ce n'est pas ce que je voulais dire.

— Ne me cachez pas la vérité, vous le connaissiez bien. Depuis combien de temps le conduisiez-vous ?

— Une année, environ, Madame. Je vous assure que…

Albert, à l'autre bout du fil, perdait patience. Hilda reniflait, larmoyait, interrompait la conversation par de grands silences.

— Je garde l'impression, voyez-vous, détrompez-moi, j'ai le sentiment que ces fonctionnaires venus à Neuilly cet horrible matin… Oh – snif ! –, c'est atroce !

— Que voulez-vous dire ?

— Qu'ils connaissaient déjà l'affreuse nouvelle et qu'ils me l'ont cachée. Pourquoi ?

— Par égard pour vous, Madame. Pour vous ménager. Cela demeure conforme aux habitudes.

— Sans doute avez-vous raison – snif ! –, vous possédez un grand tact, Albert. Quel métier exerciez-vous avant de piloter mon mari ?

— Ministère de l'Intérieur, Madame.

— Oh, je m'en souviens, maintenant ! Je suis terriblement troublée, pardonnez-moi. Mon pauvre Édouard – snif ! – m'avait parlé de vous. Vous apparteniez aux Renseignements généraux, monsieur Charlier ? On appelle ainsi ce service, je ne me trompe pas ?

— Co… comment ? Oui… Non !

Albert bredouilla, bafouilla, nia un peu tardivement.

— Qu'importe, présentement, de toute manière, déplora la fausse Hortense. Cela m'a procuré un bien formidable de parler avec une des dernières personnes ayant côtoyé mon défunt époux. Vous ne sauriez imaginer à quel point !

Elle se confondit en remerciements humides, mimant à merveille la grande sotte éplorée. Son mari peinait à contenir son hilarité. Lorsqu'elle eut raccroché, il se leva et vint lui déposer un baiser sonore sur la joue.

— Tu as été fan-tas-tique, déclara-t-il en tentant d'imiter, lui aussi, l'accent de certains résidents des beaux quartiers. Tu l'as merveilleusement bien baladé.

— Tu avais raison, *mijn beminde*. Il a presque reconnu appartenir aux RG. De plus, il connaissait le lieu de séjour du conseiller. Il s'est coupé concernant la date du courrier d'adieu de Montoison, en prétendant qu'il avait été composé la veille de sa mort. Comment pouvait-il avoir appris que c'était ce jour-là ?

— Tè, cela signifierait que la lettre de confession serait un faux !

— Ce sont eux qui l'ont supprimé ! s'emporta Hilda.

— Je commence à y croire. Raison d'État ! Nous ne possédons cependant aucune preuve. Reste à démontrer formellement que le courrier parvenu à l'AFP est une contrefaçon.

Leur exaltation tomba. Les mouettes du quai s'envolèrent dans des ricanements rauques, laissant à terre un squelette d'arête. Elles s'éloignèrent du port, disparurent vers la nouvelle criée, à la recherche d'un autre appât.

À petites gorgées, ils burent leurs consommations, cherchant comment progresser dans l'enquête pour prouver leur hypothèse. Le combiné téléphonique restait muet à côté de leurs verres, son fil à pendouiller. Le garçon virevoltait, son plateau chargé au bout de ses doigts, entre les tables maintenant toutes occupées. La marée montante apportait des odeurs de large, les bateaux flottaient de nouveau dans les bassins. Les quais s'animaient avec les retours de plage.

Une estafette bleue stoppa devant l'hôtel. Deux uniformes en descendirent. Leur ombre épaisse vint soudain masquer le soleil lorsqu'ils s'approchèrent.

Campé devant leur table, le plus ancien des deux se mit au garde-à-vous :

— Commissaire Anconi ?

— En effet, confirma ce dernier.

— Il me semblait bien vous reconnaître. Pardonnez notre intrusion – il ébaucha une sorte de salut vers Hilda –, l'adjudant-chef Pradier souhaiterait vous entendre derechef. Consentiriez-vous à nous accompagner ?

À la terrasse, toutes les têtes se tournèrent. Les conversations s'interrompirent. Les passants marquaient un temps d'arrêt à ce spectacle.

Anconi sentit les nerfs se croiser sur son estomac. Les jointures de ses doigts blanchirent sur son demi.

— Malgré tout le respect que je lui témoigne, vous transmettrez à votre adjudant-chef que je n'obéis pas à ses ordres. Par contre, assurez-lui, Bonne Mère, que je le recevrais ici avec plaisir !

Contre toute attente, le gendarme sortit une convocation en bonne et due forme à son intention, « pour affaire vous concernant ».

XIII

Il avait refusé d'obtempérer à la sommation des bleus marine. « Que votre adjudant-chef me téléphone », avait-il suggéré sèchement, ajoutant « qu'entre deux corps de l'État aux missions complémentaires, d'autres relations paraissaient souhaitables ». Gênés, les deux pandores s'étaient regardés. Après un rigide mais bref garde-à-vous, ils avaient regagné leur véhicule, en assurant « qu'ils transmettraient à qui de droit ».

La colère du commissaire le conduisit à employer des termes assez crus, qui auraient fait rougir les plus effrontées des "femmes de vie" de Marseille. Il s'efforça de masquer sa mauvaise humeur jusqu'au dîner.

Hilda tenta vainement de le calmer. Très opportunément, Pradier appela à l'heure de l'apéritif. Il évoqua une maladresse de la part de ses gens. Sans s'excuser, il chercha un terrain d'entente.

— Je m'apprête à transférer madame Antonella Salabrino à la caserne Richemont, à Nantes, pour une mise en examen, avec le plein accord du parquet. Je souhaitais joindre au dossier votre témoignage… officiellement.

— A-t-elle avoué ? s'enquit Anconi.

— Non. Au contraire, elle menace.

— Ah.

— Des éléments concordants, les circonstances, le contexte mafieux de sa famille…

— L'arbre qui cache la forêt, Adjudant-chef. À mon avis, vous allez rapidement recevoir les félicitations des Renseignements généraux, voire du ministre de l'Intérieur.

— Vous savez comme moi que le suicide n'est pas établi. Mon devoir…

— Eh bien, notez dans votre rapport que ma rencontre avec madame Salabrino, à la villa Ker Bellech dans l'après-midi du samedi 5 juillet 1986, n'a apporté aucun élément probant en faveur de sa culpabilité.

— Dois-je consigner également que le commissaire Anconi n'a pas jugé opportun de témoigner ni de répondre à une convocation ?

— Faites ! Faites, mon bon. Dites-moi, j'y pense. Maintenant que vous vous défaussez de l'affaire Montoison, vous allez pouvoir vous consacrer totalement au vol de coquillages dont a été victime le conchyliculteur ?

— Comme vous le savez, la brigade maritime de Saint-Nazaire s'en charge… D'ailleurs, de vous à moi, la piste de ce Pablo Iglesias s'avère coupée. Son adresse à Pontevedra correspond à une masure abandonnée.

Pradier avait lâché cette information comme on glisse une peau de banane sous les semelles de son meilleur ami. Anconi se garda de tout commentaire. Dans des circonstances différentes, sans doute lui aurait-il confié les découvertes concernant le briquet Bic retrouvé dans le bassin de marée parmi les cagettes de coquillages ? Il ne le fit pas.

Ils se quittèrent froidement.

Plus rien ne se passa pendant le dîner.

— *Mijn beminde*, ne t'es-tu pas montré un peu sévère avec ce Pradier ? Il ne dispose pas de tous les éléments que tu as obtenus grâce à Jean et à tes inspecteurs.

Le commissaire bougonna, reconnut à demi-mot que Pradier faisait de son mieux.

— Mais je ne suis pas à ses ordres !

Hilda sourit. Elle se demandait si la vraie raison de l'opposition des deux hommes ne relevait pas simplement du souhait, de chacun des deux, de résoudre lui-même ces affaires !

Elle n'insista pas et tous deux devant leurs verres vides se laissèrent absorber par l'animation du quai d'Aiguillon.

Toute la journée, les nuages avaient alterné avec les éclaircies. De courtes averses s'invitèrent. L'une d'elles tomba sans interrompre les rayons du soleil, créant momentanément un spectacle irréel, presque féerique. « C'est le diable qui marie sa fille », s'étaient-ils exclamés. La marée montante de cette fin d'après-midi avait débarrassé le ciel de tout nuage, à la faveur d'un renforcement du vent.

Madame Nédelec leur suggéra de dîner dehors. Ils gardèrent leur table.

— Je propose de belles soles, si cela vous tente.

Ils parlèrent de Jean, de son métier, de Port-des-Barques. Hilda se laissa envahir par un trop-plein d'émotion.

— Vaï, ton pitchoun, le grand air lui est nécessaire, jamais il n'aurait supporté de vivre en ville. Son ami Christophe lui ressemble.

Le commissaire dut insister pour qu'elle s'offrît un Paris-Brest. Lui qui « n'était pas dessert » accepta une crêpe flambée.

Après le repas, la douceur du temps les incita à la flânerie. Sans se concerter, ils suivirent les quais vers le Mont Lénigo. Qui déjà leur avait expliqué que cette butte artificielle était l'homologue du Mont Esprit, élevée à partir des lests de navires ?

Ils découvrirent la passe d'entrée du port. Le flot se heurtait à la balise du Grand Mabon, dessinant des tourbillons. En face se découpait dans les pins le clocheton des bâtiments de Pen Bron. Devant eux, à l'écart du courant, le nez au vent, quelques bateaux attendaient tranquillement au mouillage de Port Charly.

Ils poursuivirent leur promenade sur l'estacade. Des pêcheurs alignés, penchés au-dessus du garde-corps, agitaient l'extrémité de leur canne comme s'ils donnaient des coups de poing au soleil. Anconi, intrigué, s'approcha de l'un d'eux.

— Que prenez-vous, ici ?

— De la morgate, répondit un moustachu au sourire rayonnant, en imprimant de petites secousses au scion.

Le commissaire dut attendre pour demander des éclaircissements.

— Patrick ! Le courant est fort, t'es pas assez plombé !

Trois retraités, blaguant à qui mieux mieux, se tiraient la bourre. Leurs sceaux contenaient des choses visqueuses, molles et brillantes. Des seiches, lui expliqua-t-on, qu'ils attrapaient à la turlutte. Il réalisa qu'au menu des restaurants parisiens, ces bestioles s'appelaient aussi calamars.

— En persillade ou à l'armoricaine, délicieux ! précisa le moustachu avec un clin d'œil gourmand.

Ils restèrent un moment à observer les joyeux drilles. Chaque fois que l'un d'eux sortait une morgate, les autres se moquaient de sa petite taille.

Le soir tombait. Le ciel rougeoyait à l'ouest, découpant la tour du phare du Tréhic. Un chalutier dépassa la jetée et s'engagea dans la passe de toute la puissance de son moteur. Il laissa derrière lui un large sillage d'écume et une nuée jacassante d'oiseaux de mer.

Ils rentrèrent doucement. Anconi se dit « demain, je goûte la morgate ».

Toute la nuit le téléphone resta muet. Comme par habitude depuis qu'ils séjournaient au Croisic, il parcourut les océans sur le Kurun avant de s'endormir.

« *12 h 15. Terre en vue devant. Le Kurun, avec ses grosses moustaches blanches, court grande-erre sur le cap de Bonne-Espérance.* »

Plus tard, peinant à trouver le sommeil, il passa en revue les suspects. N'aurait-il pas dû venir au secours d'Antonella Salabrino ? Réaliser qu'au moins elle était en sécurité dans les locaux des gendarmes ne le rasséréna qu'en partie.

C'est Jean qui le réveilla.

— Allô ? Papa ? C'est moi. Désolé, je sais qu'il est encore tôt.

— Adieu ! Ce n'est rien. Que t'arrive-t-il ?

Hilda s'angoissa aussitôt. Le commissaire se contorsionna.

— Attends, je passe l'écouteur à ta mère, elle s'inquiète, la pauvre. Voilà, je suis à toi.

— Pablo !

— Eh bien, quoi, Pablo ?

Le dialogue débutait comme dans une pièce de Pagnol.

— Je l'ai trouvé.

— Vaï ! Raconte, Petit.

— Enfin presque. J'ai une piste.

Anconi agrippa sa boîte jaune et noire, sur la table de nuit. Son cœur s'accéléra.

— Atterris, alors ! Tu veux ?

— J'en ai même deux, de pistes. Dès hier soir, j'avais mis en alerte le responsable de la coopérative des ostréiculteurs de Port-des-Barques. Un collègue vient de m'appeler. Il a employé un Pablo Iglesias. Un Espagnol, bosseur selon lui. L'adresse correspond ! Pontevedra !

— Cocagne ! Sauf que cette adresse est fausse. Lance la gendarmerie maritime à ses trousses !

— C'est fait.

— Le gars travaillait-il la semaine dernière ?

— Il avait rompu le contrat, pour rendre visite à sa mère mourante, en Espagne.

— Tu parles, le mafalou avait préparé son coup. Il s'était fait embaucher chez Peupeu au Croisic pour être sur place et reconnaître les lieux. Fumeur ?

— Oui. Invétéré. Du tabac à rouler.

De celui dont on fait des cigarettes qui s'éteignent sans cesse, que l'on garde au coin des lèvres et que l'on rallume entre deux besognes. « Avec un briquet Bic, par exemple ! »

— Sait-on où il campe ? s'échauffa le commissaire.

— Deuxième piste ! s'exclama Jean, très volubile. Il habite dans une camionnette ! Un vieux Mercedes ! Par contre, je ne connais pas la couleur de la carrosserie, plaisanta-t-il.

— Fatche ! Tu fais de moi le ravi de la crèche ! s'extasia Anconi. Sans toi, personne ne serait allé chercher ce càcou dans ton musée de Port-des-Barques.

— J'espère seulement qu'il ne s'est pas évanoui en Galice, chez sa vieille mère ! J'ai transmis toutes les informations à la brigade maritime. J'ai donné tes coordonnées, évidemment. Ils se demandaient pourquoi un commissaire de la PJ de Paris trempait dans une affaire de vol de coquillages. Simple coïncidence, leur ai-je affirmé, railla Jean qui n'ignorait pas que son papa-policier ne croyait pas à l'influence du hasard sur le déroulement d'une enquête.

Hilda tint aussi à féliciter son fils. Elle resta même longuement avec lui au fil. Anconi s'était levé. Dans son enthousiasme, il se coupa en se rasant. Se tamponnant le menton, il se prit à parodier le refrain d'une chanson qui occupait toutes les radios de l'été :

« Belle-Île-en-Mer, Marie-Galante… »

Lorsqu'il eut terminé sa toilette, sa femme papotait toujours dans le combiné.

— Bon, tu l'as quitté hier seulement, qu'avais-tu donc à lui raconter ? plaisanta-t-il quand elle eut enfin raccroché.

— Il était si heureux, je n'osais pas le…

Le commissaire s'approcha de la fenêtre, écarta le rideau. Beau temps. « Décidément la journée débute bien ! »

Un camion stationna et lui vola partiellement la vue du port.

— Hilda ! On livre des boissons chez madame Nédelec. Tu ne devineras jamais le nom de l'entreprise.

Du fond de la salle de bains, une réponse lui parvint, noyée dans le jet de la douche.

— Que dis-tu, *mijn beminde* ?

— "Bouré et fils" !

Elle n'entendit sans doute pas, car il fut le seul à rire. Tout l'amusait, ce matin.

Le téléphone, encore renversé sur le lit, grelotta.

— Allô ?

On le demandait de Paris.

— Bonjour, Patron, je ne vous dérange pas ?

Il reconnut la voix, mais aussi la délicatesse : « Lefebvre ! »

— Pas du tout, Petit, au contraire. As-tu récupéré la clef à Rungis cette nuit ?

— Sans problème, un agent de chez nous me l'a rapportée. Je fonce à Neuilly avec, mais je voulais vous joindre avant…

— Oui, chez ta nouvelle copine ! Pardonne-moi, je suis d'humeur taquine, ce matin. Tu ne sais pas quel prétexte alléguer, c'est cela ? l'interrompit Anconi, décidément très facétieux.

— Euh… non, je ne vous appelle pas pour…

— Prétends venir saisir ses médicaments, ses ordonnances d'antidépresseurs, par exemple. Raconte que l'on en a découvert dans son sang, qu'il faut vérifier et contacter son médecin pour confirmer le diagnostic. Enfin, si tu trouves mieux…

— Bonne idée, Patron. Si je vous téléphone, c'est rapport au graphologue.

— Ah ! Que nous apprend-il, Locart ?

— Je lui avais confié hier la machine à écrire, ainsi que tous les documents récupérés chez Montoison…

L'inspecteur devait tenir son petit carnet rouge ouvert, le combiné coincé entre épaule et pointe du menton.

— En premier lieu, aucune empreinte exploitable. Concernant la signature, il ne se mouille pas, poursuivit-il. Une grande ressemblance, mais il ne peut exclure une imitation. Par contre il a remarqué un détail déterminant.

— Vaï !

— Le conseiller Montoison possédait, selon lui, une machine d'excellente qualité, une Hermes 3000. Hemingway écrivait sur une semblable ! Locart était aux anges !

Lefebvre lui expliqua ensuite que les courriers tapés par Montoison et découverts chez lui présentaient tous une caractéristique identique. Certaines lettres comportaient systématiquement un petit blanc au niveau de leur pied, comme si leur frappe était incomplète.

Il s'agissait du « e », du « d » et du « c », de façon plus inconstante le « o » et le « l ». Ces imperfections minuscules ne se remarquaient qu'à l'aide d'une loupe sur les documents.

— Ne t'offusque pas, mais j'avoue ne pas saisir ! Chaque machine souffre de petits caprices, cela ne nous mène nulle part.

— Il prétend qu'avec un appareil de cette classe, de telles anomalies sont impossibles. J'ai eu du mal à comprendre, moi aussi. Il m'a longuement expliqué que ces lettres, sur le clavier, étaient toujours tapées avec le même doigt, pour quelqu'un qui, bien entendu, utilise ses deux mains sur la machine.

— Tè, moi je le fais avec deux index, ironisa Anconi. Je ne vois vraiment pas où tu veux en venir…

— Locart en a déduit que Montoison frappait avec l'annulaire d'une manière particulière.

— Tè pardi !

— Attendez ! Ne vous moquez pas. La confession adressée à l'avocat Bondot et parvenue à l'AFP ne présentait pas les mêmes particularités ! Vous saisissez, maintenant, Patron ?

— Dieu garde ! J'y suis ! Ce n'est pas lui qui l'a tapée ! Sauf à l'imaginer dicter ce genre de littérature à une secrétaire. Totalement exclu !

— La lettre d'adieu n'a pas été frappée par Montoison, c'est une certitude. C'est donc un faux ! certifia l'inspecteur.

— Et s'il l'avait composée sur une autre machine ? opposa Anconi, encore incrédule.

— Il m'a expliqué que, dans le cas présent, c'est la manière de frapper qui engendre le phénomène, et pas l'appareil lui-même. Pour lui, les anomalies relevées sont liées au doigt qui se pose sur la touche et non à la touche elle-même. Il peut arriver que certaines machines comportent un défaut, bien qu'il en doute pour cette marque suisse de grande renommée. Il tire sa certitude du fait que toutes les lettres présentant un défaut sont activées par le même doigt, aussi bien de la main gauche que de la droite.

— Bon ! Bon ! J'ai compris, Petit.

— Attendez ! Attendez la chute ! Juste avant de vous appeler, j'ai réussi à joindre l'embaumeur, à l'institut médico-légal. Je lui ai demandé s'il avait remarqué quelque chose au niveau des mains. Il n'avait pas signalé la chose, mais il avait noté que notre conseiller souffrait d'une maladie de Dupuytren débutante. Dans cette affection bénigne, on observe une rétraction progressive des doigts. Je vous passe les détails, mais l'atteinte commence par les annulaires ! Ce n'est donc pas lui qui a composé cette lettre d'adieu !

— Vous êtes certain de votre coup ?

— Totalement ! Tous les textes trouvés chez lui présentent la même anomalie. De plus, Locart a tapé sur la fameuse machine. Moi aussi. Jamais nous n'avons provoqué de tels défauts.

— Ce petit détail, c'est du Columbo soi-même ! Et moi qui te raillais comme une bille. Tu comprends,

Petit, que cette découverte, non seulement élimine le suicide, mais aussi implique la préméditation !

— Exactement. Reste à trouver qui a réalisé le faux en écriture et on tiendra le bon bout.

— Fatche ! Nécessairement quelqu'un qui a accès à sa machine et à son papier à en-tête…

— Oh ! Justement ! Locart a remarqué une erreur dans l'intitulé sur la prétendue lettre de confession : le ministère de l'Industrie, du Commerce et de l'Artisanat a changé de dénomination en mars 1986 pour devenir celui de l'Industrie, des Postes et Télécommunications et du Tourisme. L'auteur a utilisé un papier à mauvais en-tête.

— Bien vu ! Montoison n'aurait pas fait cela. Cela renforce les doutes quant à l'authenticité du tapuscrit. Qui a eu accès à la machine boulevard Wallace ? Hortense, les domestiques, les RG…

— On peut exclure Juliette, Hortense aussi…

— Tu la défends bien vite ! Elle t'a embobiné ?

— Ha ! Ha ! Vous vous moquez, Patron… Par contre elle nous a bien spécifié que les RG avaient séjourné un long moment dans le bureau du conseiller et qu'ils avaient tapé à la machine.

— Tu as raison, Petit. Ils ont largement eu le temps de fabriquer un faux.

Il félicita chaudement Lefebvre et le graphologue. L'enquête progressait. La thèse du suicide vacillait.

— Peut-on exclure pour autant Antonella ? reprit l'inspecteur. Elle se trouvait au Croisic au moment du décès.

— Hum. Enfin, grâce à vous, les enfants, nous sommes maintenant certains qu'il a été assassiné.

Pourtant son humeur, joyeuse comme tout en ce début de matinée, s'assombrit. L'hypothèse Antonella, soutenue par les gendarmes, le troublait. Avait-elle collaboré avec les RG ? Sa famille mafieuse avait-elle assuré les basses besognes ? En échange de quoi ?

Lorsqu'il eut raccroché, le commissaire songea que les rapports du pouvoir avec le milieu, via des intermédiaires sulfureux, n'étaient pas impossibles.

Le scandale du Carrefour du développement qui venait d'éclater au grand jour ne mêlait-il pas politique, financements occultes et margoulins ? Certes, elle n'était émaillée d'aucun crime de sang. Mais, plus anciennement, le suicide de Robert Boulin n'était-il pas survenu bien à propos pour empêcher son ascension ? Y aurait-il bientôt une “affaire Montoison” ?

Hilda, sortant du cabinet de toilette, trouva son mari assis sur le lit, la main sur le combiné, la mine sombre.

— Que t'arrive-t-il ? Tu paraissais si gai ?

Le commissaire lui rapporta sa conversation avec Lefebvre.

— Laisse faire les gendarmes, *mijn beminde*. C'est trop gros pour toi !

— Toi qui as rencontré Antonella Salabrino, l'imagines-tu vraiment frapper son amant et le balancer dans le port ?

Hilda ne sut que répondre. Pourtant, cette femme ne lui avait pas fait bonne impression. Cette hâte à se débarrasser d'eux !

— Allons prendre notre petit-déjeuner. As-tu remarqué ce beau soleil ? Une promenade nous éclaircira les idées. Si nous allions voir Christophe, il serait heureux d'apprendre que Jean a repéré son voleur ?

Anconi se força à sourire. En bas de l'escalier, madame Nédelec perçut aussitôt l'humeur chagrine de son pensionnaire.

Elle les pressa joyeusement dans la salle, les conduisit jusqu'à leur table.

— J'ai pensé, vous pourriez visiter la petite île d'Hoëdic, un jour. Il existe une navette qui part le matin du Croisic et assure l'aller-retour dans la journée. Un caillou merveilleux… et très dépaysant. Idéal pour oublier ses soucis, ajouta-t-elle, en rougissant.

— Bonne idée. Mon mari connaît déjà l'endroit, mais je suis certaine qu'il aimerait m'y emmener.

Le commissaire se dérida légèrement à cette perspective.

— Pourquoi pas ? Dès que…

— Bien sûr : “dès que” !

Les croissants et le pain grillé constituèrent une transition opportune et silencieuse.

À la table voisine, un couple discutait autour du plan de la presqu’île, tandis que leurs deux jeunes enfants faisaient des singeries et se chamaillaient.

— Je suis désolée, balbutia madame Nédelec, ils ne veulent pas vous ficher la paix, on vous demande encore de Paris. Le monsieur semble assez mécontent. Je vous porte votre tasse de café à l’accueil ?

Anconi s’installa près du Minitel, empoigna le combiné retourné sur le guichet.

— Allô ?

— Anconi ? C’est votre directeur.

« Il ne manquait plus que celui-là. »

— Mes respects, Mons…

— Je viens de recevoir un appel du ministre. Furax ! Où avez-vous encore fourré votre nez, Anconi ? Il est fou de rage, il m’a passé un savon pendant dix minutes. Je vais sauter, à cause de vous !

Le combiné vibrait. Le commissaire se représenta immédiatement l’image d’Arnaud-Fontaine : les sourcils frémissant comme jamais, le crâne chauve soulevé de plis serrés, ses doigts maltraitant un coupe-papier.

— …

Le silence de son subordonné dut décupler sa colère.

— Vous n'avez rien à me dire ? C'pendant, je vous donne l'ordre de me livrer des explications ! Immédiates et précises.

— Vous évoquez cet important vol de coquillages au Croisic, Monsieur le directeur ?

— Cessez de vous payer ma fiole ! La coupe est pleine, Anconi, la coupe est pleine ! Il s'agit, et vous le savez très bien, du suicide de ce conseiller ministériel, Matoison.

Le commissaire faillit éclater de rire. Un déplumé parler de sa toison !

— Mon-toison, Monsieur le directeur.

— N'en rajoutez pas ! Permettez-moi de vous le certifier : il n'y a "pas" d'affaire Montoison ! Il n'y en a jamais eu et il n'y en aura jamais. Un suicide. Point final ! Sa confession a été publiée dans les journaux, cessez de nager à contre-courant ! Que vous faut-il de plus ?

Le directeur s'époumona pendant dix minutes. Il avait été totalement tenu à l'écart de cette disparition tragique qui ne concernait nullement la PJ parisienne. Tout juste avait-il suivi ce qu'en révélaient les quotidiens. Jusqu'au coup de fil du ministre de l'Intérieur se plaignant d'une intrusion de la gendarmerie du Croisic dans une enquête qui n'avait pas lieu d'exister, aiguillonnée par un certain commissaire Anconi du "36".

— Moi qui imaginais que vous aviez choisi "Croisic" pour vous rapprocher de ce hold-up à la Banque de France à Saint-Nazaire ! Vous faites pire, vous fourrez le museau dans une histoire qui n'en est pas une, mais qui va me valoir le renvoi. L'Intérieur exige ma démission sur son bureau, vous entendez ?

Il fut tenté d'imiter l'accent du ministre, y renonça c'pendant.

— Je ne comprends pas, Monsieur le directeur.

— J'apprends par-dessus le marché que vous lancez vos inspecteurs dans tout Paris. Vous allez arrêter tout ça et rentrer dès ce soir. C'est intoléra…

— Avec tout le respect que je vous dois, l'interrompit-il, je suis dans l'obligation de vous informer que vous faites fausse route, Monsieur le directeur. En effet, il ne…

— Cessez vos impertinences ! Revenez immédiatement !

— Vous risquez de vous fourvoyer. Permettez-moi de parler une seconde, juste une seconde.

Arnaud-Fontaine se tut. Anconi percevait sa respiration pantelante dans l'appareil. Il souffla, d'une voix volontairement retenue et monocorde :

— Le conseiller Montoison ne s'est pas suicidé.

— Quoi ? Le soleil vous a tapé sur la tête, Anconi !

— Je vous engage à sortir de votre bureau, Monsieur le directeur, et à consulter Lefebvre et Locart. Ils vous diront…

— Vous…

La phrase demeura sans suite, le commissaire enfonça le clou.

— De mon côté, je vais poursuivre mes vacances au Croisic, que cela plaise ou non en haut lieu. Je reste à votre disposition pour des éléments complémentaires et vous souhaite une excellente journée. Mes respects, Monsieur le directeur.

Il raccrocha sans attendre.

Arnaud-Fontaine ne portait jamais de chapeau sur son crâne dégarni, sans quoi il l'eût mangé.

Le commissaire retrouva sa bonne humeur du matin.

XIV

Anconi dévora un croissant avant d'expliquer la situation à Hilda.

— N'as-tu pas exagéré un peu ? T'opposer à ton directeur et au ministre de tutelle ! Lefebvre va subir des représailles.

— Ne t'inquiète pas pour lui. Il a seulement obéi à mes instructions.

— Que se passera-t-il, maintenant ? Que décidera le procureur de Nantes au sujet d'Antonella puisque Paris s'accroche à la thèse du suicide ?

— Tè, les ordres devraient dégouliner de la capitale vers la province, comme une coulée de lave brûlante. Je parie pour un abandon de la procédure contre elle, à l'issue du délai légal de quarante-huit heures de garde à vue, c'est-à-dire ce soir. Le parquet classera l'affaire, la gendarmerie relâchera Antonella avec des excuses. Version officielle : suicide. Circulez, il n'y a rien à voir ! Point final.

— Et toi, *mijn beminde*, tu vas te faire taper sur les doigts !

— Pardi ! Quand on veut tuer son chien, on dit qu'il a la rage. Blâme, avertissement, exclusion temporaire, mise à la retraite d'office, ils ont le choix !

La situation semblait beaucoup amuser Anconi. Sa femme restait stupéfaite. Le silence s'installa entre eux. Le commissaire engloutit un autre croissant, se servit un supplément de café.

— Ne t'inquiète pas, Hilda, si nous trouvons le coupable, la baudruche se dégonflera.

— Mais c'est dangereux pour toi de te coltiner le ministre de l'Intérieur ! Tout cela sent la magouille politique. Il veut étouffer l'affaire, tu cours au massacre ! Et comment vous dites, vous, les Français, « le pot de terre contre le pot de fer » ?

— Tè, tu as raison, nous n'avons pas encore passé l'endroit le plus étroit ! Si nous nous rendions annoncer à Christophe que Jean a retrouvé la piste de son voleur ? tenta Anconi pour faire une digression.

Dans la salle, des regards s'étaient tournés vers eux.

— Viens, enjoignit le commissaire, ébranlé. Sortons !

Madame Nédelec s'effaça sans entamer la conversation lorsqu'ils passèrent près d'elle dans le vestibule. De loin, elle avait deviné leur contrariété.

— Bonne promenade, se contenta-t-elle de leur souhaiter.

Elle remarqua leurs visages soucieux. « Tous ces appels gâchent leurs vacances », se prit-elle à regretter. Elle leur conseilla un détour par le marché couvert qui se tenait le mardi rue des Cordiers.

Le quai grouillait de passants qui se croisaient. Les uns revenaient de leurs emplettes, des fanes de carottes dépassant de leur panier, d'autres s'y rendaient, pour le journal, un paquet de cigarettes ou une baguette de pain. Beaucoup n'avaient d'autre but que de goûter à cette atmosphère si particulière du matin, quand la fraîcheur de la nuit reste perceptible, avant la chaleur des après-midi d'été. Certains s'étaient déjà installés sur une terrasse, sirotant un petit noir, seul ou en couple. Les enfants s'agglutinaient autour des présentoirs, se poussant du coude devant les instruments de plage, ou bavant sur le distributeur de gros bonbons rouges.

Anconi et son épouse se dirigèrent vers la zone conchylicole. Quai Rielle, ils observèrent l'imposant bâtiment néoclassique de la poste où quelques jours auparavant Édouard Montoison avait fait stopper Auguste pour glisser un courrier dans la boîte à lettres.

La rue du Bassin, déserte, les conduisit au bord du Traict. Les tables du parc à huîtres étaient découvertes, les retenues d'eau de mer luisaient. Au loin, sur le sable des engins travaillaient. Ils trouvèrent Christophe dans sa cabane, chaussé de bottes et protégé de son tablier jaune. Il s'activait autour de sa trieuse, sa barbette papillonnant près de lui, discrète et attentive aux moindres gestes de son maître.

— Bonjour, Christophe.

— Mais c'est mon commissaire ! Tu me ramènes mon voleur ?

— Jean ne vous a pas contacté ?

— Non, dit-il en poursuivant sa tâche, pourquoi ?

Il lui expliqua les déductions et les découvertes de leur fils, à Port-des-Barques.

— Tout ça à partir d'un briquet ?

Dans le fond du local, une sonnerie retentit faiblement. Le conchyliculteur stoppa sa machine.

— Allô ?

— …

— Salut, Jean. Il paraît que tu as accompli des prodiges ?

— …

— Non ! Ce n'est pas vrai ! Où cela ?

Christophe s'anima aussitôt. Il écouta en piétinant, s'éloignant du récepteur mural jusqu'à en rompre le fil, y revenant. La petite chienne noire gambadait autour de lui.

— En tout cas, bravo ! Tu devrais changer de métier ! Bon, il est près de moi. Veux-tu que je te le passe ?

Christophe laissa pendre le combiné au bout de son cordon, fit signe à Anconi de s'approcher.

— Il me sidère, ton fiston ! Tu arrives à point, il souhaite te parler.

Le téléphone se balançait contre le mur. Le commissaire l'attrapa.

— Allô ? Jean ?

— Papa ! Les gendarmes l'ont très probablement trouvé.

— Déjà ?

La brigade maritime de Rochefort était tombée sur lui par hasard. Elle se rendait à Port-des-Barques avec son véhicule de liaison quand une fourgonnette a brûlé un feu rouge devant leurs yeux et essayé de s'enfuir vers La Tremblade. La marque Mercedes, l'immatriculation espagnole “SP” les avaient immédiatement alertés, d'autant que le chauffeur tentait de leur échapper. Ils ne l'ont pas poursuivi, ont préféré contacter leurs collègues de Marennes pour organiser une souricière. Ils ont bloqué la route et l'ont chopé à l'entrée de Hiers. Il a ébauché un demi-tour, mais trop tard.

— Es-tu convaincu que c'est lui ?

— Le camion est immatriculé « PO 9715 TV ». « PO », c'est Pontevedra, les gendarmes ont vérifié !

— Ses papiers sont-ils au nom d'Iglesias ?

— Non ! Un certificat espagnol concernant le fourgon, établi à un certain Carlos Sánchez. Le véhicule est sommairement équipé, un matelas, des ustensiles de cuisine, un réchaud à gaz, des conserves, des bidons vides. Il campait probablement dedans. Aucune trace de palourde, par contre une grosse somme d'argent en francs, cachée sous le siège conducteur.

— Combien ?

— Dix mille francs.

— Comment justifie-t-il ce paquet de fric ?

— Il répète sans cesse « *trabajo, trabajo** » ! Il fait semblant de ne pas comprendre le français.

— Fan de càcou !

— Les gendarmes l'ont embarqué à Rochefort, car il devenait violent. Mais je crains qu'ils ne puissent le garder longtemps sans un motif sérieux.

— Sauf à confronter ses empreintes à celles relevées ici sur le tracteur élévateur de Christophe. Si elles correspondent… Bon, je m'en occupe !

Anconi sollicita Christophe pour un coup de fil. Il joignit aussitôt l'adjudant-chef Pradier. Il l'obtint très vite.

— Ah ! Bonjour, Commissaire. Toujours au Croisic ?

— Oui, je souhaitais vous informer de… Mais pourquoi cette question ?

— Il n'y a plus d'affaire Montoison ! Le procureur vient de me contacter très brièvement. Très courroucé. Ordre d'interrompre toute recherche concernant le suicide du conseiller !

— Fatche ! Ils ne perdent pas de temps. Mon directeur m'a également passé un savon ce matin en raison de cette histoire.

*« Travail » en espagnol.

— Je suis au courant, c'est pourquoi j'imaginais que vous alliez vous trouver dans l'obligation de rentrer à Paris.

Le ton de Pradier avait changé. Plus conciliant, presque amical. Fallait-il en profiter pour partager avec lui ses découvertes concernant le faux en écriture, qui réfutaient la thèse officielle ? Il hésita.

— Quelles sont vos intentions ? poursuivit l'adjudant-chef, d'une voix dépourvue de tout reproche. Au contraire, le commissaire perçut comme une complicité.

Il se lança dans une longue description des anomalies constatées dans la lettre de confession de Montoison. Il parla de la machine à écrire Hermes 3000 saisie par son inspecteur, de l'expertise du graphologue, de la conclusion qui s'imposait. Par souci d'apaisement, il s'empressa d'ajouter que s'il l'appelait maintenant c'était, entre autres, pour lui transmettre tous ces nouveaux éléments.

— Je vous remercie de votre franchise, mais que pouvons-nous faire dorénavant ? Je suppose que les collègues nantais vont devoir mettre fin à la procédure entamée à l'encontre d'Antonella Salabrino et la libérer.

— Sans aucun doute. Mes inspecteurs continuent d'enquêter sur la famille Salabrino, le mari en particulier…

Pradier, à son tour, livra ses informations. Antonella, au cours de sa garde à vue, avait évoqué un époux brutal dont elle s'était séparée depuis plusieurs années. L'homme entretenait des relations étroites avec la mafia, par l'intermédiaire du père d'Antonella, Vito Pisci, un parrain notoire. Il refusait le divorce et pas seulement pour des raisons religieuses.

— Sans doute serez-vous intéressé d'apprendre, poursuivit Pradier avec empressement, que ce Vito Pisci a été assassiné dans la cellule de sa prison en mars dernier alors qu'il était sur le point de se mettre à table !

— Drôle de famille ! Vous possédez des éléments qui vous laissent croire que…

— En effet. La prolongation de la garde à vue d'Antonella – je peux vous le dire maintenant que nous sommes déchargés de cette affaire – avait aussi pour objet de la mettre à l'abri. Nous pensions que ce Michele Salabrino, le mari, avait commandité l'assassinat de Montoison et s'apprêtait à supprimer celle qui restait son épouse.

— Vous étiez en avance sur moi ! L'avez-vous repéré, ce "Michélé" ?

— Non ! Mais nous avions saisi Interpol… Je doute maintenant que nos recherches aboutissent.

L'adjudant-chef incluait-il Anconi dans ce "nos" ?

— Et ce cardinal Rampolli ?

— Un oncle d'Antonella, du côté de sa mère. Elle lui est très attachée et réciproquement.

— Somme toute, vous ne croyez plus à la culpabilité de cette femme, maintenant ?

— En effet, reconnut-il. À moins que nous n'ayons affaire à une excellente artiste. La *commedia dell'arte* est bien d'origine italienne, *si* ? s'interrogea-t-il, imitant de façon surprenante l'accent transalpin.

— Reste le margoulin qui a escroqué Montoison avec sa fausse vente de terrain…

— L'avez-vous localisé, celui-là, Anconi ? demanda-t-il familièrement.

— On le dit au Mexique ou à Panama, Pradier, je ne sais plus exactement… Interpol s'en occupe aussi.

Au fil de l'entretien, les relations entre les deux hommes avaient emprunté un cours nouveau. Était-ce seulement corrélé au nécessaire abandon de leur enquête ?

— De toute façon, nous avons tous les deux les mains liées maintenant, non ? déplora le gendarme. Vous me téléphoniez pour m'informer d'autre chose ? reprit-il.

— En effet, merci de me le rappeler. J'ai tout lieu de penser que, sur des indications de mon fils, vos collègues de Charente-Maritime ont mis la main sur le voleur de palourdes du Croisic.

— …

Il s'expliqua : le briquet Bic, Jean à Port-des-Barques, le musée "Les Cabanes de l'Estuaire", le paquet de billets dans le camion Mercedes, tout le toutim.

Pradier le laissa parler.

Tout en s'exprimant, le commissaire imaginait son interlocuteur lissant sa moustache et rectifiant son uniforme.

— Les fric-frac de coquillages ne sont pas ma spécialité, conclut Anconi, aussi une collaboration entre nous pourrait-elle permettre de résoudre cette question. Les empreintes que vous aviez relevées chez le conchyliculteur, dont vous disposez…

— Félicitations, Comm…

— C'est surtout Jean, mon fils, qui…

Ils se confondirent en amabilités réciproques.

— Quelle brigade, en Charente-Maritime ?

— La maritime de Rochefort.

— Je les contacte immédiatement et vous tiens au courant. Ce serait une compensation à notre mésaventure Montoison ! ironisa-t-il.

Ils se quittèrent bons amis.

Dès qu'il eut raccroché, Christophe remit sa trieuse en route, la barbette dans les jambes.

— N'oublie pas que tu m'as promis de me l'amener, ce marchand de guano ! Je lui ferai bouffer toutes les coquilles que tu vois là !

Sur le sol, en effet, autour de la machine, les bivalves vides ne manquaient pas.

— Au fait, ta fameuse clef, est-elle arrivée à destination, la nuit dernière ?

— Facile comme tout ! Au poil ! Grâce à vous. Merci.

— Ce n'est rien. Dis-moi, je sème des coques dans un de mes parcs, cet après-midi, les conditions sont bonnes. Je t'emmène ?

— À quelle heure ?

— Dès qu'il y a assez d'eau dans le Traict. 15 h 30 ? Non, 16 heures !

Anconi réfléchit, récapitula les problèmes en cours. Il n'attendait rien d'immédiat et Lefebvre l'appellerait sans doute dès son retour de Neuilly, avant ou juste après déjeuner. Bolz courait après l'évêque Rampolli et Michele Salabrino. Côté gendarmes, les brigades du Croisic et de Rochefort s'occupaient de Pablo Iglesias.

Il se tourna vers son épouse. Christophe, sentant le commissaire hésitant, souligna :

— L'aventure, c'est l'aventure !

— Cela te changerait les idées, *mijn beminde*.

— Vaï, c'est d'accord. Merci pour la proposition.

Christophe haussa les épaules.

— Départ devant la capitainerie à 16 heures.

Il poursuivit sa tâche.

— Tu peux venir avec madame, ajouta-t-il.

Ils le laissèrent travailler, reprirent le chemin de la ville.

— En rentrant à l'hôtel, il faut que je prévienne Lefebvre et Bolz. Le directeur va probablement débouler et passer ses nerfs sur eux, si ce n'est pas déjà fait…

Ils évitèrent les quais trop encombrés, traversèrent

la place Dinan, gagnèrent la rue des Cordiers. Le bâtiment blanc “années 1930”, en béton, du marché couvert leur plut par l’inspiration Art déco de son architecture. Ils y entrèrent, se faufilèrent parmi les nombreux clients et firent le tour des étalages, s’extasièrent devant tous les fruits de mer. Les voix résonnaient sous la verrière. Une intense sensation de propreté se dégageait du carrelage métro des parois de l’édifice. Hilda ne put se retenir d’acheter un paquet de biscuits locaux.

Ils rebroussèrent chemin et rentrèrent par la rue du Pilori.

— Tu as remarqué le numéro 13 ? dit-elle en montrant une bâtisse à l’assise de grosses pierres surmontée d’un étage à colombages et briques. Madame Chapleau m’a appris que la plus ancienne maison du Croisic daterait du XIVe siècle.

— Tè, on conçoit bien que Montoison aimait se reposer dans cette vieille cité. Et qu’il ait souhaité y acquérir un endroit bien à lui.

Ils croisèrent le regard de madame Nédelec dans l’entrée de l’hôtel. Assise derrière le guichet, elle préparait une facture, de curieuses lunettes disproportionnées sur le bout du nez. Elle leva la tête, inquiète de l’humeur de ses pensionnaires.

— Agréable promenade ?

Elle s’empressa d’ajouter « Personne ne vous a réclamé ! », rougissant aussitôt de la hardiesse de son propos.

Dans la chambre, Anconi joignit le Quai, demanda Bolz. Il attendit plusieurs minutes, une tonalité bourdonnante dans l'oreille.

— Il est en ligne, Monsieur le commissaire, chuchota précipitamment une voix inconnue, pouvez-vous patienter ?

Deux cachous l'y aidèrent.

— Allô ? Patron ? Pardonnez-moi, notre directeur…

— Ah ! Trop tard, je voulais justement vous prévenir de sa colère…

— Quel savon ! Pfiou ! Il nous a totalement interdit d'enquêter sur la disparition de Montoison. Affaire classée, terminé, bonsoir ! Ordre formel de nous recentrer exclusivement sur la recherche du "grêlé" du 19e arrondissement. Qu'est-ce que je fais ?

— Profil bas, Petit. Laisse tomber Michele Salabrino pour le moment, contente-toi de relancer Interpol.

— Et pour le cardinal Rampolli, j'abandonne aussi ? espéra l'inspecteur. J'ai appris par les services de l'archevêché de Florence qu'il effectuait actuellement une retraite spirituelle à l'abbaye d'Einsiedeln, en Suisse allemande, près de Zurich. Je ne maîtrise pas l'allemand, Patron…

— Vaï, il y a tout de même bien quelqu'un au "36" qui parle cette langue ! Le cardinal, lui, comprend le français. D'après les gendarmes qui l'ont interrogée, Antonella serait sa nièce. Ce que je souhaiterais savoir, c'est pour quelle raison elle a appelé le prélat. De quoi avait-elle peur ?

Les réticences de Bolz se palpèrent dans le silence qui suivit. Arnaud-Fontaine, l'œil soupçonneux, hantait-il encore le bureau des inspecteurs ?

— Peut-être que le brigadier Schultz… ?

— Hopla, bonne idée, demande à Schultz ! s'exclama Anconi en imitant l'accent alsacien.

« N'oublie pas de rappeler à Lefebvre de me joindre dès qu'il rentre de Neuilly », recommanda-t-il avant de remercier son collaborateur et de couper.

Hilda, assise sur l'appui de la fenêtre, avait saisi l'essentiel du dialogue.

— Ton directeur ?

— Ce bras cassé, il est descendu de sa tour d'ivoire pour briser les amandons de mes inspecteurs !

— Il en faut davantage pour dissuader le commissaire ! marmotta-t-elle finement. Tu sais qu'il est déjà l'heure du déjeuner ?

Ils choisirent la terrasse, s'installèrent sous le velum, car le soleil tapait dur. La faible brise venue de l'Est ne suffisait pas à rafraîchir l'atmosphère. Ils commandèrent tous les deux des morgates à l'armoricaine. Anconi "tomba la veste" et abandonna exceptionnellement le muscadet pour une carafe de rosé, autant par nostalgie de ses origines que "pour faire vacances au soleil".

Nul n'interrompit leur repas et madame Nédelec

crut même que la mystérieuse enquête de son pensionnaire était terminée.

— Pour le dessert, Messieurs-Dame, que prendrez-vous ? J'ai de superbes fraises…

Hilda se laissa tenter.

— Au sucre ou à la chantilly ?

Lui commanda un énorme sorbet et ajouta : « Délicieuses, les morgates ! »

Ils suivaient des yeux les quelques promeneurs qui cherchaient encore une table disponible. Les terrasses bondées respiraient la détente. La circulation se raréfiait.

Lefebvre se manifesta alors que le commissaire finissait de siroter son café. Il monta répondre à l'appel dans la chambre.

— Tu as déjeuné, au moins, Petit ?

— Oui, oui, un sandwich à la brasserie du Quai. Il fait chaud aussi chez vous, Patron ? Ici c'est étouffant.

— Tè, je ne voudrais pas te donner envie… alors ?

— Je rentre tout juste de Neuilly. J'ai choisi le bus pour éviter la moiteur des couloirs du métro et surtout me remettre de mes émotions.

Lorsqu'il avait sonné au 11 bis du boulevard Richard-Wallace, Juliette, la domestique, répondit à l'interphone. Il s'était présenté, mais s'entendit rétorquer, après un délai interminable : « C'est que Madame dort encore, Monsieur. » Son insistance, qu'il justifia par une « démarche de la plus haute importance » surmonta les réserves convenues de la jeune fille.

« Au sixième étage, Monsieur.

— Oui, merci, je sais, je…

— Ah ! vous êtes le sympathique policier que m'a décrit Madame, alors ? »

Lefebvre avait failli repartir, expliqua-t-il à Anconi. Le marbre du hall, la rutilance des miroirs gigantesques et le frou-frou à peine audible de l'ascenseur avaient aggravé son malaise et ses appréhensions.

« Pourquoi n'en vient-il pas au fait ? » s'interrogea le commissaire, intrigué.

— Juliette m'installa dans une sorte de vestibule, me demandant d'attendre que « Madame se prépare ». Au bout d'une demi-heure, j'ai quitté ma chaise et pénétré plus avant dans l'appartement, histoire de me faire reconnaître. Et là, devinez !

— C'est du Courteline, ton histoire, Petit !

— Cela faillit tourner au drame antique, Patron !

— …

— Hortense était installée dans un petit salon, en compagnie d'un homme. Ce dernier paraissait exaspéré. Le visage rouge, raide dans son costume noir, il semblait exiger quelque chose qu'il n'obtenait pas. Madame Montoison, de son côté, restait totalement insensible, enveloppée dans une robe de chambre rose avec un col en fausse fourrure, voyez le tableau ? Par contre, pour une femme sortant du lit, son maquillage, un peu excessif d'ailleurs, resplendissait. Elle se tenait, la tête en arrière, nullement impressionnée, hautaine et méprisante. Pour une veuve, pas éplorée du tout ! Et toujours son parfum étouffant !

— Que voulait le bonhomme ? Un soupirant, à ton avis ?

— Absolument pas le genre. Il me tournait le dos de sorte que j'ai pu comprendre le sujet de son irritation : il réclamait la clef du coffre-fort ! Elle répondait invariablement, « mais je n'ai de cesse de vous répéter que seul mon mari en possédait une ! »

— Dieu garde ! Quel guêpier !

— Vous l'avez dit. Je reculais déjà vers la porte lorsqu'elle m'aperçut. Elle m'interpella d'un « Cher ami, vous me voyez dans l'embarras, je ne puis vous recevoir. » Elle me présenta comme un neveu venu de province, réclama à Juliette de quoi écrire et me fit passer un billet sur lequel était inscrit « *Revenez dans trente minutes*. » L'homme en noir me dévisageait soupçonneusement, croyant sans doute avoir affaire à un gigolo. Je me trouvais planté comme un grand nigaud.

— Tu me fais couler l'eau, Petit. Ensuite ?

— J'ai traversé le boulevard, tourné dans le bois de Boulogne, jusqu'au pont de Puteaux. Puis je suis revenu guetter l'entrée de l'immeuble, caché dans un buisson comme un scout en épreuve. Bref, j'ai vu le gars sortir et monter dans une R12 noire. Un autre type l'y attendait. Ils ont exécuté un demi-tour sur le boulevard et ont filé vers la porte Maillot. J'ai réussi à relever le numéro. Je me suis précipité vers une cabine téléphonique.

— Quelle histoire ! Alors ?

— Le véhicule appartenait à la rue des Saussaies !

— Encore les Renseignements généraux ?

— Tout juste !

— Tu es remonté voir ta copine Hortense ?

— Ne vous moquez pas, Patron, je m'en serais bien passé. Elle m'attendait, toujours attifée de ses fanfreluches roses. Il m'a fallu déguster une tasse de thé, l'anse entre le pouce et l'index, moi qui déteste ce breuvage et manger des petits gâteaux avant de parvenir à l'essentiel.

— Tu me fais peur, Petit !

— Ne vous méprenez pas, Patron. Lorsque je lui ai livré le but de ma visite, elle m'a conduit jusqu'au bureau de “feu son pauvre Édouard”.

— …

— Eh bien, vous aviez raison. La clef correspondait parfaitement. Elle a ouvert le coffre-fort de Montoison !

XV

Le vieux coffre Haffner contenait seulement deux choses : une chemise toilée de couleur mastic, fermée par une sangle et un carnet noir Clairefontaine, petit format et grands carreaux.

— Le fameux carnet noir ! Tu as pu le consulter ? avait anxieusement demandé le commissaire.

— Non ! Mieux ! Hortense Montoison a feuilleté nonchalamment les documents, me les a rendus. Elle s'est penchée vers l'intérieur du coffre, en a tâté les parois. Pour moi, elle espérait y trouver des titres, ou plutôt de l'argent. Elle m'a seulement fait promettre de ne surtout pas les confier aux “croque-morts” qui la harcelaient, tel « le barbon que vous venez de croiser ce matin ; consultez-les, vous me conseillerez sur ce qu'il conviendra d'en faire ». J'étais affreusement gêné.

— Pas d'erreur, Petit, elle voulait te tenir les pieds au chaud.

— J'ai dû promettre, Patron… et convenir d'un rendez-vous, un soir, au bar de La Coupole…

— Tu y enverras Arnaud-Fontaine ! s'était esclaffé Anconi.

Il peina à apaiser son inspecteur, pour l'heure imperméable à l'humour.

— Que contiennent ces documents ? Y as-tu jeté un coup d'œil ?

— Je les ai feuilletés dans le bus qui me ramenait. J'en ai loupé ma correspondance. Quand j'ai levé la tête, j'étais gare Saint-Lazare, il m'a fallu attendre le “27” pour rejoindre enfin “la maison”. Je viens d'arriver.

— Oh, pauvre ! À première vue, des choses intéressantes ?

— “Bah dis, j'comprends !” s'exclama Lefebvre, retrouvant ses expressions normandes. Le carnet est rempli de notes écrites en biais à la va-vite, accompagnées d'une date. J'ai consulté les derniers mois.

Il lut.

— Au « *vendredi 21 mars 1986* » :

« *Rencontré P.-G. Courtaix à la brasserie Lipp. Nie toute escroquerie. Possède procuration et copie chèque de banque. A montré ma lettre donnant mon accord pour transaction. Menace d'informer ministre si plainte déposée contre lui. Lui ai opposé refus notaire Batz-sur-Mer, mais absence d'écrit. Décidément dangereux. Gardé note du déjeuner.* »

— Le torchon brûlait entre les deux hommes !

Lefebvre acquiesça et reprit. Anconi entendit le froissement des pages.

— Au « *mardi 24 juin* :

« *Téléphoné Premier ministre. Information donnée concernant vente avortée Le Croisic. Ai cité P.-G.*

Ai transmis éléments compromettants pour le gouvernement touchant affaire Carrefour du développement et organisation sommet franco-africain de Bamako. »

— Petit ! Ces notes sont de la dynamite ! Montoison ménageait ses arrières et contre-attaquait vigoureusement.

— Il y a tout un cahier de ce genre d'observations, griffonnées et datées. Impossible de tout vous lire au téléphone. Je vous propose, Patron, de trier les "mémoires d'Édouard" avant d'en établir des copies. Je vous faxerai ce qui pourrait se révéler instructif.

— Cocagne ! En tout cas, des menaces de Courtaix à son encontre paraissent claires. Un Montoison embrigadé dans une affaire louche dont il semblait vouloir se défendre. Et la chemise toilée, que contient-elle ?

— Peu de chose. Ah ! Une lettre de… de P.-G. Courtaix ! Je vous la lis :

« *Cher ami,*

Comme je vous l'ai évoqué cet été, j'ai découvert au Croisic un terrain qui devrait vous intéresser au plus haut point.

Sa position correspond parfaitement à vos souhaits, me semble-t-il : face à la mer, absence de voisinage, grande surface et prix très attractif. La vente pourrait se conclure dès le début de l'année prochaine, au retour du propriétaire actuellement en mission à l'étranger.

Nous en reparlons, à votre convenance.

Votre ami, etc. »

C'est daté du 9 septembre 1985, à l'en-tête de la Société immobilière française…

— 93, rue Lauriston, Paris 16e, l'interrompit Anconi. Tu tiens là le début des embrouilles de notre conseiller ! Confie ce dossier à Bolz, charge-toi du carnet. Et rappelez-moi. Parole, tu tiens dans les mains ce qui a conduit Édouard à la mort. Il devenait dangereux… un homme à abattre ! Les RG tentent ensuite de faire le ménage et d'effacer les traces. Au travail, les petits !

— Mais… le directeur ? Il est à cran ! Il nous a à l'œil.

— On va bientôt lui servir une bouillabaisse dont il nous remerciera ! Alors, prétextez des recherches dans des commissariats d'arrondissement, emportez tes trouvailles et travaillez dans la brasserie du quartier. Arnaud-Fontaine ne vous y dénichera pas, il ne boit que de l'eau plate ! Et jamais entre les repas !

Ces paroles ne rassurèrent pas totalement l'inspecteur. C'pendant, l'enthousiasme de son supérieur eut raison de ses réserves.

— Tu as rapporté de l'or dans ton filet, Petit. Bravo !

— Merci, Patron. Je vous rappelle ce soir.

Hilda l'avait rejoint dans la chambre. Elle n'entendit que la fin de la conversation et fut frappée par la fièvre qui animait son mari.

— Hilda, nous tenons le bon bout !

Il lui détailla le contenu du coffre-fort de Montoison, la découverte du carnet noir, les menaces et les contre-attaques du conseiller, embourbé dans son affaire de terrain.

— Voilà ce que je pense : ce Pierre-Guillaume lui a tendu un piège en lui laissant miroiter cet achat de propriété. Sans doute agissait-il pour le compte de quelqu'un souhaitant la chute de Montoison, pressenti pour Matignon. Un politique, très probablement, gêné par cette nomination. Peut-être découvrirons-nous son identité dans le Clairefontaine conservé boulevard Wallace. Son élimination est décidée ou largement suggérée. Des barbouzes, avertis par le chauffeur de son déplacement au Croisic, se chargent de l'affaire. Je soupçonne les Renseignements généraux d'être fortement impliqués, d'ailleurs on les retrouve à Neuilly au domicile de la victime et au Croisic à Ker Bellech. Ils cherchent à nettoyer les traces et récupérer le carnet noir, par tous les moyens, d'où le saccage de la villa et leur insistance à réclamer la clef du coffre de l'appartement du boulevard Wallace. Tout se tient, non ?

— Et Antonella, dans ton scénario ? Et la mafia ? opposa Hilda.

— Meurtrière, je n'y crois guère. Complice ? La mafia aurait assuré le "travail"… ? Ou à son insu, en échange d'un autre "service" inavouable.

— Et comment prouver tout cela, seul contre tous ?

— Te souviens-tu de l'affaire du Watergate ? Deux journalistes du *Washington Post* bien informés… *Le Canard enchaîné* pourrait s'y intéresser, par une source anonyme.

— Tu me fais peur, *mijn beminde*. Aucune nouvelle de Jean ni des gendarmes ? demanda-t-elle pour dévier la conversation.

— Tiens. Non. Tu as raison. Dis-moi, il est bientôt l'heure de rejoindre Christophe pour ensemencer ses parcs.

Ils sortirent. Le vent avait tourné à l'ouest, de fins nuages apparaissaient au loin, au-dessus de Pen Bron. Le Grand Traict se ridait sous l'effet des risées. C'est encore plein des révélations de Lefebvre que le couple Anconi rejoignit, à l'heure convenue, la place de la Croix de Ville. Christophe arriva en même temps qu'eux, suivi de son inséparable barbette noire.

Il les accueillit, présenta ses comparses, trois jeunes gars qui se partageaient une cigarette roulée. Il descendit par l'échelle de fer jusqu'à son chaland d'aluminium, amarré à deux bittes. La barbette piaffait sur le quai, impatiente, prête à sauter en contrebas.

— X, non ! X, tu attends !

Puis s'adressant à ses visiteurs, il cria :

— Je vous prends un peu plus loin, à la cale de mise à l'eau. Attention, ça glisse !

Ses acolytes libérèrent les haussières, Christophe écarta le bateau du quai, en marche arrière, contre le flot, manœuvra en un large cercle en raison du courant et s'approcha habilement de la descente jusqu'à la toucher.

La chienne sauta la première et se posta à l'avant, le museau au vent, rassurée de participer à l'expédition. D'un bond, chacun gagna le bord et dut gravir l'énorme tas de naissains de coques blanches afin de rejoindre le poste de pilotage, à l'arrière. Les pieds s'enfonçaient dans les coquillages en émettant un bruit de gravier remué.

— Il y en a quatre tonnes ! indiqua Christophe, tout en éloignant le chaland.

Ils gagnèrent le large. Le navire glissait sans heurt, faisant clapoter les maigres vaguelettes sur son avant. Les comparses préparaient leurs grandes pelles, qu'Anconi compara à celle que l'on utilise pour déneiger.

Christophe expliqua que la culture de coques ne se pratiquait en France qu'au Croisic. Deux années se révélaient nécessaires avant de les récolter. Partout ailleurs, elles étaient pêchées à pied sur des sites sauvages.

Il précisa les conditions des semis :

— Étale de marée haute et petit coefficient. Sinon le courant te les embarque chez le voisin ou Dieu sait où et je n'y tiens pas ! On les sème par-dessus bord, elles se posent au fond et s'enfouissent toutes seules.

À l'approche de son parc, délimité par plusieurs piquets qui dépassaient largement de l'eau, il se tut et mit ses gars en alerte.

— Top ! Allez-y !

Tandis que le chaland poursuivait son cap, les jeunes coques passaient par-dessus bord, à grandes et énergiques pelletées, criblant la surface de l'eau. Des oiseaux de mer survolaient le sillage, tournaient et piaillaient, intrigués et agacés de leur insuccès à becqueter une quelconque pitance. La chienne X surveillait la manœuvre, tel un pilote à l'avant de l'embarcation, la truffe au vent.

Au poteau suivant, Christophe cria « Stop ! » et les pelles s'immobilisèrent en l'air. Les allers-retours se poursuivirent sur la zone, le tas de coquillages s'amenuisait à chaque passage.

— À qui peut-on écouler une tonne et demie de palourdes volées ?

Christophe haussa les épaules :

— Facile ! À un autre éleveur ! À un autre acheteur !

Après quarante-cinq minutes d'effort, le balai eut raison des derniers bivalves, histoire de mettre le pont “nickel”.

— On rentre, les gars !

Anconi et Hilda, derrière le barreur, avaient suivi l'opération, qui avait duré moins d'une heure. Ils posèrent des questions, sans doute naïves. Pour un peu, l'expédition leur aurait fait oublier Montoison. Le Croisic, vu de cette mer intérieure, revêtait un tout autre aspect que celui auquel le terrien était habitué. L'alignement de tous les quais devant sa rangée de maisons étroites et hautes, ses bateaux amarrés, le clocher se découpant derrière, le clapot du Grand Traict, l'œil embrassait l'ensemble. Les lumières, les multiples petits bruits venus de la mer, la brise sur leur visage, les odeurs salées, tout leur plut dans cette expédition, jusqu'au ronronnement du moteur du chaland.

Ils rejoignirent la cale.

— Arrosons cela ! Maintenant que nous sommes des “frères de la côte”, laissons-les “vous” au vestiaire, tu veux bien ?

Où Anconi avait-il lu que la mer rapprochait les êtres plutôt que les éloigner ? Hilda et lui acceptèrent volontiers.

Tous s'installèrent au Café de la Marine. Un individu s'approcha d'eux, gesticulant et parlant tout seul.

Il commença à les invectiver. Christophe le rembarra :

— Eh ! Jojo le sourd, va plutôt enquiquiner Chatmiret et l'empêcher de faire peur aux enfants !

Le parqueur expliqua qu'il s'agissait de deux personnages originaux, bien connus des Croisicais.

— Chez nous, il en existe des pareils, ils ne sont pas tous enfermés à Sainte-Anne, assura Anconi, goguenard.

Les hommes commandèrent un demi, Hilda un jus d'abricot. Sans qu'ils s'en rendent compte, le ciel s'était couvert progressivement. Un temps calme.

— Comment te remercier de nous avoir fait partager cette aventure ? Nous n'avions aucune idée de…

Hilda renchérit. Christophe cacha sa fierté derrière un haussement d'épaules et une moue faussement bourrue.

— Ce n'est rien, affirma-t-il. Du nouveau depuis ce matin, dans les Charentes ?

— Pas encore. Tu seras le premier prévenu !

Ils trinquèrent, parlèrent de leurs métiers respectifs, des coquillages et des flics, de la peinture et de la Hollande, de Zeeland amarrée quai Kœnig.

— Non ! Vous habitez dans une péniche ? Pas étonnant que vous ayez le pied marin. Je me disais aussi…

— La Seine, ce n'est tout de même pas l'Atlantique…

Ils se quittèrent.

— Merci infiniment pour la promenade. Tu es chez toi, ce soir ? demanda le commissaire.

— Oui, sûrement.

Le policier promit de le tenir au courant au sujet de son voleur.

Il le suivit des yeux jusqu'à sa R4. X sauta dedans par le hayon arrière.

— Si nous rentrions, *mijn beminde* ? Avec mes pieds mouillés, je frissonne un peu, maintenant.

Anconi s'aperçut que ses chaussures étaient tout aussi trempées. Il releva le col de son vieux cuir, pressa le bras d'Hilda.

— L'aventure, c'est l'aventure, plaisanta-t-il en imitant la voix ferme de Christophe. Te rends-tu compte de la chance extraordinaire qu'il nous a accordée ?

— Magnifique ! Si j'essayais d'en faire un tableau : *Semailles sur le Grand Traict*, avec Le Croisic en arrière-plan. Qu'en penses-tu ?

— Excellente idée. Tu lui offriras, en remerciement ?

Le vestibule de l'Hôtel de la Criée était désert. Ils montèrent se changer.

Jean se manifesta tandis qu'ils se reposaient dans leur chambre ; Anconi plongé dans les aventures maritimes du Kurun, s'était endormi, ses cachous à portée de main. Hilda lisait son magazine féminin lorsque la sonnerie grelotta.

— Maman ?

— Tout va bien ? s'inquiéta-t-elle aussitôt.

— Oui, oui ! Je souhaitais informer Papa.

Hilda secoua son mari, que le timbre du téléphone

n'avait pas réveillé. Le livre tomba de ses mains, la boîte de cachous également. Elle lui apporta le combiné au bout de son fil.

— C'est Jean.

— Ah ? Oui…

— Les gendarmes ne t'ont pas prévenu ?

— Euh, jamais de la vie, bégaya-t-il, la bouche pâteuse. Que se passe-t-il ?

— Pradier t'appellera très certainement. La brigade de Rochefort passe la main à celle du Croisic où a eu lieu le larcin, d'autant qu'ils ne disposaient toujours pas des empreintes relevées sur le tracteur. Ils se sont arrangés ensemble. Le type qu'ils ont arrêté nie s'appeler Pablo Iglesias et se révèle incapable d'expliquer la provenance des billets de banque découverts dans son véhicule. Il s'évertue à faire semblant de ne pas comprendre le français. Dans ces conditions, les gendarmes souhaitent le confronter à Peupeu, le collègue de Christophe chez qui il travaillait depuis peu.

— Il fume ?

— Oui. Probablement. Des paquets de tabac à rouler ont été trouvés dans le fourgon.

— Le propriétaire du véhicule, ce Sánchez, sait-on où il est ?

— Non. Le gars sera transféré ce soir au Croisic, le temps de régler les problèmes de paperasse.

— Tè, avec cette histoire, tu as passé toute ta journée à la gendarmerie ?

— Oui, mais cela n'a pas été inutile ! Mes huîtres peuvent attendre, là où elles se trouvent.

Manifestement l'affaire l'avait intéressé, par solidarité avec sa profession, mais aussi en digne fils de commissaire.

— Dis-moi, "Petit", lui demanda Anconi comme s'il appartenait à "la maison", je suppose qu'il existe de nombreuses conserveries, dans ta région ?

— Oui, cependant rien à attendre de ce côté-là. Les gendarmes maritimes tenteront de déceler des approvisionnements occultes, mission presque impossible. Pareil pour les parqueurs, locaux ou pas. Une chose demeure certaine, ce n'est pas moi, "Patron" !

Il ponctua sa dernière phrase d'un grand rire qu'Hilda perçut à l'autre extrémité de la chambre.

— Et pour mon mort, tu progresses ? ajouta-t-il lorsque son hilarité se fut tarie.

— Montoison ne s'est pas supprimé, je dispose d'éléments probants pour l'affirmer. Il a été victime d'un piège, tendu pour briser sa carrière politique et simuler un suicide. Un scandale d'État ! Dans ces cas-là, les portes se ferment, les preuves s'envolent, la police est priée de regarder ailleurs, sinon gare ! Arnaud-Fontaine, mon cher directeur, fait dans sa culotte, craint pour sa tête et menace la mienne ! Nous sommes propres, les soldats !

— Tu ne laisses pas tomber, tout de même ?

— Tè, que veux-tu que je fasse ? Je nage à contre-courant !

— As-tu une idée de l'identité du commanditaire ?

— Hélas non. Vois-tu, le coup vient de très haut.

— Les journalistes ? insista Jean.

— J'y ai songé. Dangereux ! objecta-t-il en gobant un réglisse.

— Si tu glissais dans l'oreille d'un éditorialiste que l'auteur du courrier publié par l'AFP ne s'appelle pas Montoison ? De façon anonyme, bien entendu. Les chroniqueurs iront vérifier. Toi, tu restes en dehors. Et l'affaire prendra un autre tour.

— Tè pardi ! Tu as raison. Il me vient une meilleure idée encore ! Merci, Jean, sans toi… Je te passe ta mère. Merci, Petit !

Le commissaire posa le combiné et quitta précipitamment la chambre. Il descendit l'escalier quatre à quatre, chercha madame Nédelec.

— J'ai besoin de vous ! claironna-t-il.

Sa demande étonna beaucoup l'hôtelière. Elle obtempéra pourtant vivement, tellement Anconi semblait enfiévré.

Sans même avertir Hilda, il sortit, se hâta vers le tabac-presse. Il s'y procura deux boîtes jaune et noir, mais aussi un bloc de papier machine et des feuilles de carbone.

— Les semailles se sont bien passées ? demanda la buraliste.

— Bonne Mère, nous sommes ravis de l'aventure !

Il revint en courant, le regard lointain, inattentif au brouhaha de la rue.

— Souhaitez-vous vous installer dans le petit salon ? À cette heure de la journée, il n'y a personne, vous y travaillerez tranquillement sur le bureau de pente.

Il déclina poliment l'offre et se vit confier une mallette bleu pâle.

— J'espère que cela vous conviendra. Elle n'a pas fonctionné depuis longtemps, celle-là.

Il regagna la chambre.

— Où étais-tu passé, *mijn beminde* ?

Il lui expliqua son dessein, tout en déballant une rutilante Olivetti Lettera 35. Il introduisit deux feuilles de papier et un carbone, fit tourner le rouleau, frappa quelques lettres.

— Très bien. Juste ce que je voulais, apprécia-t-il.

Hilda intervint, mit en avant les risques de son entreprise. Le commissaire évacua d'un revers de main tous ses avertissements comme d'inutiles arguties.

— Ne sois pas si inquiète.

Il empoigna le téléphone, composa le numéro de la brasserie du Quai, demanda l'inspecteur Bolz.

— Oui, Patron ? Lefebvre m'a confié le dossier. J'ai plongé dedans. Par ailleurs, j'ai…

— Bien. Je ne t'appelle pas pour cela, Petit. Écoute-moi bien : d'ici une heure, tu recevras quelques feuilles dactylographiées que je prépare. Je veux que, dès qu'elles sortiront du téléscripteur au “36”, tu les portes à l'AFP. Tu écriras sur l'enveloppe, « *Suicide Montoison – Urgent* ». Ne confie la mission à personne, cours toi-même jusqu'à la place de la Bourse. Tu déposes à l'accueil et tu files. Mets un casque de motocycliste sur la tête, comme un coursier qui n'aurait pas le temps de le retirer entre deux livraisons.

— Vous m'aviez demandé de…

— Plus tard, Petit, plus tard. Arnaud-Fontaine ne traîne plus dans vos jambes ?

— Non. Le bruit circule qu'il a été convoqué chez le ministre.

Une telle nouvelle aurait dû réjouir le commissaire. Il y resta pourtant indifférent.

— Je te rappelle juste avant de t'envoyer les feuillets. Tiens-toi prêt !

Il frappa et frappa encore le clavier de la frêle Olivetti. Le cliquetis de la petite machine emplit la chambre, par saccades, sous l'œil inquiet d'Hilda. Le sol fut rapidement jonché de papiers froissés ou déchirés. Les cachous défilaient, les onomatopées et les jurons marseillais également.

En définitive, après une heure d'efforts, un « Zip ! » libérateur livra la version finale. Le commissaire, tout gai, tendit quelques feuillets à son épouse.

— Vé ! Voudrais-tu me dire s'il manque quelque chose ?

Hilda lut. Pendant ce temps, il rejoignit l'appui de la fenêtre. De nouveau, le ciel s'était dégagé, la grisaille s'était dissoute. Pourquoi sourit-il en imaginant tous les nuages croisicais, portés par les vents d'ouest, s'agglutiner au-dessus du bassin parisien ?

— À qui destines-tu ce réquisitoire ?

— À l'AFP, votre honneur ! ricana-t-il.

— Je comprends que tu ne le signes pas. Une vraie bombe ! Tu ne penses pas que certains regards se tourneront vers toi ?

— Tu sais ce qu'on dit, à Marseille ? « Mouillé pour mouillé, mieux vaut pisser dans le pantalon ! »

Anconi décrochait déjà. Bolz devait attendre, car il l'eut presque aussitôt en ligne.

— J'envoie la sauce, Petit !

— Oui. Je suis devant le téléscripteur avec mon enveloppe. On m'a prêté un casque, Patron ! claironna un inspecteur au ton étonnamment détendu.

Ne se forçait-il pas à jouer les affranchis ?

— Juste une information avant de galoper jusqu'à l'AFP.

— Importante ?

— Vous m'aviez demandé d'enquêter sur ce cardinal Rampolli… Schultz…

— Alors ?

— Il dirige le diocèse de Florence, vous le saviez. Le prélat a pris Antonella sous son aile depuis la mort de sa mère, dont il était le frère. Il lui a conseillé de fuir cet époux mafieux que lui avait imposé son père…

— Tu me donneras les détails plus tard. Je vois qu'il se situe du bon côté de la force. Merci à toi et au brigadier Schultz. Maintenant, file, Petit !

Le commissaire emporta ses écrits. Il tremblait légèrement en manipulant le téléscripteur.

Il retrouva son épouse, la prit sous son bras et l'emmena dans le dédale des vieilles rues du Croisic. Il ne cachait pas sa satisfaction. L'esprit détendu, il profita en touriste de la promenade dans cette cité chargée d'histoire.

Au dîner, il commanda deux coupes de champagne.

— Que fête-t-on ? Ton renvoi de la PJ ? le taquina Hilda.

Le lendemain, ce qui brutalement devint "L'affaire Montoison" s'étalait dans tous les quotidiens parisiens. Si les gros titres variaient, « *Mort de Montoison, les révélations* », « *Un mystérieux informateur* », tous jetaient une forte suspicion sur la version officielle. Alors que la disparition d'un banal conseiller ministériel commençait à se diluer dans l'actualité, un scandale naissait. Cet homme, connu seulement des milieux initiés, surgissait en pleine lumière.

Tous les articles reprenaient les termes du mémorandum d'Anconi.

Personne n'y était accusé, le rôle des RG nullement

évoqué. Ni Hortense Montoison ni Antonella Salabrino ne se trouvaient citées, pas plus que Pierre-Guillaume Courtaix. Chacun s'appliquait à préciser que les sources provenaient d'un courrier anonyme reçu à l'AFP dans la soirée du 8 juillet.

Le commissaire se délecta particulièrement de l'un d'eux :

« *Conseiller Montoison : suicide ou accident ?*

La mort du conseiller ministériel Édouard Montoison pourrait être reconsidérée à la lumière d'éléments nouveaux. L'analyse, par des spécialistes, de la lettre-confession parvenue à l'Agence France-Presse le vendredi 4 juillet suggère que ce courrier n'est pas authentique… »

Les circonstances de la découverte du corps et l'aspect tuméfié du visage étaient rappelés. L'article énumérait ensuite longuement les particularités dactylographiques révélant que la lettre avait été tapée par d'autres mains que celles de la victime. La signature elle-même semblait avoir été soigneusement imitée. Le rédacteur soulignait l'extrême rapidité du rapatriement du corps à Paris, au grand étonnement du professeur de médecine légale du CHU de Nantes, chargé initialement des constatations par le procureur. Il relevait également l'absence surprenante d'autopsie, contrairement à la procédure habituelle en cas de mort violente, précisant que la famille ne s'y était pourtant pas opposée.

Le papier se terminait par une question et une remarque sibyllines :

« *La confession aurait-elle été dictée à un proche ou à une secrétaire ? En ce cas, nous imaginons le trouble qu'a dû ressentir cette personne.* »

Dans tous les quotidiens, les journalistes s'interrogeaient sur l'identité de la source anonyme. Les hypothèses les plus folles surgissaient sous leur plume.

Anconi était aux anges. Hilda le contemplait avec complaisance, comme on regarde un enfant qui vient de commettre une petite bêtise.

XVI

Pradier se manifesta dès le matin. Le procureur lui avait confié l'enquête sur Pablo Iglesias. La brigade maritime de Saint-Nazaire, envoyée en renfort à Douarnenez pour assurer la sécurité des Fêtes de la mer devant rassembler quatre cents bâtiments et des milliers de spectateurs, ne disposait plus d'effectifs suffisants.

Celle de Rochefort, de son côté, multipliait ses contrôles à la recherche de Sánchez et des trafics de coquillages dans leur secteur. Un travail de fourmi et de longue haleine.

L'adjudant-chef proposa à Anconi d'assister au premier interrogatoire du suspect. Il avait été transféré dans la nuit. On attendait un interprète, car le bonhomme refusait toujours de répondre, prétendant ne pas comprendre en répétant « *no entiendo* » à chaque question. Peupeu devait passer pour identifier formellement son employé.

— Avec plaisir, Vieux ! En simple spectateur, bien entendu.

— Avez-vous lu les journaux, ce matin ?

— Oui. Un joli pavé dans la mare !

— Qui l'a jeté, selon vous ?

— Allez savoir ! Je me demandais si cela ne venait pas de vous… plaisanta le commissaire d'un ton badin.

— Ah ! Ah ! J'ignorais même le caractère apocryphe du courrier de Montoison ! s'esclaffa-t-il. Et vous me voyez courir à l'AFP ?

— On vous a retiré l'affaire, on vous a contraint à relâcher Antonella Salabrino. Tentant de jeter un peu de sable dans les engrenages pour soulager les nerfs, non ?

— Comme pour d'autres, pas vrai, Commissaire ? Que va-t-il se passer, maintenant, selon vous ?

Anconi se lança dans une longue comparaison avec une fourmilière dérangée d'un grand coup de pied. Dans un premier temps survient une gigantesque pagaille. Sauve qui peut ! Ensuite, très rapidement les petits insectes sociaux se réorganisent, ensemble. Les humains ne se comportent pas de la même manière. Pendant la première phase, la panique les conduit à des erreurs de jugement, des actes d'autoprotection, des dénonciations. Contrairement au monde solidaire des fourmis, il n'y a pas de reconstruction conjointe. On cherche un responsable, on le désigne, il devient vite un coupable, on le condamne. Après, chacun rentre chez soi.

— Nous suivrons le feuilleton à la télé, conclut le gendarme et nous resterons dans nos coquilles.

— Les empreintes relevées à Ker Bellech ontelles parlé ? poursuivit le commissaire.

— Aucune, en dehors de celles de Montoison, de sa maîtresse et du gardien. Sans oublier les vôtres, sur le téléphone. Ceux qui ont ravagé la villa portaient des gants. Des professionnels.

— Pourquoi Antonella nous avait-elle baratinés avec ce kidnapping ?

— Elle n'a pas menti, elle y croyait réellement. Lorsqu'elle a appris le décès d'Édouard, elle s'est effondrée de chagrin. Sans son oncle le cardinal, je me demande ce qui se serait produit. Elle a pu se sauver avant leur arrivée. Pour moi, la mafia a éliminé Montoison et elle s'apprêtait à procéder de même avec sa maîtresse. Les ponts étaient rompus. Elle avait fui le mari, le parrain et l'Italie. Elle en avait peur.

— Mais pourquoi dans ce cas, les autorités s'acharnent-elles à affirmer le suicide ?

— Je l'ignore, Anconi. Pour détourner les soupçons ? De toute manière, cela ne nous concerne plus. Je vous attends à la gendarmerie.

— À tout à l'heure.

Le commissaire ressentit une bouffée de honte à n'avoir pas révélé l'existence de ce carnet noir qui, pour lui, jouait un rôle dans la disparition du conseiller ministériel. À peine avait-il raccroché que le téléphone sonna derechef dans la chambre. Hilda partit commander deux petits-déjeuners à madame Nédelec, s'excusant de ne pas descendre en raison des appels successifs que recevait son mari.

— Au moins pourra-t-il avaler un café.

Après Pradier, Bolz cherchait à le joindre, aussi fébrile qu'un jeune communiant.

— Patron ! C'est la révolution, ici ! Le Directeur enrage, une furie pas possible. Il nous a réunis, Lefebvre, L'Araignée et moi, dans une salle d'interrogatoire, à la première heure. Il nous a insultés, prétendant que par notre faute « sa tête allait tomber ». Il voulait savoir qui avait balancé les éléments confidentiels du dossier Montoison à l'AFP. Nous n'avons pas craché le morceau ni parlé de vous, bien entendu. Mais il se doute d'où vient le coup.

— Je m'attendais un peu à cela. Oh, pauvres !

— Vous l'auriez vu, le nœud papillon de travers, rouge jusqu'au sommet du crâne, les sourcils fixés en chapeau chinois ! Il hurlait, postillonnait, bégayait. Toute la PJ nous surveillait du coin de l'œil par les cloisons vitrées. Il a exigé que nous lui remettions immédiatement tous les documents relatifs au suicide d'Édouard Montoison.

— Fatche !

Anconi percevait la voix de Lefebvre, en arrière-fond.

— Rassurez-vous, Patron, nous avons prétendu ne rien posséder. D'ailleurs, c'est vrai, nous avons rapatrié l'ensemble au domicile de Lefebvre, y compris ce que j'ai porté à l'AFP hier à votre demande.

— Bravo, les enfants.

— Il nous a interdit de communiquer avec vous dorénavant. Il nous a promis le blâme et, s'il se voyait obligé de quitter ses fonctions, nos têtes tomberaient aussi.

— Paroles, paroles…

— Heureusement, il semblait patauger dans l'affaire. Nous avons eu l'impression qu'il venait à la pêche, pas vrai, Lefebvre ?

Le commissaire entendit le « Diou, ouais ! » de son autre inspecteur.

— Vous avez mis le feu aux poudres, Patron ! Le problème, c'est que nous ne pourrons plus décortiquer le “Clairefontaine” au bureau. Il nous a donné un boulot de chien, de la paperasserie par-dessus la tête. L'Araignée veut vous dire un mot…

— Bonjour, Monsieur le commissaire. Je suis ennuyé. Monsieur le directeur m'a convoqué, après la réunion houleuse avec vos inspecteurs. Il a tenté de me tirer les vers du nez. Il a eu vent de mon intervention à l'institut médico-légal, j'ignore comment. J'ai nié farouchement, un moment désagréable, je n'aime pas mentir. Il voulait savoir ce que j'avais déterré au sujet du conseiller ministériel. Je lui ai avoué que vous m'aviez effectivement interrogé à ce propos, mais que les archives ne possédaient rien concernant Montoison.

— Tu as bien fait, Vieux.

— Il m'a menacé des Bœuf-Carottes…

— Ne t'inquiète pas trop. Je le pense pour l'instant en trop mauvaise posture. Courbez le dos, les enfants.

Il distribua les encouragements et les remerciements à chacun d'eux, les assura de son soutien. Il ne fut pas persuadé d'avoir totalement tranquillisé l'inspecteur Bolz.

Le plateau du petit-déjeuner s'étalait sur le lit. Hilda lui servit une tasse de café, lui beurra une tartine.

— Tu as déclenché un bel esclandre, *mijn beminde*. Tchernobyl !

— But recherché ! Je compte là-dessus. Les journalistes vont assiéger le ministère d'Édouard, puis le gouvernement. Quelqu'un commettra une bévue. Dans ce genre de scandale, il se trouve toujours un gars qui tente de se dédouaner en débinant son collègue et qui parle trop. Il n'y a plus qu'à attendre.

Sa tasse à la main, il alla ouvrir la fenêtre de leur chambre.

— Un peu d'air pur nous procurera le plus grand bien. On étouffe, ici !

Les couacs graves et stridents des goélands pénétrèrent dans la pièce. Le vent souleva les rideaux. Sous un ciel tout bleu, les drisses claquaient sous la brise fraîche. Assis sur le lit, ils eurent l'impression de pique-niquer devant une dînette.

— Pendant que tu te rends à la gendarmerie, je vais faire les boutiques, annonça Hilda.

Ils partirent chacun de leur côté. Anconi s'était hâté de terminer sa toilette, de peur de devoir subir un appel d'Arnaud-Fontaine.

Il repéra de loin le drapeau, rue du Traict, face au Garage Moderne. Un bâtiment massif de trois étages, aux ouvertures ceintes de moellons de granit. Les volets bleus et la construction "carrée" sans fioriture se mariaient admirablement aux uniformes qui l'habitaient. L'estafette Renault attendait sagement sur le parking jouxtant l'immeuble.

Un jeune gendarme l'accueillit d'un impeccable garde-à-vous et le conduisit jusqu'au chef de brigade, au fond du couloir. Il régnait dans les locaux aux peintures défraîchies une odeur de renfermé et de tabac froid. Pradier quitta son bureau à caisson placé sous le portrait du président de la République feuilletant un livre, pour venir saluer son visiteur. Face à lui s'étalait une carte détaillée du canton du Croisic. Quelques chaises inconfortables complétaient le mobilier.

— Bonjour ! Entrez, Anconi. Désolé, nos locaux ne sont pas très accueillants…

— Adieu ! Rassurez-vous, c'est tout aussi vieillot au "36" !

— On nous promet une gendarmerie toute neuve.

— Pareil pour nous ! Peu de chance que nous ne connaissions cela avant la retraite !

Ils plaisantèrent tous les deux, se plaignirent des lenteurs, se moquèrent des engagements non tenus.

— L'interprète ne devrait plus tarder. Un café, en attendant ? L'appareil fonctionne assez correctement, en ce moment !

Il sortit, s'approcha d'un distributeur avec monnayeur, introduisit deux pièces.

— Lait ? Sucre ?

Un subtil coup de pied dans le bas de la machine favorisa la descente d'un gobelet, dans un bruit de balle de ping-pong. Un liquide brunâtre et mousseux s'écoula par saccades.

— Attention, il sort très chaud !

Ils retournèrent dans le bureau marqué « *Adjudant-chef Pradier* ».

Le chef de brigade présenta une grosse enveloppe à soufflet en papier kraft, la renversa.

— Voilà le contenu des poches de Pablo Iglesias. Son employeur, Peupeu, l'a formellement reconnu ce matin. Aucun doute.

De la main, il étala le tout, dégageant une odeur douceâtre. Anconi détailla le paquet de tabac Bergerac largement entamé, la machine à rouler les cigarettes, un carnet de papier OCB, l'arsenal classique du fumeur. Le porte-monnaie "fer à cheval" usagé ne contenait que de la bigaille française ainsi que trois billets de banque chiffonnés, l'un de cinquante francs, deux autres de vingt francs. Le commissaire s'attacha au "*Permiso de circulación*" établi au nom de Carlos Sánchez, domicilié rúa Leandro del Río Carnota, à Pontevedra. Il concernait un véhicule

Mercedes 409 D, immatriculé en date du 22 mars 1983.

— Ce Sánchez, on ne l'a pas trouvé ?

— La brigade maritime de Rochefort a gardé son permis de conduire, en raison de la photographie qui y figure. Elle le recherche activement. Mais il a peut-être déjà filé en Espagne. Je leur ai demandé de me confier le véhicule aussi, pour comparer les marques de pneus relevées, mais là…

— Là, quoi ?

— Soit il faut une autorisation pour le convoyer ici, question de responsabilité, soit il faut le transporter sur un plateau, ce qui engage des frais. Qui paiera ?

— Tè, nous ne sommes pas encore arrivés au Sanctus, comme on dit chez moi.

Anconi ramassa le fourbi dans l'enveloppe.

— Vous pouvez y ajouter le briquet, dit-il en sortant de sa poche le Bic trouvé dans le bassin de marée de Christophe.

— Ah, le fameux briquet ! Grâce à lui, le bonhomme a été retrouvé, nous le devons à votre fils.

Il le tourna dans ses doigts, lut ce qui restait de l'inscription : “*..s ....nes de l'Est.....*” Il lissa sa moustache, rectifia son uniforme.

— Il fallait y penser, convint-il, admiratif. À quoi tient notre métier…

— Les billets de banque trouvés dans le fourgon ?

— Je les ai mis au coffre. Dix mille francs en coupures de cent presque neufs. J'ai relevé les numéros au cas où. Certains se suivent, ce qui nous laisse une chance de pister leur origine.

— Ah ! Enfin un élément positif.

Un agent frappa discrètement à la porte.

— Chef ! L'interprète est arrivé.

Une femme attendait dans le couloir, souriante, le visage encadré d'une longue chevelure grise bouffante, lunettes d'écaille sur le nez. Pradier en maître de maison assura les présentations. La traductrice, Thérèse V., enseignait l'espagnol au lycée de Saint-Nazaire. L'adjudant-chef la remercia de sa collaboration, lui expliqua la situation en quelques mots. Tous se retrouvèrent dans la salle d'interrogatoire dans laquelle Pablo Iglesias était assis derrière une table en fer, menottes aux poignets.

Un homme d'une quarantaine d'années, le visage buriné et bronzé, habillé d'un tee-shirt à bandes bleues marqué « *Estrella Galicia* » et d'un jean usagé. Sa barbe mal rasée évoqua aussitôt à Anconi certaines physionomies des westerns de Sergio Leone. *Et pour quelques dollars de plus*, compte tenu des circonstances ?

— *¡Hola!* commença madame V.

Suivit une longue phrase en espagnol dans laquelle chacun devina qu'elle expliquait les raisons de sa présence. Puis elle entama son interrogatoire, traduisant les questions de Pradier.

Comme toujours, tout commença par les rituels d'identité.

— Iglesias Pablo, né à Vigo le 6 juillet 1941, domicilié 86, avenue de Vigo, à Pontevedra.

— Vos papiers, s'il vous plaît.

— Je les ai perdus.

— L'adresse que vous donnez correspond à une maison abandonnée ! cingla le gendarme. Expliquez-nous.

Il haussa les épaules, se lança dans un long récit mêlant une mère malade, le chômage à Pontevedra, son départ pour la France.

— Avant de travailler chez Peupeu au Croisic, vous aviez été embauché à Port-des-Barques. Pourquoi avoir changé d'employeur ?

Il affirma qu'il ne s'entendait plus avec lui.

— Peut-être parce que vous lui voliez des huîtres ?

— Non. Trop dur. Je préfère la palourde, comme chez moi, en Galice.

— Vous êtes soupçonné d'avoir dérobé une tonne et demie de coquillages dans la nuit du vendredi 4 au samedi 5 juillet dernier, dans les bassins de marée de Christophe, un collègue de votre patron Peupeu.

— Ce n'est pas moi.

— Votre fourgon Mercedes a été vu la veille par des témoins, dans la zone conchylicole.

— Et alors ?

— On vous a remarqué en pleine dispute avec un autre homme, le mercredi précédant la disparition des coquillages.

Sa réponse « *Y qué* ? » n'eut pas besoin de traduction.

— Au cours de la nuit du vol, poursuivit Pradier, des voisins vous ont entendu jurer, en espagnol, sur l'estran. Ils ont perçu des bruits de moteurs, vu des lumières.

Il fallut expliquer à madame V. ce que signifiait l'estran.

— Ce n'était pas moi, affirma Pablo.

Anconi n'était pas encore intervenu. L'adjudant poursuivait sans hausser le ton, mais son agacement devenait perceptible.

— Et l'argent trouvé dans votre “camping-car”, d'où provient-il ?

— Travail. Économies. Pour payer hôpital de *madre*.

— Dix mille francs, une belle somme !

Le commissaire prit la parole.

— Lorsque vous êtes arrivé en France, monsieur Iglesias, pourquoi avoir choisi Port-des-Barques ?

Il expliqua qu'il connaissait le métier du coquillage puisque sa région d'origine en produisait en grandes quantités.

— Vous n'êtes pas venu par hasard…

— Un ami m'a dit que l'on embauchait. Beaucoup de chômage en Espagne, avec la crise du pétrole. L'entrée du pays dans l'Europe m'a facilité les choses.

— Cet ami, il s'agit de Sánchez ?

— Je ne m'en souviens plus.

— Peu importe, en effet. Quand êtes-vous arrivé ? Ne nous racontez pas de salades, c'est élémentaire de vérifier auprès de votre employeur à Port-des-Barques.

— Au printemps.

— Plus exactement ?

— J'ai laissé passer les fêtes de Pâques. En Espagne, pour ma mère, *entiende* ?

— Cette année le petit Jésus a ressuscité le 30 mars. Donc début avril ?

— *Si.*

— Permettez-moi de compter, monsieur Iglesias. Vous avez touché deux mois de paye, avril et mai en Charente.

— *Si.*

— Le SMIC en France se situe actuellement à quatre mille cinq cents francs environ. Donc en deux salaires, vous auriez perçu…

Anconi sortit de son vieux cuir le ticket de chemin de fer qu'il avait gardé, griffonna des chiffres, tira un trait.

— En réalité vous n'avez gagné que neuf mille francs, puisque vous avez quitté Peupeu précipitamment sans avoir touché votre salaire de juin – il nous l'a confirmé – afin de vous rendre de toute urgence en Espagne chez votre chère maman. Une longue distance jusqu'à Pontevedra, des frais de gas-oil…

Le commissaire laissa passer un instant. Le silence s'installa. Les yeux de Pablo s'étaient rapprochés.

— …et vous avez réussi à économiser dix mille francs ! Chanteriez-vous *Pauvré diablé* dans les soirées pour arrondir vos fins de mois ?

S'il s'était efforcé de psalmodier un autre Iglesias, son visage ne montrait pas la moindre aménité.

Pradier, admiratif, reprit très vite, sans laisser à l'interprète le temps de traduire.

— D'où proviennent ces dix mille francs ?

Le suspect, oubliant qu'il ne parlait pas la langue de Molière, s'empressa maladroitement de se justifier :

— Économies !

— Ben, voyons ! railla Pradier, et moi je m'appelle Juan Carlos ! Résumons-nous : des témoins vous ont entendu puis vu à l'œuvre dans la nuit, vous disparaissez, on vous retrouve avec un paquet de fric. Entre-temps, une tonne et demie de coquillages a quitté les bassins du professionnel !

L'adjudant sortit. Madame V. se demandait si elle devait rester, se sentant inutile maintenant que l'interrogatoire se poursuivait en français.

Le chef de brigade rejoignit la salle, fit signe au professeur d'espagnol de temporiser.

— Ce ne sera pas très long. Le tabac ne vous dérange pas, Madame ?

— Non, bien que je n'en use pas.

Il tendit à Pablo son paquet de Bergerac, sa machine à rouler, le papier OCB.

— Je vois à la couleur de vos doigts que vous fumez beaucoup. Je vous retire les bracelets et vous accorde une courte pause, pour réfléchir.

Anconi comprit où Pradier voulait aboutir. Il ne montra rien, allant même jusqu'à mimer l'impatience lorsque Iglesias humecta le fin papier.

Le suspect porta la cigarette à ses lèvres, ébaucha le geste de chercher du feu dans ses poches, oubliant que toutes ses affaires lui avaient été confisquées.

— Du feu ? Ah ! Mince, je vais vous en procurer, dit le gendarme en se levant prestement.

Il s'absenta de nouveau un court instant, rappliqua très vite.

— Tenez ! dit-il en tendant le briquet Bic où était inscrit "*..s ....nes de l'Est.....*". C'est bien le vôtre ?

— Oh, oui, *gracias*.

— Un objet qui vous a été offert à Port-des-Barques par l'écomusée Les Cabanes de l'Estuaire.

— Sans doute… murmura le suspect, soudain inquiet du sourire carnassier de Pradier qui se lissait la moustache.

Anconi, aux anges, goba un cachou, en proposa à la ronde. Pradier ferra son poisson.

— Ce briquet, que vous reconnaissez, nous l'avons trouvé dans les bassins du pro, samedi matin. Il gisait à l'endroit même où reposaient ses cagettes de coquillages…

Il s'interrompit :

— Traduisez, s'il vous plaît, Madame, nous voudrions nous assurer qu'il comprend tout parfaitement.

Elle le fit, au fur et à mesure, très attentivement.

— À l'endroit même où reposaient les cagettes ! Voyez, poursuivit le chef de brigade, il n'a pas pu demeurer longtemps dans l'eau de mer, pas une seule trace de rouille. Et il fonctionne encore. Comment a-t-il pu arriver là ? Avez-vous une explication ?

— …

Pradier tourna la molette, une flamme jaillit, qu'il approcha de la cigarette fraîchement confectionnée. Iglesias recula, hagard.

— Ce n'est pas moi ! hurla-t-il.

— Vous expliquerez cela au juge, mon bon, répliqua le commissaire.

— Nous vous remercions, Madame V., conclut Pradier en se levant. Nous allons établir le procès-verbal de cet interrogatoire. Pourriez-vous vous charger d'en réaliser une traduction ? Cette prestation vous sera rétribuée également. Nous vous la ferons parvenir.

— C'est entendu, accepta Thérèse V., interloquée par la précipitation du dénouement.

Elle salua, ne sut que dire à Pablo, émit finalement un « *Adiós* » compatissant.

N'avait-elle pas contribué à établir sa culpabilité ?

Les deux policiers l'accompagnèrent dans ce couloir fadasse qui devait ressembler à ceux de son lycée.

— Si on appelait Christophe, pour lui faire part de…

Pablo Iglesias, la tête entre les mains, avait laissé s'éteindre son mégot.

— Vous n'agissiez pas seul, si nous avons bien compris. L'autre, c'est ce Carlos Sánchez ?

Son absence de réponse valait affirmation.

— Où se trouve-t-il, actuellement ?

— *No sé.*

Le gendarme s'emporta, adopta le tutoiement.

— Écoute-moi bien, j'ai deux choses à te dire : un, dorénavant, tu nous parles français ; deux, tu vas passer en jugement, grosse amende, peut-être prison avec sursis. Alors, autant partager avec ton copain. Qui a eu l'idée, lui ou toi ?

— C'est pas moi ! C'est pas moi.

— Nous le retrouverons. Nous tenons son véhicule, le temps travaille pour nous. En attendant, tu resteras à l'ombre chez nous. Au frais. Et tu nous diras aussi à qui tu as fourgué la marchandise.

— Je veux un avocat.

— Qu'en pensez-vous, Anconi ?

— Comme vous, Pradier. Dès qu'il nous apprend où crèche Sánchez, on lui en appelle un.

— La balle est dans ton camp. Tu souhaites que l'on te traduise ce que cela signifie ?

Ils le laissèrent mijoter dans la salle maintenant surchauffée et se congratulèrent l'un l'autre dans le bureau du chef de brigade.

Christophe se trouva le premier prévenu de l'arrestation de Pablo Iglesias. Il cacha sa joie derrière un « j'aurais préféré que vous retrouviez mes palourdes, mais bravo tout de même ! »

Dix minutes plus tard, un braillement leur parvint : « *Oye ! Oye !* »

Pablo avoua que Carlos Sánchez dépensait ses billets de cent francs en compagnie d'une femme douteuse dans un hôtel miteux de Rochefort, Les Remorqueurs.

— On pourrait se tutoyer, non ? proposa Pradier, alors que le commissaire le quittait pour rejoindre Hilda.

— Vaï ! Et déjeuner ensemble, si tu as le temps ?

XVII

Au restaurant de l'Hôtel de la Criée, tous les regards s'étaient tournés vers l'uniforme impeccable de l'adjudant-chef, lorsqu'il s'était installé à la table des Anconi. La salle connut même un court moment de silence, comme un frisson d'appréhension. La peur du gendarme !

Ils évoquèrent bien sûr le rapide dénouement du matin. Le complice de Pablo Iglesias devait maintenant être arrêté à Rochefort. Ce serait ensuite la routine, le retour à l'inévitable paperasserie. Ce Carlos Sánchez serait-il transféré au Croisic ? Pradier l'avait demandé aux collègues. Le juge d'instruction déciderait.

— Tu mérites bien la faveur de boucler l'affaire. Après tout, c'est toi qui as accompli le boulot ! Et c'est au Croisic que tout a commencé.

Il déclina l'apéritif, se considérant comme "en service". Madame Nédelec s'approcha de leur table. Ils crurent qu'elle venait prendre leur commande, mais elle murmura à l'oreille du gendarme :

— On vous demande de Rochefort...

Il s'excusa, suivit la patronne, occasionnant une

nouvelle interruption des conversations parmi les clients installés.

Anconi en profita pour relater sa matinée à Hilda et justifier son invitation à déjeuner.

— Tu fais ami-ami avec les bleus, maintenant ? plaisanta-t-elle. Dommage que vous n'ayez pas résolu ensemble l'affaire Montoison !

— Je crains que, de ce côté, nous ne puissions rien envisager. Tu sais comme moi, ces imbroglios politico-mafieux se concluent, des années plus tard, par quelque livre bourré d'hypothèses non confirmées, sous la plume d'un enquêteur zélé. Mais jamais la vérité ne…

Pradier réapparut, tout sourire, s'empressa de révéler que, sur décision du juge d'instruction, Carlos Sánchez serait transféré aujourd'hui même pour confrontation avec son complice.

— Ils nous envoient aussi en cadeau le fourgon Mercedes ! De celui-là, je me serais bien passé !

— Ils jettent le bébé avec l'eau du bain !

Ils s'esclaffèrent tous les trois.

— Allez, vous ne le crierez pas sur les toits, mais j'accompagnerais volontiers cette bonne nouvelle d'un canon, s'enthousiasma Pradier en lissant sa moustache.

Ils trinquèrent bruyamment avec du muscadet, dont l'adjudant n'accepta cependant qu'une larme. Aux tables voisines, on vit se lever quelques verres dans leur direction.

— Que veux-tu prendre ? proposa Anconi, tu es notre hôte, naturellement !

Hilda resta bouche bée de ce tutoiement inattendu. Le chef de brigade tenta bien d'inverser l'invitation, mais le commissaire résista. Ils commandèrent des huîtres et des palourdes farcies à la bretonne.

— Je te convie à la confrontation des deux Espagnols, si cela t'intéresse.

— Avec plaisir.

— Christophe sera-t-il dédommagé ? demanda Hilda, lorsque la patronne s'éloigna. La somme découverte dans le camion devrait lui être restituée…

— Ça ne marche malheureusement pas comme cela, ma petite dame, proféra l'adjudant d'un ton léger. L'argent saisi reste un élément de preuve, une pièce à conviction. Il revient à l'État… Seuls les coquillages pourraient lui être rendus, mais après une procédure d'une telle durée, nous ne souhaiterions pas qu'ils nous soient proposés à midi !

Pradier avait presque totalement perdu sa raideur.

Madame Nédelec ne laissa pas sa serveuse apporter les huîtres. Elle s'en chargea elle-même, pas peu fière, mais presque intimidée, de réunir dans sa vaste salle un éminent policier parisien et le chef de brigade de gendarmerie du canton. Pour illustrer l'importance de ses convives, elle glissa en rougissant, mais suffisamment fort pour être entendue des autres clients :

— J'espère qu'ils vous ficheront la paix maintenant avec ce foutu téléphone…

À leur table, la dégustation des fines de claire éteignit la conversation.

— Vous vous sentirez enfin en vacances, reprit l'adjudant-chef. Que va-t-il se passer, à votre avis, à la suite de…

Il n'acheva pas sa phrase, hésitant à prononcer le nom de Montoison.

— Tu ne risques pas des ennuis, au moins ? poursuivit-il.

— Vaï ! Une convocation chez mon directeur, une suspension peut-être, une promotion à Saint-Pierre-et-Miquelon éventuellement, une mise à la retraite au pire.

— À moins d'un retournement de situation. Pour moi, c'est un coup de la mafia, rapport à la maîtresse italienne. Ces gens-là n'hésitent pas sur les moyens. À la place d'Antonella Salabrino…

— Pour moi, réfuta le commissaire, ce sont les Renseignements généraux qui ont liquidé un type politiquement gênant. On prétend qu'il possédait un carnet noir…

— On parie ?

— Nous serons tous les deux en maison de retraite au moment du dénouement, mais, Bonne Mère, je relève le gant !

Hilda les vit sceller leur pacte en se serrant la main. « Deux grands gosses ! » pensa-t-elle.

Les palourdes apportèrent une nouvelle trêve. La patronne assura qu'elles provenaient des parcs de Christophe.

Les hommes firent l'impasse sur le dessert, réclamèrent un café. Hilda, qui était loin d'avoir englouti autant de coquillages qu'eux, finit par se laisser tenter par un kouign-amann.

La fin du repas fut brusquement perturbée par l'arrivée de madame Nédelec. L'air contrit, elle s'approcha timidement :

— Un télégramme pour vous, Commissaire.

Il ouvrit le pli bleu :

« *Ministre intérieur a exigé suspension commissaire divisionnaire Anconi – STOP – Prise effet à compter 9 juillet 1986 – STOP – Arnaud-Fontaine, Directeur police judiciaire de la préfecture de Police de Paris – STOP.* »

— Tiens, voilà la réponse à ta question, Pradier, dit-il en tendant le feuillet déplié.

Il goba plusieurs cachous.

— Il croit sauver sa tête en coupant la mienne, ce bras cassé !

Le gendarme était atterré, Hilda toute blanche, Anconi goguenard.

— Merde, alors ! lâcha le chef de brigade. Que vas-tu faire ?

— Attendre. Et profiter du temps libre qui m'est offert.

Le commissaire nouvellement suspendu cachait

difficilement son désappointement. Il songeait à Lefebvre et Bolz, espérant qu'ils ne joueraient pas, eux aussi, le rôle de fusible. « L'Araignée, il n'osera pas, il est assis sur trop de secrets. »

Pradier s'excusa d'avoir à les quitter, très affecté, évoqua son devoir, l'invita chez lui, rue du Traict, dès que le complice de Pablo serait arrivé. Il en oublia de remercier pour le déjeuner.

— Ne t'inquiète pas, collègue, le rassura Anconi, j'ai allumé une mèche longue. Elle va leur péter au c… !

— *Mijn beminde* ! le sermonna Hilda.

Elle entraîna son mari sur le quai, où ils se séparèrent de l'adjudant. Machinalement, elle le conduisit, glissant son bras sous le sien.

— Viens, partons en promenade.

Ils quittèrent le port pour la ville intérieure, moins envahie par les touristes, dans l'ombre fraîche des vieux murs. Ils empruntèrent la rue des Bains. S'arrêtant devant un porche de pierre en arceau, Hilda tenta de détourner les sombres pensées de son mari :

— J'ai lu que ce logis avait accueilli des peintres célèbres, même le poète Alfred de Musset.

— Un peu de romantisme, je te reconnais bien là, sourit le commissaire.

Ils reprirent leur marche. Les rues serpentèrent d'abord entre de solides maisons mitoyennes crépies de blanc, dont les ouvertures étaient soulignées de moellons de granit, toutes couvertes d'ardoises.

— Rue de Kervaudu ! On m'a parlé d'un manoir du même nom, observa Hilda, cherchant à distraire son policier de mari.

Bientôt les constructions s'espacèrent, laissant place à des logements modernes et individuels entourés d'un jardinet enfermé d'un muret. Presque soudainement, ils se retrouvèrent en pleine campagne, sur une étroite route bordée de fougères et d'ajoncs, de haies et de petits arbres en bouquets. Deux chevaux blancs s'avancèrent vers leur clôture, les regardèrent passer. Dans ce décor, la mer pourtant si proche paraissait oubliée. La faible taille de la végétation ne rappelait-elle pas cependant que le souffle de l'Océan la malmenait et entravait sa croissance ? Les plus grands s'inclinaient tous dans le même sens, courbant le dos au vent dominant.

Ils repérèrent facilement la demeure, un édifice de granit massif, aux étroites ouvertures à meneaux croisés. En dépit de la lourdeur de la pierre, les toitures décalées et une mince tourelle à la couverture polygonale attachée au bâtiment conféraient à l'ensemble un aspect à la fois rustique et élégant. Ses deux chiens-assis sculptés rehaussaient la gentilhommière et lui attribuaient une indiscutable appartenance bretonne.

— Un peintre a habité là. Un bien bel endroit, non ? mentionna Hilda, en détaillant l'historique du lieu que lui avait confié madame Chapleau, lors de sa visite à la galerie.

Le manoir, construit au XVe siècle, abrita d'abord une famille protestante. Des notables de la région lui succédèrent avant qu'il ne devienne la résidence du peintre de Puigaudeau au début du siècle. Après sa mort en 1930, l'endroit a été classé monument historique.

— *Kervaudu* signifie « domaine de l'homme noir », en breton, conclut-elle.

Le commissaire, soudain attentif, s'approcha des ouvertures. Deux d'entre elles étaient protégées d'un volet, deux autres comportaient une vitre à croisillons. Un rideau empêchait tout coup d'œil à l'intérieur. Que s'attendait-il donc à découvrir ? Les “hommes en noir” des Renseignements généraux ?

Ils regagnèrent la ville. Comme la veille, la grisaille du matin avait progressivement laissé place à un ciel pur, tandis que le vent s'était levé de la mer.

— Je te laisse rejoindre la gendarmerie. Je vais me reposer.

Anconi se hâta, transpirant dans son vieux cuir. Rue du Traict, un camion de dépannage déchargeait un fourgon de son plateau, bloquant la circulation. Un agent calmait un automobiliste qui jouait du klaxon ; un mécanicien du Garage Moderne avait traversé la chaussée pour aider à la manœuvre. « Ils n'ont pas perdu de temps, à Rochefort », pensa-t-il en grimpant les cinq marches de l'accès au bâtiment.

Pradier l'accueillit, volubile, mais n'osant pas trop montrer sa satisfaction.

— Tu arrives pile à l'heure. Tu as vu ? Ils débarquent le Mercedes. Je t'attendais pour cuisiner Sánchez. En fait, il était déjà sur la route lorsque les collègues m'ont appelé au cours du déjeuner ! J'ai chargé deux agents d'inspecter le véhicule pendant…

Le supposé complice poireautait dans la salle d'interrogatoire, en se balançant sur sa chaise métallique. Son aspect différait franchement de celui de Pablo. Plus jeune, des cheveux très bruns plaqués en arrière par un excès de brillantine, il mâchait du chewing-gum. Il portait une chemise blanche à manches courtes, le col largement ouvert sur un collier à grosses mailles. Son air arrogant déplut immédiatement au commissaire. L'adjudant-chef s'assit face à lui, posa un calepin et un stylo sur la table. Il invita Anconi à prendre place, procéda aux présentations. Dans un coin, un autre agent, les doigts sur sa machine à écrire, s'apprêtait à prendre en note l'interrogatoire.

— Vous vous nommez Sánchez Carlos, né le 6 juillet 1960 à Ferrol en Galice. Vous confirmez ?

En guise de réponse, une bulle de gomme sortit de sa bouche, gonfla et éclata.

— Parfait. Vous êtes soupçonné d'avoir volé des cagettes de palourdes – une tonne et demie précisément – dans les bassins de marée du Croisic appartenant à Christophe, avec votre ami Pablo Iglesias, dans la nuit du…

Une nouvelle bulle se forma au bout de ses lèvres.

— …du 4 au 5 juillet 1986.

— Je ne connais pas ce gars. J'étais à Rochefort, ce jour-là, avec ma *polola.*

Il prononçait “jiétais”, “cé jiour là”.

— À l'hôtel des Remorqueurs ?

— Demandez à Zara, elle vous *lé* dira, ou au patron *de este hotel.*

— Nous l'avons fait. Comme vous l'avez sans doute bien soudoyé, le taulier confirme votre alibi. Mais c'est faux ! Nous pensons qu'il changera d'avis lorsque nous le menacerons de fermer son claque.

Sánchez haussa les épaules, un sourire narquois aux lèvres. Il se passa la main sur les cheveux en mâchonnant bruyamment.

— Ce n'est pas votre coup d'essai. Vous avez déjà été condamné pour vol avec effraction, vous aviez pris trois mois avec sursis. Vous avez insulté un agent de la force publique lors de votre arrestation à Rochefort. Cette fois, ce sera de la ferme.

— *Jé* veux avocat.

— Les coupables disent toujours cela. Inutile de nier, votre copain Pablo nous a tout raconté.

— Connais pas.

— Menteur ! Lui vous connaît ! Nous avons sa déposition. Vous avez emprunté le tracteur élévateur et profité de la marée basse en vous aidant de l'obscurité liée à la nouvelle lune pour descendre vers les bassins et soulever les palettes. Pablo était un familier de l'endroit et savait quel parti en tirer. Vous, vous fournissiez le Mercedes. Vous fourguez la marchandise, sans doute dans les Charentes, et vous vous partagez le produit de la vente. On a retrouvé dix mille francs dans le fourgon.

Il se fourra les doigts dans la bouche, en retira son chewing-gum et cracha par terre, le regard méprisant.

— C'est le délire ! *Jié* n'ai rien à voir là-dedans.

— Sauf que les empreintes relevées sur le tracteur et les vôtres sont identiques, nous venons de les confronter.

Pradier les montra à Anconi. Ce dernier mima la surprise.

— Fan de càcou, je crois que mon collègue a raison !

— Pareil pour les traces de roues, dans la cour, insista le gendarme. Elles correspondent aux pneus du Mercedes.

Sánchez leva les yeux au ciel, mais on le sentit perdre un peu de sa superbe.

Quelqu'un frappa à la porte de la salle. Le cliquetis de la machine à écrire s'interrompit.

— Entrez !

Un agent pénétra dans la pièce, un grand sac en plastique transparent à la main.

— Le contenu des poches du citoyen Sánchez, Chef. Et la feuille de dépôt réglementaire.

— Merci, Brigadier Liberge, agréa Pradier en étalant sur la table les affaires du jeune insolent. Vérifiez bien que tout y est. On ne voudrait pas que vous nous accusiez d'avoir volé ce joli cran d'arrêt qui vous sert sans doute à ouvrir les coquillages. Signez là !

Sans répondre, le gars parapha négligemment l'inventaire d'un large gribouillis fantaisiste, en s'accompagnant d'un claquement de bulle de gomme qui exaspéra l'adjudant-chef.

— Inutile de poursuivre. Nous disposons de suffisamment d'éléments probants pour vous incriminer dans ce cambriolage, monsieur Sánchez. Vous vous arrangerez avec votre complice devant le tribunal.

L'accusé voulut argumenter, mais il avait épuisé la patience des policiers.

— Conduisez-le au frais, ordonna Pradier, accompagnant son commandement d'un geste de rejet à l'encontre du prévenu. Avisez le parquet, on le présentera au juge.

Chacun entendit une injure grossière à l'encontre du gendarme, mais personne ne la releva.

— Le camion, on le laisse sur le parking, Chef ?

— Pourquoi, il t'intéresse ?

Le brigadier Liberge attrapa le suspect par le coude et sortit sans demander son reste. Sánchez parut soudain se dégonfler comme un ballon de foire.

— Un café, Anconi ? Il m'a énervé, ce crétin arrogant. Le compte y est. Plus qu'à mettre au propre le procès-verbal et ouste ! Bon débarras.

Le commissaire examinait les richesses du mâcheur de chewing-gum. S'étalaient là, outre le cran d'arrêt à manche de nacre, plusieurs pochettes d'allumettes entamées à l'insigne des “Cabanes de l'Estuaire”, un trousseau de clefs Mercedes-Benz, des pièces de monnaie, une liasse de billets de cent francs et un coup-de-poing américain. Un portefeuille complétait la panoplie, contenant *Documento Nacional de Identitad* et *Permiso de conducción*. Des tickets du cinéma Apollo tombèrent de la doublure.

— Rien ne te choque, dans ce fourbi, Pradier ?

— L'arsenal d'un délinquant à la petite semaine. Un café ? Malheureusement je ne peux rien te proposer de mieux.

— Va pour un noir. Avec du sucre si la machine en est d'accord.

L'adjudant-chef rectifia sa tenue, se composa un visage convenant à son grade, sortit.

Anconi poussa de l'ongle un objet à l'écart des autres bricoles sans y toucher et attendit, perplexe. Il entendit le bruit sourd et métallique du coup de pied qui précédait la chute du gobelet dans l'appareil à café.

Le gendarme revint, un récipient en plastique fumant et cabossé dans chaque main.

— Tè vé, regarde !

Il montrait un briquet luxueux.

— Ce n'est pas un peu trop beau, ce machin, pour un larron de son envergure, poursuivit-il.

— Un objet de luxe. Il l'aura sans doute volé.

Pradier, trop horripilé par la petite frappe, ne souhaitait pas prolonger l'affaire.

— Disposerais-tu d'une loupe, d'un gant et d'un sac en plastique ? réclama le commissaire.

— Pourquoi ? Tu ne crois pas que nous en avons assez contre lui ?

— S'il te plaît. Une idée…

— Une minute.

Pradier, interrogatif, sortit, revint très vite avec les objets souhaités. Anconi s'empara de la lentille, l'approcha du briquet.

— Tu vois, c'est un Dupont. Ils possèdent tous un numéro de série. Tu lis comme moi : « *BS 6225* ». Mettons-le délicatement dans ce sachet et recherchons des empreintes !

— Tu crois pouvoir le rendre à son propriétaire ? Dommage que les palourdes ne soient pas marquées de la même manière !

Ils burent leur café, parlèrent d'autre chose. L'adjudant paraissait satisfait d'avoir résolu aussi vite le cambriolage. Il téléphona à Christophe pour lui annoncer que les deux types responsables de son vol étaient coincés.

Anconi perçut la vibration du combiné et distingua nettement sa réponse :

— Tu me les amènes ! Avec moi, ils voyageront jusqu'au bout de la nuit, comme aurait dit mon auteur préféré !

« Dommage que nous n'ayons pas réussi à éclaircir le meurtre de Montoison », soupira Pradier à regret en se séparant du commissaire.

— Qui sait, qui sait ? Il suffit parfois d'un petit détail pour qu'un échafaudage s'écroule. Quelqu'un qui ne parviendrait pas à tenir sa langue, par exemple.

— Franchement, je n'y crois plus.

Anconi s'éloigna, le cerveau bouillonnant. Dès que la silhouette du gendarme eut disparu, il courut à toutes jambes jusqu'au quai Rielle, s'engouffra dans la poste.

— Désolé, Monsieur, il est 19 heures, nous fermons.

— Un rapide coup de téléphone…

— Il existe une cabine, place Dinan, juste derrière.

Il ne l'ignorait pas, pour l'avoir déjà fréquentée, mais craignait de manquer de petite monnaie. Il n'osa pas user de sa carte de police pour violenter les horaires des PTT, le ministère dans lequel travaillait Montoison !

— Fatche !

Il grommela en sortant une phrase inintelligible où seul le mot « grève » se révéla compréhensible. Il poussa les portes battantes de ladite cabine, heureusement libre. Il appela les renseignements.

— Je souhaiterais obtenir le numéro de la société Dupont. C'est à Paris, je crois.

— Quel prénom ? s'entendit-il répondre sèchement.

— Dupont. La société, Madame. Celle qui fabrique des briquets !

— Ah ? Un instant.

Il perçut une énumération de prénoms.

— Je trouve un établissement de ce nom, boulevard du Montparnasse. C'est cela ?

Il acquiesça.

— Ne quittez pas. Je vous mets en relation.

« Bip… Biip… Biiip, Dring ! Dring ! » Enfin, une voix féminine, feutrée, très commerciale.

— Société Dupont, bonsoir. Que puis-je pour vous ?

— Un renseignement, Madame. Pardonnez-moi, j'ai trouvé dans la rue un briquet Dupont. Je souhaiterais le rendre à son propriétaire, comprenez-vous. À partir du numéro gravé sur son socle, est-il envisageable de retrouver son lieu d'achat ?

— Bien sûr, Monsieur. Tous nos exemplaires sont estampillés lors de leur fabrication. Communiquez-moi les lettres et le chiffre, je vous prie…

— BS 6225, Madame.

— Je transmets votre demande pour procéder aux recherches, Monsieur. Ayez l'obligeance de rappeler demain en fin de matinée. Notre siège va bientôt fermer, mais votre requête est enregistrée. Votre nom, s'il vous sied, Monsieur, afin de…

— Commissaire divisionnaire Anconi.

— Oh ! Serait-ce professionnel ?

— En quelque sorte.

— En ce cas, j'ajoute la mention « urgent ». Laissez-moi vos coordonnées, notre service clientèle vous appellera sans faute demain matin. Nous pourrons seulement vous indiquer le magasin où il a été acheté, bien entendu.

Il remercia, quitta la cabine, un peu déçu. Il consulta sa montre, pressa le pas vers l'hôtel.

Sa soirée fut agitée. Il dîna sans appétit, ne s'exprimant que par brèves onomatopées. Hilda l'interrogea à plusieurs reprises. En vain.

— C'est ce télégramme, *mijn beminde* ?

Elle crut que la sanction, qui pourtant ne semblait pas l'avoir affecté lorsqu'il en avait pris connaissance, le tarabustait maintenant qu'il en avait réalisé toutes les conséquences.

— Je te demande pardon, Hilda, je ne parviens pas à me sortir Édouard Montoison de la tête.

— Ce n'est pas ta faute, tu devras te faire une raison et puis les choses vont s'arranger… Demain nous consulterons les horaires pour Hoëdic, cela te changera les idées.

Il regarda la dernière édition du journal télévisé. L'actualité fut accaparée par l'attentat à l'explosif commis dans les toilettes des locaux de la Brigade de répression du banditisme, quai de Gèvres. On déplorait le décès d'un inspecteur principal, des blessures graves chez de nombreux policiers ; on suspectait fortement Action directe. Les images montraient le Premier ministre, aux côtés de celui de l'Intérieur hochant la tête à ses propos. « Arnaud-Fontaine a dû entendre le bruit de l'explosion. » Le duel Fignon-Hinault sur le Tour de France fut brièvement abordé en fin de journal, juste avant la météo qui promettait des éclaircies et une température de vingt-deux degrés en Bretagne. Rien au sujet du suicide de Montoison.

Sa nuit fut presque blanche. Il se leva à plusieurs reprises, but un verre d'eau, déambula dans la chambre. Son épouse entendit même jouer la crémone, sentit de l'air frais sur son visage. Dès 7 heures, il était debout, fin prêt. Hilda n'osa pas poser de question. Ils étonnèrent madame Nédelec en entrant les premiers dans la salle :

— Avez-vous su ? Quel horrible attentat ! déplora-t-elle. Ce n'était pas dans votre service, au moins ?

Le commissaire regardait sans cesse sa montre. Il parcourut rapidement les journaux du matin qui consacraient leurs gros titres à l'explosion meurtrière de la veille et au groupe terroriste suspecté.

Dès 9 heures, il se précipita sur le téléphone, composa le numéro qu'il avait retenu par cœur.

— La société Dupont ? Puis-je être mis en relation avec le service clientèle ?

Il reconnut dans la réponse la voix de la veille.

— Vous êtes le policier qui a appelé hier soir ?

— En effet, Madame. Disposez-vous du renseignement ?

— Oui, la recherche s'est révélée rapide. Le lot contenant le briquet BS 6225 avait été commandé l'année dernière par une boutique d'objets de luxe de la rue de Provence, à Paris. Une chance, car…

— Rue de Provence, vous en êtes certaine ?

Il faillit s'étouffer avec son cachou.

— Absolument, Monsieur. Tous nos produits bénéficient d'un suivi précis. Je vous donne leur numéro, j'espère pour vous qu'ils gardent la trace de leurs acheteurs.

— Je vous remercie infiniment, Madame.

— À votre service, Commissaire. Je souhaite vivement que vous retrouviez le propriétaire. Quelle bonne fortune pour lui de tomber sur vous.

— Tè, vous ne croyez pas si bien dire !

Fébrile comme pas possible, il contacta immédiatement le magasin. Le gérant confirma qu'il vendait rarement ce genre d'article, mais qu'il disposait toujours de quelques exemplaires. Il ne gardait pas le souvenir du client, promit de rechercher aussitôt dans ses archives.

Anconi retourna à la table du petit-déjeuner, pâle comme un cierge de Pâques.

— Que se passe-t-il, *mijn beminde* ?

Le commissaire s'assit lourdement.

— J'en avais le pressentiment, soupira-t-il, le souffle court.

Hilda dut insister pour qu'il raconte enfin : un luxueux briquet Dupont trouvé dans les poches de Sánchez, le complice de Pablo Iglesias, provenait d'une boutique de la rue de Provence, à Paris.

— C'est dans cette rue qu'habite Antonella Salabrino ! clama-t-il. Te rends-tu compte de ce que cela signifie, Hilda ?

Elle ne comprit pas immédiatement.

— Tè vé, si c'est Antonella qui a acheté l'objet, comment a-t-il atterri dans les poches du voleur de palourdes ?

— *My god* ! Mais alors… Montoison, ils l'auraient…

— C'est cela, répondit-il, encore abasourdi par sa propre conclusion.

Tout s'accéléra brusquement. Le boutiquier de la rue de Provence retrouva dans ses carnets à souches la trace de la vente du briquet à une certaine Antonella Salabrino, le 3 janvier 1985, soit six jours avant la date anniversaire d'Édouard. Sans doute un cadeau.

Anconi et Pradier cuisinèrent les deux voleurs de palourdes. Pablo Iglesias craqua le premier. Ils avaient d'abord vainement essayé de dévaliser la nouvelle criée dans la nuit du jeudi 3 au vendredi 4 juillet. Ils avaient été surpris par un noctambule alors qu'ils tentaient de forcer avec le Mercedes les poteaux rétractables interdisant l'accès au bâtiment. Des traces de choc sur la calandre du fourgon confirmèrent les faits, qui d'ailleurs avaient été rapportés brièvement par les journaux et attribués à une fausse manœuvre.

Les versions des deux Espagnols différaient ensuite. Une altercation avec le témoin était née, dégénérant en “bagarre”. Pablo répétait « Ce n'est pas moi ! », Carlos Sánchez voulut minimiser les faits, parla d'une chute accidentelle dans le chenal du port. Puis la panique, la fuite.

— *Jié* t'avais dit d'arrêter. Mais *tou* avais la rage, se défendit Iglesias.

— Tais-toi, *hijo de puta* !* glapit l'autre.

— L'idée d'appeler les secours ne t'a pas effleuré ? Cela fait de toi un assassin ! rugit Anconi.

— Et le remords ne t'a pas empêché de revenir la nuit suivante pour effectuer le vol de palourdes, renchérit le chef de brigade.

Ni l'un ni l'autre ne tenta de nier l'expédition nocturne dans les bassins, même s'ils refusèrent de donner le nom du “client” à qui ils avaient fourgué les coquillages de Christophe. Sur le moment, les policiers n'insistèrent pas sur ce point.

Pradier sortit alors le briquet Dupont du sac en plastique et le poussa doucement vers Sánchez.

— Tu nous expliques d'où vient ce truc ?

— Ce n'est pas à moi, prétendit l'insolent, le regard de biais, suspendant son éternelle mastication.

*« Fils de pute » en espagnol.

— Tu le portais sur toi. D'ailleurs tu as signé la feuille d'inventaire.

— *Jié* n'ai pas relu ce qui était écrit. C'est vous qui l'avez fourré dans mes affaires pour *mé* coincer. *Jié* connais mal le français.

Pradier explosa.

— Il se trouvait dans tes poches quand tu as été appréhendé ! Il figure dans l'inventaire de Rochefort ! Cesse de nous balader ! Carlos, tu nous prends pour les perdrix de l'année !

L'interpellé recommença ses mouvements de mâchoire, en accentuant ses bruits de bouche.

— Arrête immédiatement de mastiquer ce truc dégoûtant ! Un meurtre ! Tu sais que tu risques perpète, et ton complice aussi.

À ces mots, Pablo Iglesias se leva, fit tomber sa chaise, voulut cogner son acolyte.

— Ce n'est pas moi ! glapit-il. C'est lui, il l'a frappé, frappé encore. Le bonhomme a tenté de fuir, il l'a rattrapé. Le gars s'est écroulé sous les coups. Il ne bougeait plus. Il l'a roulé par-dessus le quai.

Il raconta la scène d'une traite, le front bas. Il ajouta traîtreusement que Carlos avait ensuite ramassé le briquet qui brillait sur le pavé et même le gros cigare du bonhomme.

— *Cierra el culo ! Cierra el culo !* hurla l'autre, debout à son tour et menaçant.

Il tenta d'étrangler son dénonciateur avec ses menottes. Il fallut deux agents pour les séparer.

Tout alla très vite. Le juge d'instruction les mit tous les deux en accusation pour meurtre et ordonna leur transfert à Nantes.

Vendredi matin, dès l'ouverture du bureau de poste, on vit le commissaire Anconi escalader, goguenard, les cinq marches du perron, son vieux cuir sur l'épaule. Il dicta à la préposée un télégramme destiné à monsieur Arnaud-Fontaine, quai des Orfèvres à Paris, ainsi libellé :

« *Assassin Édouard Montoison arrêté par gendarmerie du Croisic – STOP – Merci transmettre ministre Intérieur – STOP – Impossible donner détails en raison suspension disciplinaire – STOP – Lecture journaux du 11 juillet 1986 recommandée – STOP – Respectueusement – STOP – Ex-commissaire Anconi – STOP –* »

ÉPILOGUE

La nouvelle du meurtre d'Édouard Montoison, démentant la thèse officielle du suicide, en mit plus d'un dans l'embarras. Les inspecteurs Bolz et Lefebvre furent les premiers à l'apprendre. Ils abandonnèrent avec soulagement les recherches qui leur avaient valu les remontrances du directeur. Anconi les adjura de garder à l'abri les documents du coffre-fort du boulevard Wallace, jusqu'à son retour.

Les Renseignements généraux devinrent le nouveau fusible des autorités. Leur précipitation fut considérée comme une "légèreté", même si elle avait pourtant été télécommandée au plus haut niveau. La Direction générale de la Police nationale prit langue avec Anconi, dans l'espoir de localiser le "carnet noir" du conseiller ministériel, un recueil dont l'existence même n'était que supposée. Le commissaire en déduisit que l'intervention précoce des RG, tant chez Hortense Montoison qu'à la villa Ker Bellech, n'avait d'autre but que de le récupérer. Il joua l'étonnement et ne livra que le dossier découvert dans le coffre-fort concernant l'escroquerie au terrain dont avait été victime Montoison.

— Pourquoi avoir inventé cette histoire de kidnapping ? avait susurré Anconi.

Son interlocuteur, mal à l'aise, s'emberlificota dans des explications embrouillées d'où il ressortait que « l'on avait souhaité en haut lieu tenter de retarder la publication de la nouvelle de la disparition du grand fonctionnaire. Le secret le plus absolu ne s'impose-t-il pas dans un enlèvement ? »

À la question « fallait-il pour autant mettre à sac la villa ? », on lui répondit que la mise en scène avait été improvisée par un membre de ses services. Cet épisode rappela à Anconi le fiasco du "Rainbow Warrior", l'été précédent. Il en conclut que la recherche du "carnet noir" avait constitué la mission exclusive des RG.

Un sous-directeur fut limogé en douceur, les hommes en noir ayant participé à "l'action" furent mutés dans d'autres services. Le chauffeur de Montoison, Albert Charlier, ressentit probablement un besoin d'exotisme, car il pilotait dorénavant le représentant de la République en Nouvelle-Calédonie.

Arnaud-Fontaine sauva sa tête. Qu'il le dût à son commissaire Anconi lui fut très désagréable. Il dut le réintégrer dare-dare et manger son chapeau. Cependant, à une courte période mielleuse succéda une froideur polie pénétrée d'une lourde rancune.

Dans un bel ensemble, le microcosme politique regretta la disparition tragique de ce personnage, dont l'existence avait été sauvagement brisée alors que les allées du pouvoir s'offraient à lui. Beaucoup de larmes de crocodile coulèrent. Nul ne souligna son appartenance à la franc-maçonnerie ni ne déblatéra sur sa vie privée. Un certain soulagement animait cependant les propos de certains.

Nul ne retrouva le fameux “carnet noir”, dont seuls Anconi et ses inspecteurs purent en apprécier le contenu parfois croustillant.

Antonella Salabrino demeura la plus affectée. Elle trouva d'abord du secours auprès de son oncle, le cardinal Rampolli, puis se consacra à sa galerie de peinture du Marais avec sa sœur. Chaque année, en juillet, elle passe quelques jours au Croisic dans la curieuse maison des Picot. Il n'est pas rare de la voir, seule, sur l'estacade, une cigarette entre les doigts. Le mari, finalement mis hors de cause, ne fut pas inquiété. Pas plus que Pierre-Guillaume Courtaix, qui fait toujours l'objet d'un mandat international que l'Amérique centrale semble ignorer.

Hortense mima la plus grande affliction lors des obsèques de son cher époux et cacha sa peine derrière son voile noir. Elle vendit Ker Bellech et continua de fréquenter la terrasse de La Coupole, presque chaque soir. Elle dut quitter l'appartement de Neuilly, reprit son nom de jeune fille Bondésir de la Ferrière et s'installa dans une suite d'un grand hôtel parisien.

L'adjudant-chef Pradier s'était débarrassé très vite de ses deux Espagnols, Sánchez et Iglesias, déférés au juge d'instruction et incarcérés. Les chefs d'accusation associèrent au cambriolage les faits de violence ayant entraîné la mort et la non-assistance à personne en danger.

Hilda proposa de réunir les acteurs de cette enquête autour d'un dîner. Jean se déplaça. Au cours du repas, Christophe fit remarquer que, sans "son" vol de palourdes, la mort du "gars en costume bleu" serait restée un suicide au regard de l'Histoire.

— Et sans ces briquets si différents, un Bic et un Dupont… ajouta Pradier sans terminer sa phrase.

— Même si nous avons tous les deux perdu notre pari… blagua Anconi.

Le parqueur s'amusa beaucoup d'avoir vu, pour la première fois, gendarmerie et police judiciaire travailler d'un élan commun plutôt qu'à contre-courant. Le receleur fut finalement dénoncé par les voleurs, un conserveur espagnol peu scrupuleux contre qui aucune preuve ne put être apportée.

Les Anconi poursuivirent leurs vacances, sous l'œil bienveillant de madame Nédelec :

— Maintenant ils vont vous laisser déjeuner en paix ! se réjouit-elle.

Auguste, lorsqu'il apprit de la bouche du commissaire que les coupables étaient des travailleurs de la mer, rappela ce proverbe : « Ce n'est pas le métier qui déshonore l'homme, c'est l'homme qui déshonore le métier. »

Le commissaire prit un malin plaisir à prolonger

leur séjour, alors que Paris le réclamait. Fatche ! Ne devait-il pas boucler d'abord le tour du monde du Kurun ?

Avant de quitter Le Croisic, Hilda l'entraîna jusqu'à l'île d'Hoëdic, qui l'émerveilla. Son mari y retrouva tant de figures connues qu'ils durent dormir une nuit sur place.

Sur le trajet qui les ramenait à Paris, le changement de train leur accorda une brève halte en gare de Saint-Nazaire. Le commissaire Blanchard avait quitté son bureau pour saluer son ami sur le quai. Les cambrioleurs de la Banque de France couraient toujours…

Après leur retour, quai du Général Kœnig, des odeurs de palourdes farcies emplirent chaque soir leur péniche Zeeland, jusqu'à ce que la bourriche offerte par Christophe fût vide.

FIN

ANNEXE

Le lecteur sera peut-être sensible à la reproduction partielle des meilleurs moments de la “conversation amicale” qui se déroula Place Beauvau, entre le ministre de l’Intérieur et le commissaire Anconi, juste après l’affaire Édouard Montoison, en plein mois de juillet :

— Entrez, Anconi. Depuis le temps que j’entends parler de vous.

— Mes respects, Monsieur le ministre.

— Vous nous avez fait peur.

— J’en suis désolé, croyez-le bien.

— Je vous sers un whisky ?

— Non, merci, Monsieur le ministre.

— Un cognac, alors ?

— Vraiment, vous êtes trop aimable.

— Ne me dites pas que l’on ne boit plus dans la police !

Il emplit malgré tout deux verres, d’une carafe qu’il sortit d’un petit meuble Empire Retour-d’Égypte dissimulant un bar, puis se renversa dans son fauteuil.

— …

— Nous étions très ennuyés avec cette histoire. Qu'est-ce qui vous a pris de faire monter la mayonnaise ? Au lieu de profiter de vos vacances.

— Mon devoir de policier, Monsieur le ministre.

— Vous n'avez donc pas compris que d'emblée ce cirque sentait la poudre ?

— Non… vraiment, je vous assure…

— Vous n'ignorez pas que le Président parlait de lui comme le prochain locataire de Matignon ?

— La politique, moi, vous savez… Pour un flic, cela constituait une disparition suspecte. Étant présent lorsque le corps a été découvert, Bonne Mère, je m'y suis intéressé. Voilà tout.

— Au point de tout foutre en l'air, Anconi, et de nous laisser passer pour des menteurs. Ce que nous sommes parfois, je vous le dis dans ce bureau. Mais il y a des secrets d'État et nous en restons les garants. Les garants !

— Finalement, ce que vous redoutiez n'est pas arrivé. Tout est bien qui…

— Que voulez-vous dire ? J'ai insisté auprès de cet imbécile d'Arnaud-Fontaine pour vous réintégrer, ne me forcez pas à le regretter !

— Je vous en remercie, Monsieur le ministre.

— Pas de sous-entendus, avec moi. Édouard était un type bien. Honnête aussi jusqu'au bout des ongles. Une exception, dans le milieu de la politique. Cependant, chacun savait qu'il notait des choses dans un carnet noir, des choses compromettantes sur Pierre et Paul, vous voyez ce que je veux dire ?

— Vous me l'apprenez, Monsieur le ministre.

— Vous n'aviez jamais entendu parler de cela ?

— Jamais. Je travaille à la Criminelle…

— Ne jouez pas les naïfs avec moi. Je connais les hommes. Je vous le demande dans l'intimité de ce bureau : avez-vous trouvé ce carnet noir ?

— J'ignorais totalement son existence.

— Bon !

Le ministre prit le temps de suçoter une gorgée, puis reposa son verre, sans quitter du regard son interlocuteur. Finalement, un sourire forcé anima son visage, il se pencha en avant et lâcha :

— Je vous crois, Anconi. C'est mieux ainsi, vous m'avez bien compris. Sinon il aurait fallu allumer des contre-feux, et personne n'y tient en ce moment. Nous avons assez à faire avec le terrorisme.

— …

Il quitta son fauteuil, serra longuement la main du commissaire et confessa :

— Un de mes prédécesseurs a prononcé devant moi cette parole pleine de réalisme : « Quand on est emmerdé par une affaire, il faut susciter une affaire dans l'affaire, et si nécessaire une autre affaire dans l'affaire de l'affaire, jusqu'à ce que personne n'y comprenne plus rien. »

Il riait encore en reconduisant Anconi.

Le lecteur s'amusera d'apprendre que L'Araignée

reçut le 24 décembre suivant un paquet enveloppé d'un joli papier cadeau. Quelle ne fut pas sa surprise d'y découvrir un cahier noir Clairefontaine et une carte représentant un père Noël portant une hotte lourdement chargée ! Un petit mot manuscrit l'accompagnait : « *Juste pour vous, rien que pour vous. Joyeux Noël ! Anconi.* »

Pornichet, 21 février 2021

125, Vieille Route de Rosporden - 29000 Quimper
E-mail : contact@editionsalainbargain.fr
Site Internet : www.editionsalainbargain.fr

Dépôt légal n°8 - 2e trimestre 2021
ISBN 978-2-35550-811-0 - ISSN 1281-7813
N° d'impression : 104720
Imprimé en France